いま、漱石以外も面白い

文学作品にみる近代百年の人語り物語り

倉橋健一 述
Kurahashi Kenichi

今西富幸 筆録
Imanishi Tomiyuki

澪標

目次

装幀　森本良成

はじめに

活字離れがすすんで、近代文化をささえてきた文学作品が読まれなくなったといわれます。情報技術の発達による情報化社会の圧力によって、今日ではエンターテイメントの売れ筋ばかりが価値基準になっているのも事実でしょう。でも、もともと漱石や鷗外の時代をふくめて、文学はそれほど派手なものだったでしょうか。ぼくはそうは思わない。知的活力とは、はなやかなものではない。

という一点から、文学の〝大海原〟のなかで読みの面白さを再発見しようというのが、「ペラゴス」というこの読書会の試み。そんな会のようすをこの場を借りてお伝えしていくことになりました。

どうかみなさん。気楽におつきあいください。

倉橋健一

尾崎翠『第七官界彷徨』

コケが恋する世界

『第七官界彷徨』をぼくが最初に読んだのは、昭和四四年に学芸書林から出た『現代文学の発見』というアンソロジーシリーズの第六巻『黒いユーモア』に収められていたもので、文字通り衝撃的でした。一篇の散文詩といってもいい作品で正直、詩を書いている自分の詩が負けているなと思ったほど。

実際、これが書かれたのは、それよりさらに四〇年近く前の昭和六年なんですね。これまでどんな作家も書かなかった独特の生理感覚で、中心になるのは蘚《こけ》の恋です。いま読んでも新しい。当時はプロレタリア文学や自然主義文学がもてはやされたリアリズム全盛の時代でした。そのころに、尾崎翠のようなユーモアの感覚を方法意識として明確に持っていた作家も珍しいでしょう。それ以降も男性作家を含め、こんな作品は書かれていません。それにしても、不思議な小説です。

よほど遠い過去のこと、秋から冬にかけての短い期間を、私は、変な家庭の一員としてすごした。

で始まるこの作品。主人公は小野町子という女性で名前からしてどこか怪しげですね。「私」という一人称で語られていく彼女は一助、二助という二人の兄と佐田三五郎という従兄弟《いとこ》と一緒に古い一軒家に住んでいて、他に柳浩六という人物も出てきます。そう、登場人物の名前には「一」から順番に数字が入っている。まず、それだけでも面白い。

一助は分裂心理学という学問を専門とする精神科医、二助は肥料学を専攻する大学生で自分の部屋を蘚とこやしの恋愛をさせる実験場にしています。そして音楽予備校生の三五郎はといえば、二助がこやしを土鍋で煮立てる臭気で逃げ回り、夜は一助たちから音楽の練習を止められ、音楽学校に入るめども立っていない。ほんとに変な家庭。そこで「私」は女中代わりに兄たちの面倒を見ながら、「人間の第七官にひびくような詩を書きたい」と願っているのです。

第七官界とは人間にそなわった五感、それをこえる第六感（直感）をさらにこえる感覚世界のこと。そんな家庭のなかで物語はたいして大きな展開があるわけでもなく、ひと癖もふた癖もある作中人物のさまざまな葛藤の積み上げとして進行していきます。

とにかく笑いを誘うのが「肥料の熱度による植物の恋情の変化」なるテーマで、二助が一生懸命こやしをふりまきながら育てている蘚の研究場面。たとえば、二助が自分の部屋から三五郎に語りかけるこんな一節があります。

植物の恋愛で徹夜した朝の音楽というものは、なかなかいいものだね。疲れを忘れさしてよろこびを倍加するようだ。音楽にこんな力があるとは思わなかったよ。僕もこれからときどき音楽を練習することにしよう。五線のうえにならんでいるおたまじゃくしは、何日くらいで読めるようになるものだい。

これが肥料の研究と音楽との関係というわけです。その意味で、植物が主人公の小説と言ってもいいのかもしれません。

言語感覚と発想の斬新さを印象づけた尾崎翠ですが、私生活では頭痛止めのミグレニンを大量服用して幻覚症状を訴えるようになり、皮肉にもこれが自然主義的抒情的だった従来の作風を、前衛的手法を取り入れた表現主義的なものに脱皮させました。『第七官界彷徨』は発表された当時、花田清輝らに驚異の目でもって迎えられたものの、結局そのあとはまもなく音信が途絶え、彼女がふたたび筆を握ることはありませんでした。それでも、女性作家の黎明期において、彼女が特筆すべき作家のひとりであることは間違いありません。

小林多喜二『工場細胞』『オルグ』

組織と人間の葛藤

小林多喜二の『蟹工船』が若い世代の共感を集めているようですが、『工場細胞』と『オルグ』を取り上げるのは、ぼくがひねくれているからではありません。もちろん『蟹工船』はプロレタリア文学の最高傑作です。近代文学として見ても非常にレベルが高い。

二人はデッキの手すりに寄りかゝって、蝸牛《かたつむり》が背のびをしたように延びて、海を抱え込んでいる函館の街を見ていた。——漁夫は指先まで吸いつくした煙草を唾と一緒に捨てた。煙草はおどけたように色々にひっくりかえって、高い船腹をすれずれに落ちていった。

これは『蟹工船』の冒頭のシーン。遠景の函館の街から視線が一転、海に捨てられた煙草へと切り替わる。のちにモンタージュと呼ばれるようになる映画技法といってもよいでしょう。川端康成や横光利一ら新感覚派の表現とも見まがうような新鮮さがある。

『蟹工船』はソビエト領カムチャッカの領海に侵入してカニを捕り、船上で缶詰にする季節労働者の非人間的な生活が描かれましたが、じつはそこで克服できなかったものが、この『工場細胞』と『オルグ』の主題になっています。

昭和三年三月一五日、左翼勢力に対する大規模な一斉検挙、投獄が行われ、全国で多くの労働者が拷問にかけられました。「三・一五事件」と呼ばれるこの弾圧を受け、そのあといかに労働者階層のなかに深く潜り込んで〝組織〟を立て直していくかという課題がそれ。いうまでもなくこの組織とは当時、非合法で活動していた日本共産党を指します。

当時、小林多喜二の作品世界の根底には、文学は革命に奉仕しなければならない、つまり政治目的実現のための一手段なのだという考え方がありました。この『工場細胞』や『オルグ』でも文字通り、党の指令を行き渡らせるための〝細胞〟たちの水面下の活動が緻密に描かれています。でも、そこは政治目的のための文学ですから、登場人物にも当然、共産主義思想を反映させるわけですね。それなのに、そこにとどまらないで人物がじつに生き生きしている。

金網の張ってある窓枠に両手がかゝって――その指先きに力が入ったと思うと、男の顔が窓に浮かんできた。

『工場細胞』の冒頭ですが、『蟹工船』と同様、ひじょうに感覚的な書き出し。類型に堕するのを免れていて、リアリティがある。おそらく、これが小林多喜二の作品が今日に生き残った最大の理由ではないでしょうか。

それが可能になったのも、もともと小林多喜二が、個に徹した作品を書く白樺派の志賀直哉に私淑していたからかもしれません。一方、多喜二から自作について意見を求められた志賀直哉もこんな手紙を書き送り、多喜二を激励しています。

『オルグ』は私はそれ程に感心しませんでした。『蟹工船』が中で一番念入ってよく書けてゐると思ひ、描写の生々と新しい点感心しました（中略）。『三・一五』は一つの事件の色々な人の場合をよく集め、よく書いてあると思ひました。私の気持から云えばプロレタリア運動の意識の出て来る所が気になりました。小説が主人持ちである点好みません。プロレタリア運動にたずさわる人として止むを得ぬ事のやうに思はれますが、作品として不純になるが為めに効果も弱くなると思ひました

ここでいう「主人」とは共産主義のイデオロギーを指していますが、作風も文学的志向も一八〇度異なる作家同士が心を通わせ合っているのは面白い。いずれにせよ、小林多喜二がいま読まれているのも、時代の条件に合致した必然的な理由があるからでしょう。ただ、彼が命を賭けて目指した未来の姿（ソ連邦など）を現代のわたしたちが見てしまっているだけに、複雑な思いがするのも事実です。

室生犀星『幼年時代　あにいもうと』

虚構化された「私」

　室生犀星というと、抒情詩人の輝かしいイメージでスタートして、じつは食べていくために小説も書きはじめ、それが『幼年時代』で一躍認められるんですね。そして小説家として文壇で認められたのちも生涯詩をやめなかった。そういう作家は近代文学を探しても犀星しかいない。その意味でもとても貴重な存在です。

『幼年時代　あにいもうと』（新潮文庫）は大正から昭和初期にかけて書かれた短編集ですが、どれを読んでも文体そのものが瑞々しい。さすがに質の高い詩人が書いたと思える名作が収められています。

　まず、タイトルにもなっている「幼年時代」。これは犀星が生まれた金沢が舞台になっています。加賀藩の武士であった六四歳の父と女中だった三四歳の母の間の私生児として生まれ、旧弊を重んじる土地柄のため、当然一緒に住むことは許されず、幼くして養母のもとに預けられる。そんな話が自伝風に、私小説のような体裁を取って描かれますが、その中心にはしっかりと虚構が座っている。この点、葛西善蔵や近松秋江といった当時の私小説作家とは根本的に違うところでしょう。
それもそのはず、本人の年譜でも実話とされたこの生まれにまつわる挿話が後年、まったくのつくりごとであったことがわかるのです。いろんな事情がその背景にありますが、ともあれ平然と読者を煙に巻いていたのですから、まさに作家らしい資質を物語っていますね。自分の人生でさえ、虚構化してしまうのですから。

私はよく実家へ遊びに行った。実家はすぐ裏町の奥まった広い果樹園にとり囲まれた小ぢんまりした家であった。

それにしても、じつに簡潔とした書き出し。島崎藤村の『破戒』の冒頭、「蓮華寺では下宿を兼ねた」を思い起こさせますね。いい抒情詩が良質な批評性を獲得するように抒情の香りも高い。ただ、単純な回想風のほどほのぼのとした小説ではありません。愛犬を虐待した同級生に復讐心をたぎらせて報復するかと思えば、

私はひとりでいる時、外部から私を動かすもののいない時、私は弱い感情的な少年になって、いつも姉にまつわりついていた。

というふうに、少年期特有のエゴイスティックな哀愁を内面に漂わせながら進行していきます。一方、「あにいもうと」は、赤座という川師一家の兄妹を描いた物語。なんども映画にもなりましたが、これも一篇の散文詩といってもいい佳麗な文体が魅力です。

> そういう赤座の持舟のなかに長い竹の柄のついたヤスが一本用意されてあって、新鱒《ます》が泳ぎ澄んでいて、水と同じ色をしているのを目にいれると、そのヤスの柄が水深一杯にしずみ込んでゆき、さらに五寸ばかり突然にぐいと突きこまれたなと見ると、嘘つきのような口をあけたぎちぎちした鱒のあたまの深緑色が、美ごとな三本の逆さ鉾の形をしたヤスの尖をゆすぶりながら刺されていた。

蛇が地を這うような感覚的なこの文体。ヤスで突き刺された鱒のはねるのが見えるようです。この小説、叩き上げの父に似て荒々しい性格をもった息子の伊之助と、こちらも負けず劣らず、身を持ちくずしても気の強い妹のもんを軸に、やさしい気立ての母、可憐な妹娘を配して、一種風変わりなホームドラマとしても進行します。摑み合いの兄妹けんかの凄まじいシーン。しかし、最後、母との対話で、あんな嫌な兄さんにだってちょっと顔が見たくなることがあるんですもの、ともんのひと言が挿入されると、愛の詩人としての犀星文学を垣間見たようで、思わずこちらもほっとします。

この他、「香炉を盗む」など、泉鏡花も金沢出身で怖い話をたくさん書きましたが、こちらのほうがさり気なさがかえって不気味さにつながっていて、よほど怖い。それにしても抒情詩人がこんな小説を書いたのですから、近代文学というのはじつに底が深い。こういったものを読むことが近代小説の読み直しにもつながります。みなさんもぜひ、この面白さを味わってみてください。

石川淳『葦手』

短い小説の真骨頂

石川淳は短編の名手といわれた作家です。彼自身、短編小説をどのように考えていたか、じつに面白いです。『文学大概』という評論のなかで、彼は次のように書いています。

以上述べたところを結論すると、いはゆる「短編小説」は小説でないといふことだ。

そう。従来の短編小説を完全に否定しているわけですね。では、彼がその対極に据え、自らの文学として実践したものは何だったのでしょうか。「短い小説」です。つまり、ペンとともに考えるという手法。書きながら現実をつくっていく。たとえて言うなら、闇夜のなかを提灯をもって歩くようなもの。かすかに照らされたその光のなかにしか、現実は見えて来ないという発想です。でも前に歩いた分だけ、まちがいなくなにかが見えてくる。じつはこれが小説や詩を書くうえでの骨法だというのです。

これに対し、短編小説にはまず主題や構成がある。書く前から先を見ているから、それに向かって書いていけばよいということになる。バルザックやフローベールのような一九世紀のヨーロッパでできあがった自然主義の小説手法を対象化しているとみていいでしょう。『葦手』も石川淳がいうところの「短い小説」で、講談社文芸文庫の『普賢・佳人』という作品集に収められています。作家である主人公が友人の芸人の男に連れられて色街の女のところへ出かけていく話。「いや、こりゃ風雅なお住居だな」「あら、いらっしゃい」などという会話からして、江戸の戯作を意識しているのは明らかでしょう。ところが、第二章に入ると、いきなり次のような文章が顔を見せます。

ここまで書いて来たとき、わたしはびくりとしてペンを擱《お》いた。もともと小説家めかしてこんなふうに書き出すとは柄にもないことといわれるまでもなく、かかる卑俗な断片を拾いあつめ綴り合わせて一篇の物語を作ることがそもそもわたしの文学する所以にかなうのであるかと、いつか高慢な料簡が頭をもたげて来たのであるが…

物語が進むにつれ、物語の創造主である作者の書いている現在の時間が顔を出す。読者もそこで、書き手の現実の時間に引き戻されてしまうわけですね。第七章にいたっては、

どうもわたしは愚劣なことを書き過ぎたようである。だが、書くものが上等であるか下等で

あるかはそもそも何に依って定まるのであろう。

と居直ってしまう。でも、騙されてはいけませんよ。作者本人が出てくるようなのでついつい、読者はこれが石川淳のほんとうの姿かと思って読んでしまいますが、じつは全然、私小説などではない。いったいどこまでがほんとうで、どこまでがウソなのかわからない。こんなものをぬけぬけと書いてしまうのですから、やはり恐るべき作家といわなければなりません。

もちろん、こうした世界をつくりだすことができたのも、蛇行型といってもよい、じつに息の長い文体があるからです。次の一節は主人公が美代という女性を挟み、いつもつけ狙われる「鉄砲政」なる男と一戦を交えるシーン。

さてはとおもうひまもなくこちらに向き直った政がきょろきょろあたりを見まわしていたが、その眼が美代に落ち、ついでわたしの顔を射るやたちまちさっと凶暴の光をはなって、がっしり緊まった小柄な肉塊が飛ぶかと見る間に「野郎」と早くもわたしの鼻先に迫ったのに、堅い石の壁に背中をぶつけながら、声をあげて制止しようとしたがおよばず、もう逞しい手に外套の前をつかまれたので懸命の力を振りしぼって横に飛びちがえたはずみに、びりりとぼたんは相手の掌に、こちらは倒れかかるのをぐっと踏みこえたたえ「待て」と必死のかまえ…

もはやこれ以上引用できませんが、この戦闘シーン、まだまだ続いていきます。いずれにせよ、強調しておきたいのは、こういう作家がいることで日本文学が今もなお面白いということです。

有島武郎『或る女』

女性像に宿る「時代の苦悩」

白樺派といえば、だれもが通念として抱くイメージがありますね。「人道主義」とか「トルストイ主義」とか言われるものがそう。有島武郎も文学史的には白樺派ということになっていますが、しかし、そのような流れで見てしまうと大きな落とし穴に入り込むことになってしまう。逆にどうしても白樺派ではくくれないものを持った作家、それが有島武郎ということになるでしょう。実際『或る女』を読めば、そのことがじつによくわかります。みずからの内にある本性としての愛欲のままに生き抜いた女性を描いた、たいへんに残酷で凄まじい小説。しかも骨格がどっしり座った本格小説です。明治四四年から大正二年にかけて『白樺』に連載され、大正八年に単行本になりました。しかし、いま読んでも十分に新しさを感じさせる小説です。

二部構成の前編は主人公のヒロイン早月《さつき》葉子が最初の夫と自分の意志で別れ、許嫁《いいなずけ》がいるアメリカに渡る決意をするところから始まります。ところが、葉子は日本から乗り込んだ船内で妻子のいる事務長の倉地という男に魅かれ、ついに肉体関係をもつにいたります。そうしてアメリカに着いても上陸しようとはせず、倉地と一緒に日本へ戻ってくる。当然ながら、後編は倉地と一緒に暮らすなかで自らを破滅に追い込んでいく過程がつぶさに描かれていくことになりますが、この葉子という女性、いったいどんな人間なのでしょうか。

何事にまれ真剣な様子を見せつけられると、――傍目《わきめ》もふらず畑を耕す農夫、踏切に立って子を背負ったまま旗をかざす女房、汗をしとどに垂らしながら坂道に荷車を押す共稼ぎの夫婦――訳もなく涙につまされる葉子は、定子のそうした姿を一眼見たばかりで、人間力ではどうする事も出来ない悲しい出来事にでも出遭ったように、しみじみと淋しい心持ちになってしまった。

乳母に預けた娘の定子に会いにいくシーン。そうかと思えば、こんな一節もあります。

その倉地が妻や娘達に取捲かれて楽しく一夕を過ごしている。そう思うとあり合せるものを取って打毀《ぶちこわ》すか、摑《つか》んで引き裂きたいような衝動が訳もなく嵩《こう》じて来るのだった。

つまり、やさしさとエゴ、弱さと強さという相矛盾する側面を合わせもった女性なのですね。この葉子のモデルといわれたのが、有島の友人でもあった作家、国木田独歩の最初の妻、佐々城信子。実際、彼女は結婚からわずか六カ月足らずで国木田のもとを去っています。当時、この小説が若い読者を中心に圧倒的な人気を博したのには、そんなスキャンダラスな面への好奇心もありました。

この点について、有島はこのように述べています。

この小説にはモデルがあって、それはある文学者とその先妻にあたる人が用いられているという一部の人たちの評判です。それはそれに違いありません。しかし、それは事件のごく輪郭だけからヒントを得たので、性格などは私が創作したものです。

この言葉からぼくが思い起こしたのは、『ボヴァリー夫人』を書いたフローベールです。モデルの存在を尋ねられ、フローベールは「ボヴァリー夫人は私だ」と答えていますが、おそらく有島もこの小説である特定の女性を描いたのではありません。有島自身、「社会がその人をどう取り扱うべきかを知らない時代に生まれ出たひとりの勝気な鋭敏な求心的な女性を描いた」と語っていますが、まさにこの女性の目を通して、いま、自分が生きている時代の苦悩そのものを描いてみたかったのでしょう。

それにしても思うのは、文学作品の魅力とは、それが描かれた時代の息づかいがいかに生き生きと連続していまに伝わるかということです。この小説など、格好のサンプルといえるでしょう。

夏目漱石『行人』

「心理的推理小説」の妙

『行人』は夏目漱石の晩年作ですが、彼の作品群のなかでは物語構造の逸脱、不自然さという意味で突出していると思います。ひじょうに扱いにくい。実はぼくは、昭和六二年に出た坂口曜子さんの『魔術としての文学』という漱石論を読んで、従来の漱石論にない読み解き方に感心しました。今日お話しするのは、この坂口さんに負うところ大。それに沿っていると思ってください。

中心となる登場人物のひとりは、長野一郎という学問だけが生き甲斐の大学教授。この明治の知識人の孤独と苦悩がテーマで、このため、この作品は「主人公は一郎である」と既成事実のように結論づけられてきました。しかし、そのような読み方では作品のあちこちに散りばめられた挿話のひとつひとつが皆目、読み取れないという矛盾が生じるのが『行人』という作品なのです。「友達」「兄」「帰ってから」「塵労《じんろう》」の四章で構成されますが、極めて特異なのは最初の「友達」が他三章と断絶したような内容を含み持っていること。なぜなら、ここでは一郎の弟で従来、視点人物（作品の中で主人公を語る作者の視点に近い人物）と目されてきた二郎が東京から赴いた旅先の大阪で旧友から打ち明けられる悲恋話や、彼を大阪へ誘った岡田という夫婦のことなどが語られ、肝心の一郎はまったく顔を出さないからです。一郎が主人公だとすれば、この章の存在自体、説明がつかなくなる。なぜ、この章を冒頭に持ってきたのか。これが物語構造の不自然さを象徴する疑問です。

ところが、次の「兄」の章では一転、遅れて大阪にやって来た一郎夫婦を中心とする一家のある秘密が明らかになります。じつは一郎は妻の直がひそかに二郎に気持ちを通わせているのかと疑い、この旅行中に直と二人だけで一夜を明かすよう二郎に頼むのです。なんと弟を実験台に妻の貞操を試そうとするのですね。

「それでは打ち明けるが、実は直の節操を御前に試して貰いたいのだ」

自分は「節操を試す」という言葉を聞いた時、本当に驚いた。

一郎が妻の心の内偵を二郎に頼む場面。結局、二郎は兄嫁と和歌山に旅に出かけることになるのですが、折も折、二人は旅先で暴風雨に見舞われ、やむなく一夜をともにすることになります。息をのむ『行人』のクライマックスシーンといってよいでしょう。

「居るんですか」

「居るわ貴方。人間ですもの。嘘だと思うなら此処へ来て手で障《さわ》ってご覧なさい」

宿屋で突然、停電になり、暗がりのなかで二郎が直に問いかける場面。直のほうが冷静で二郎を誘いかけているようでもあり、漱石の小説ではめずらしいくらいエロチシズムを感じさせます。むろん、この夜、二人の間にはなにも起こりません。しかし、一郎は容易にその夜のことを問いただすこともできず、ますます一家の中で孤立していく。ここで〝救世主〟として登場するのが「H」という兄弟の共通の知人です。Hは二郎と両親たちの願いを聞き入れ、一郎の心の闇を解くべく旅に連れ出します。

そして、待ちかねた二郎のもとにHからの手紙が届き、一〇〇枚以上にも及ぶこの経過報告のなかで、一郎の複雑な内面がようやく明らかになる。物語の最後の最後で種明かしが行われるという仕掛けです。その意味では、これは一種の〝心理的推理小説〟と言ってもよいでしょう。この長い長い手紙に何が書かれてあったのか。知りたい方はぜひ、ごらんになってください。

もうおわかりいただけたかと思いますが、この小説の主人公を一郎ときめつけることはできません。いかにも明治人の気質を継いだ気むずかしい一郎一家の崩壊が描かれていくなかで、とりとめがないと思えた「友達」の章のエピソードなどがことごとく伏線としてジグゾーパズルの断片のようにからまっていくのはじつに見事。読み直す価値のある近代小説は少なくありませんが、『行人』はまぎれもなく、その代表的な一作です。

谷崎潤一郎『春琴抄』

底なしの虚構の魅力

谷崎潤一郎が文壇に登場した明治末期はまだ、自然主義が全盛の時代でした。というより、主人公が作者と同一人物で、しかも実生活をありのまま書くという日本型の私小説が席巻していた時代といってもいいと思いますが、谷崎は永井荷風の支持を受け、最初からそれとは反対のいわゆる耽美派の作家として登場しました。実際、これはだいぶ後ですが、『改造』に発表した「饒舌録」では「いったい私は近頃悪い癖がついて、自分が創作するにしても他人のものを読むにしても、うそのことでないと面白くない」とまで書いていて、彼の文学的態度をよく表しています。

それにしても『痴人の愛』や『刺青』など近代小説が扱ったことのない、当時としてはかなり倒錯的でグロテスクな世界は自然主義の人々でなくとも、さぞかし荒唐無稽に映ったかもしれません。しかし、単に現実を映し出すものが小説なら、いっそ写真家にでもなればいいわけで、間違いなく虚構でしか見えてこないものがあるはずです。その意味で『春琴抄』は、なぜ小説というジャンルがあるのかを考える上でも大いに参考になるでしょう。

名実ともに谷崎文学の傑作であり、盲目の三味線師匠、春琴に仕える奉公人・佐助の献身を描いた一種独特な恋愛譚ですが、その舞台回しとなるのが「鵙屋《もずや》春琴伝」という文書。作品のなかでは、次のような形で登場します。

近頃私の手に入れたものに「鵙屋春琴伝」という小冊子があり此れが私の春琴女を知るに至った端緒であるが此の書は生漉《きず》きの和紙へ四号活字で印刷した三十枚程のもので察するところ春琴女の三回忌に弟子の検校《けんぎょう》が誰かに頼んで師の伝記を編ませ配り物にでもしたのであろう。

どうです。ここにネタがあるんだとばかりに書き出しているのも面白いと思いませんか。語り手として作家の「私」がいて、春琴伝をもとに生々しい師弟生活の内実を語るという体裁を取っていますが、じつはこれ自体、谷崎がつくりあげた完全な虚構のようです。一枚の絵にたとえるなら額縁まで綿密に描かれた「だまし絵」のような世界。作品の冒頭には「春琴、ほんとうの名は鵙屋琴、大阪道修町の薬種商の生れで歿年は明治十九年十月十四日、墓は市内下寺町の浄土宗の某寺にある」という一節があり、「私」がその墓を訪ねていく場面から始まります。このため春琴は実在の人物だったと読者に錯覚させてしまうのも無理はありません。架空の春琴の墓を実際に訪ね歩いたひともいたといいますから、それほどリアルに書き込まれているわけですね。

作品のクライマックスはなんといっても、暴漢に熱湯を浴びせられ、美貌を傷つけられた春琴の顔を自ら見まいとして、佐助が自分の目に針を突き刺すシーン。

お師匠様私はめしいになりました。もう一生涯お顔を見ることはござりませぬと彼女の前に額ずいて云った。佐助、それはほんとうか、と春琴は一語を発し長い間黙然と沈思していた佐助は此の世に生まれてから後にも先にも此の沈黙の数分間程楽しい時を生きたことがなかった

春琴に寄せる佐助の名状しがたい思いがこの数行に見事に結実しているのではないでしょうか。ただ、この暴漢はいったいだれであるのか。小説の中でははっきり示されていません。このため、この作品が発表された昭和八年から四〇年が経過したあとになっても、現代作家の間で興味深い論争が巻き起こりました。だれが春琴に湯をかけたのかという、いわゆる「お湯かけ論争」と呼ばれているものです。そのなかにはサドやマゾの要素もくり込んだ「佐助犯人説」もありました。谷崎のいう「うその真価」です。

なるほどこんな解釈に立てば、同じ作品がまたぞっとするような異相を見せ始めるから不思議です。いずれにせよ、一流の読み手でもある現代作家を巻き込むほど底なしの魅力を備えた作品だといえましょう。改めて、虚構の魅力を思わずにはいられません。

島崎藤村『家』

明治の新しい夫婦像

島崎藤村はまぎれもなく、わが国の自然主義文学のひとつの峰をつくった作家です。日本の自然主義文学といえば、しかし、日が経つにつれはじめの国木田独歩の『武蔵野』に代表されるような自然への陶酔などが失われて、田山花袋の『蒲団』以降は自分の私生活を赤裸々にあばくようなスタイル、つまり私小説がその底流になりましたが、あばかれる範囲にしか社会もまた存在しない。このため、その作品世界はずいぶんと縮こまった狭隘なものにならざるを得なかったわけですね。

『家』も島崎家とその一族をめぐる事実が同時に実在の人物に即してつぶさに描かれていきます。その意味では典型的な私小説であって、「自然主義文学の頂点」ともいわれる所以です。しかし、そこで狭い私小説とちがうのは登場人物一人一人に前近代から近代に移行する明治という時代が濃淡はありながらもそれぞれ投影され、その点、これまでの私小説とはひと味もふた味もちがう極めてスケールの大きな「状況小説」にもなり得ていることです。この作品の大きな特長といえるでしょう。

物語の主軸は藤村が生まれた筑摩郡馬籠村（現・岐阜県中津川市）を舞台にした二つの旧家。ひとつは藤村の生家である島崎家（作中では小泉家）、もうひとつが藤村の姉が嫁いだ高瀬家（作中では橋本家）がモデルになっていて、藤村自身を投影した主人公の小泉三吉があるひと夏を過ごす橋本家の場面から始まります。

橋本の家の台所では昼飯《ひる》の支度に忙しかった。

この簡潔な書き出し。同じ藤村の名作『破戒』の冒頭、「蓮花寺では下宿を兼ねた。」と通底するものがありますね。そして、この物語が俄然面白さを増すのは、三吉がかつて自分が教師をした明治女学校の出身で北海道の資産家の娘であった妻のお雪と所帯を持ち、小諸（長野県）の塾教師を辞してまで文学で身を立てようと決意するところからです。私生活では、実際にいろいろ苦労して三人の幼い子どもを次々に亡くす不幸にも見舞われます。一方、小泉家の長男は事業に失敗して入獄し、三男は廃人同然。三吉の姉の夫となった橋本家の当主は元来身持ちが悪く、また三吉の甥っ子にあたるその長男も相場師になろうとしながらうまくいかず、やがては病死する悲痛な運命をたどります。

このように明治の家父長制を象徴する二つの大家族が崩壊していく過程。それがこの作品の中心テーマになっていることは確かです。しかし、私はもうひとつ別の大きなテーマがこの作品のなかにあるような気がしてなりません。
それは明治の黎明期のなかで一夫一婦制としての夫婦はどうあるべきか。あるいは、新しい夫婦像とは何かという主題を正面から取り上げているということです。つまり、時代に翻弄される一族を描く一方で、三吉が結婚前に妻が交際していた男の手紙を盗み読みしたり、妻にうじうじした嫉妬を燃やし続けていくようすなども延々と描かれていきます。そしてついには、その嫉妬心への諦念から、三吉は次のような心境に至ります。

「どうせ一生だ」と彼（三吉）は思った。夫は夫、妻は妻、夫が妻をどうすることも出来ないし、妻も夫をどうすることも出来ない。この考えは、絶望に近いようなもので有った。
兄妹《きょうだい》の愛――そんな風に彼（三吉）の思想《かんがえ》は変わっていった。彼は自分の妹としてお雪のことを考えようと思った。

妹を思ったところで所詮は近親相姦的なものになるだけですから、なんとも解せませんが、藤村という人はいわゆる職業婦人にも手を出さなかった人ですから、そこは私たち自身が誠実に読み取ることが大事でしょう。
同時に、わが国の言文一致の嚆矢とされる二葉亭四迷の『浮雲』が発表されてわずか一〇数年、この作品が完璧な口語体で書かれているのにも驚きます。いま読んでもまったく古さを感じさせません。そこにも、この作品のもつすごさがあるといえます。

井伏鱒二『ジョン万次郎漂流記』

史実を虚構で埋める職人芸

『ジョン万次郎漂流記』は昭和一二年、河出書房の「記録文学叢書」の一冊として書き下ろされ、第六回の直木賞を受けています。

主人公は江戸末期、土佐の貧しい漁村の家に生まれながら、日本の黎明期、国際人として活躍した中浜万次郎です。出漁中に漁師仲間と遭難し太平洋の無人島に漂着しながらアメリカの捕鯨船に助けられたのを機に渡米し、帰国後は通訳として日米和親条約の締結にも尽力します。これ自体、いまではすっかりおなじみですが、これほど人口に膾炙したのも、はじめは井伏鱒二のこの一篇からでした。

まず執筆に至った経緯が面白い。作者の井伏鱒二は知人の新聞記者とばったり街中で出くわし、そこから素材を得てこの作品を書き上げました。当然、史実をもとにしていますが、それを縦軸に据えながら作家の豊かな想像力によって具体的な海洋生活が描きこまれ、細民の子でありながら知力と好奇心にあふれた万次郎像がすでに存分に表現されています。たとえば、万次郎が助けられた船上で鯨漁を見守る次のようなシーン。

六隻の伝馬船はさきを争って進んでいたが、そのうちに一隻は浪のうねり二つほどさきに漕ぎぬけて行った。銛《もり》を手に持った刃刺人《はざし》は舳《へさき》に立ち、その伝馬船が浪にのって高く揺りあげられた瞬間を見て、鯨に向け発止とばかり銛を投げつけた。（中略）鯨は大浪を立てて狂いまわり、やがて突如として半身を海中から現わした。それは海中に屹立《きつりつ》する奇岩のように見えた。

どうですか、このスケール。史実の隙間を徹底した虚構で埋める。その意味で井伏鱒二は自分の周辺ばかり日常生活の些事を描くことがまだまだ主流だった当時の小説界のなかにあって、物語を緻密かつ壮大なスケールで構築できる稀有な、職人芸の作家だったことはまちがいありません。実際、伊藤整など、「井伏鱒二小論」で次のように述べています。

井伏鱒二は日本では文壇の内部で出發した作家であるが、やつぱり常にその主流、即ち日本の小説の常識的な正常型から離れてゐた。日本の現代文學の正常型といふのは、所謂自傳的私小説の型と、それの反面である批評的核心を持たない風俗小説の両方である。

ゆえに井伏鱒二は常に面白いけれど、重要ならざる作家として批評上は扱われてきました。「私はそれを日本文學の現代にある歪みだと考へる。」と伊藤整は断言していますが、まさにその通りでしょう。
新潮文庫版にはやはり戦後の代表作『さざなみ軍記』も収められていますので、ぜひ読んでください。こちらは都落ちして転戦する平家一門の衰退を背景に、その中で少年期から青年期を迎える一公達《きんだち》の物語です。

寿永二年七月、平家一門の人々は兵乱に追われて帝都を逃亡した。次に示す記録は、そのとき平家某の一人の少年が書き残した逃亡記である。ここに私はその記録の一部を現代語に訳して出す。

こんな書き出しで始まりますが、むろん作者の完全なフィクションです。若武者が書き残した日記形式を取っているところもユニークで、合戦場面などは日記が実在したかのような臨場感にあふれています。ただ、戦に翻弄されるこの少年。むき出しの自我がなく、心の底では戦を厭い、むしろ敗走することさえ願っている。極めて冷めた目を感じます。その点、彼を取り巻く武者の方が強烈な存在感を放っていて、この対比がなんとも不思議な魅力を醸し出しています。
ところで、この作品は昭和五年から足かけ九年もの歳月をかけて書き継がれました。当時、日本がひたすら戦争へと突き進んだ時代、作者の目がこの少年の目とも重なり、戦争への厳しい眼差しがこの小説のなかにも示されているような気がしてなりません。

堀辰雄『風立ちぬ』

自然の移ろいと命の輝き

『風立ちぬ』は堀辰雄の初期の代表作です。二年にわたって断続的に書き継がれ、日中戦争さなかの昭和一三年に完本が刊行されると、当時の時代状況とも相まって、死にゆく薄幸の少女と一日一日を大切に生の充実をめざして生きる青年の姿が多くの若者の心をつかみました。

実際、人気女優を起用した恋愛映画にもなりました。そんなイメージもあってか、若い恋人同士のセンチメンタルな物語としてとらえられがちですが、決して甘い抒情だけの作品ではありません。「私達がずっと後になってね。今の私達の生活を思い出すようなことがあったら、それがどんなに美しいだろうと思っていたんだ」とあるとおり、厳しい生命認識の物語です。

堀辰雄は昭和八年夏、軽井沢で知り合った矢野綾子と翌年に婚約します。綾子は結核で肺を病み、さらにその翌年の七月、二人そろって八ヶ岳での療養所生活に入りますが、わずか五カ月で彼女は世を去ります。

作品は「序曲」「春」「風立ちぬ」「冬」「死のかげの谷」の五章で構成され、このときの療養体験がほぼ忠実に描かれています。その意味では私小説的な要素があることは確かです。ただ、作者の姿をそのまま暮らしぶりも含めて等身大に描いた大正期の私小説とは異なり、たとえば小説内で「私」に『風立ちぬ』という小説の構造を語らせるといった、いまで言う〝メタフィクション〟のような入り組んだ虚構が施され、ともに生きるための限られた時の流れがそのまま主役であるような、文体のうえでも厳格なものになっています。

冒頭には詩人ポール・ヴァレリーの「海辺の墓地」の一節「風立ちぬ、いざ生きめやも」が掲げられ、作中にも何度か登場します。

それは、私達がはじめて出会ったもう二年前にもなる夏の頃、不意に私の口を衝いて出た、そしてそれから私が何んということもなしに口ずさむことを好んでいた、

風立ちぬ、いざ生きめやも。

という詩句が、それきりずっと忘れていたのに、又ひょっくりと私達に蘇ってきたほどの、――云わば人生に先立った、人生そのものよりかもっと生き生きと、もっと切ないまでに愉しい日々であった。

恋人の死を迎えるまでの時間をともにいかに生きるか。作者自身によって訳されたこの詩の一節がまさに作品のテーマにもなっていますが、そこにつねに同伴するのがまわりの自然の移り変わりです。それが文体にも見事に溶け込んでいます。

ときおり軟らかな風が向うの生墻《いけがき》の間から抑えつけられていた呼吸かなんぞのように押し出されて、私達の前にしている茂みにまで達し、その葉を僅《わず》かに持ち上げながら、それから其処《そこ》にそういう私達だけをそっくり完全に残したまんま通り過ぎていった。

突然、彼女が私の肩にかけていた自分の手の中にその顔を埋めた。私は彼女の心臓がいつもよりか高く打っているのに気がついた。

二人を取りまく風景そのものがまるで呼吸しているように感じられませんか。同時に時間の経緯が登場人物の目線を追うように立体的に描かれていきます。ここでは当時もっとも新しいはずであったプルーストやジョイスの〝意識の流れ〟の手法がすでに使われていると見てよいでしょう。さきほどの「小説内小説」も含め、二〇世紀型の世界文学に求められる条件がすでにこの作品に凝縮されているのには驚かされます。

この後、王朝文学を翻訳形式で現代に蘇らせた『かげろふの日記』や一七世紀の画家レンブラントのレンブラント光線といわれた画法を意識した『菜穂子』などで文体の色合いの違いがさらに鮮明になりますが、この変幻自在さこそ、堀辰雄の妙味かもしれません。味わい深いこくのある作家です。

織田作之助『夫婦善哉』

徹底した人間観察の妙味

織田作之助は太宰治、坂口安吾と並んで〝戦後の無頼派〟を代表する作家です。でも、この二人に比べると現代の読者にはややなじみが薄いかもしれません。昭和二一年四月に『世相』一編によってたちまち戦後の流行作家になり、翌年一月には病身に鞭打っての執筆活動の末、あえなく亡くなってしまい、まさに無頼派を地でいきました。まだ三四歳の若さでしたといえば、戦後彗星のように現れたようですが、実際にはそうではなく、戦前から書き始め、昭和一五年に同人雑誌「海風」に発表した『夫婦善哉』もそのひとつでした。主人公は一七歳で芸者に出た一銭天婦羅屋の娘、蝶子と三一歳の妻子持ちのぐうたら男、柳吉。森繁久弥と淡島千景コンビの映画でご存知の方も多いでしょう。物語は蝶子の父親、種吉が営む店の描写から始まります。

年中借金取が出はいりした。節季はむろんまるで毎日のことで、醤油屋、油屋、八百屋、鰯《いわし》屋、乾物屋、炭屋、米屋、家主その他、いずれも厳しい催促だった。路地の入口で牛蒡《ごぼう》、蓮根、芋、三ツ葉、蒟蒻《こんにゃく》、紅生姜《べにしょうが》、鯣《するめ》、鰯など一銭天婦羅を揚げて商っている種吉は借金取の姿が見えると、下向いてにわかに饂飩粉《うどんこ》をこねる真似した。

これだけでオダサク臭はぷんぷん匂ってくるはずです。ここには大阪市内の下町で生まれ育ったオダサクの生育環境も色濃く投影されていますが、いきなり読者を引き込んでしまう最初の一行の明快さといい、店屋や商品を逐一羅列していく独特の語りのリズムといい、自ら軽佻派を名乗ったオダサクの面目は初期のこの作品にもう存分に発揮されているといえます。

この柳吉。芸者と所帯を持ったため、化粧品問屋の実家からは勘当されてしまうのですが、とにかく何をしても長続きしないダメ男の典型として描かれます。さらには蝶子の目を盗んでの娼妓通い。これだけはやめられません。そのたびに貧窮を顧みず、さんざん散財して帰ってくる柳吉に蝶子は容赦ない折檻《せっかん》を喰らわせます。

ぼんやりした顔をぬっと突き出して帰って来たところを、いきなり襟を摑んで突き倒し、馬乗りになって、ぐいぐい首を締めあげた。「く、く、く、るしい、苦しい、おばはん、何すんねん」と柳吉は足をばたばたさせた。蝶子は、もう思う存分折檻しなければ気がすまぬと、締めつけ締めつけ、打つ、撲《なぐ》る、しまいに柳吉は「どうぞ、かんにんしてくれ」と悲鳴をあげた。

こんな場面でもいじけや悲劇にならず、どこかおかしみさえ漂わせているのは見事。どんな苦境にあっても天真爛漫な蝶子にはオダサク自身の人生観や女性観が間違いなく入り込んでいると思われます。実際、蝶子はオダサクの次姉がモデルですが、といって生活身辺をそのまま描いただけの私小説に陥らなかったのは文体の魅力に加え、徹底した人間観察を虚構化できる作家としての力量を備えていたからでしょう。

そんなオダサクが自らの作家生命を賭けて闘ったのが、当時、文壇の大御所と思われていた志賀直哉でした。

日本の文壇を考えると、今なお無気力なオルソドックスが最高権威を持っていて、老大家は旧式の定跡から一歩も出ず、新人もまたこそこその定跡に追従しているのである。

例えば志賀直哉の小説を最高のものとする定説の権威が、必要以上に神聖視されると、もはや志賀直哉の文学を論ずるということはすなわち志賀直哉礼賛論であるという従来の常識には、悪意なき罪が存在していたと、言わねばなるまい。…志賀直哉の小説は、小説の要素としての完成を示したかも知れないが、小説の可能性は展開しなかった。

「坂田三吉が死んだ。」で始まる「可能性の文学」という死の直前に書かれた評論の一節。坂田の型破りな棋風になぞらえ、自らの文学観を語るあたり、いま読んでもじつに斬新です。

平成二五年にオダサク生誕一〇〇年を迎え、かつては図書館でしか読めなかった主要作が再評価され、文庫本でも復刊されつつあるようです。これからも読み継がれていくべき作家のひとりであることは間違いないでしょう。

太宰治『津軽』

東北の辺境巡る自分探しの旅

太宰治は『斜陽』『人間失格』など戦後の作品が一般にはよく知られていますが、戦時中の言論統制が激しさを増した時代、その空気をかいくぐるかのようにいい仕事をしました。『津軽』はその代表格で、ぼくは今でも、東北を考えるために欠かすことのできない文化論として一級のとても大事な作品だと思っています。

ただ、太宰の作品のなかでは特異な位置を占めるものかもしれません。昭和一九年、三六歳のときの作で出版社から津軽風土記の執筆を依頼され、故郷でありながら、それまで知ることのなかった津軽半島を旅しながら書き上げられました。

或るとしの春、私は、生れてはじめて本州北端、津軽半島を凡《およ》そ三週間ほどかかって一周したのであるが、それは、私の三十幾年の生涯に於《お》いて、かなり重要な事件の一つであった。私は津軽に生れ、そうして二十年間、津軽に於いて育ちながら、金木、五所川原、青森、弘前《ひろさき》、浅虫、大鰐《おおわに》、それだけの町を見ただけで、その他の町村に就《つ》いては少しも知るところが無かったのである。

こんなふうに紀行文にはめずらしく、この物語は作者自身の自己告白から始まります。青森の豪農に生れながら、幼いころは婿養子の父親と病弱な母親のもとで乳母に育てられ、物心ついても叔母と女中が親代わり。それは六男坊の宿命でもあったのでしょうが、太宰文学の根っこには津軽での生い立ちから来た孤独感があって、その意味でも『津軽』はまさに自分探しの旅でもあったと言ってよいでしょう。

行く先々で懐かしい人々と再会するのがこの作品の醍醐味ですが、とりわけ、その昔、太宰が生れた津島家で働いていて、仲良く遊んだり、世話をしてくれた人たちへ思いを馳せるところがいじらしいほど面白い。そのなかにあって、じつにさりげなく、長く辺境ゆえになかば棄民のまま放置されていた津軽の実体が浮き彫りにされます。津軽という土地について、幼なじみのN君と交す議論もその一つです。元和一年（一六一五年）の大凶からずらりと並んだ、津軽の凶作年表ともいえる一覧表を見せられた「私」は「科学の世の中とか何とか偉そうな事を言ったって、こんな凶作を防ぐ法を百姓たちに教えてやる事も出来ないなんて、だらしがねえ」と怒りを露わにします。

N君は笑って、「沙漠《さばく》の中で生きている人もあるんだからね。怒ったって仕様がないよ。こんな風土からはまた独特な人情も生れるんだ」
「あんまり結構な人情でもないね。春風駘蕩《たいとう》たるところが無いんで、僕なんか、いつでも南国の芸術家には押され気味だ」
「それでも君は、負けないじゃないか。津軽地方は昔から他国の者に攻め破られた事が無いんだ。殴られるけれども、負けやしないんだ。第八師団は国宝だって言われているじゃないか」

続けて、太宰はこう書いています。

生れ落ちるとすぐに凶作にたたかれ、雨露をすすって育った私たちの祖先の血が、いまの私たちに伝わっていないわけは無い。春風駘蕩の美徳もうらやましいものには違いないが、私はやはり祖先のかなしい血に、出来るだけ見事な花を咲かせるように努力するより他には仕方がないようだ。

このあたりなど、文化人類学の要素も交えた秀逸な辺境論、日本人論になっていると思います。だからこの作品、単なるルポルタージュと思ったら大間違いです。あくまでも小説作法に則り、作中人物が見事に普遍化されているところは太宰治の面目躍如です。最後、幼少期の子守だった「たけ」という女性に会いに行くクライマックスのシーンがそう。本を読むことを教えてくれたり、地獄極楽の御絵掛地《おえかけじ》を見せて説明してくれた育ての親。そこに津軽人としての粗野な〝がらっぱち〟を見て、自分の性格に通じる共感を響かせるところなど、まさに太宰文学の骨法と言って良いでしょう。

山川菊栄『武家の女性』

女言葉で描く幕末ドキュメント

『武家の女性』を書いた山川菊栄は社会主義の立場から長く女性解放運動を推し進めた思想家で、夫は労農派マルクス主義の指導的理論家として知られた山川均です。

出版されたのは昭和一八年。幕末の水戸藩の下級武士の家で生れ育った母、千世からの聞き書きをもとに武家の家庭や女性の暮らしぶりが生き生きと描かれています。じつは彼女自身、この三年前に柳田國男に会っていて、無名の庶民の歴史の書き方などを教わったようです。といって、もちろん柳田学のような民俗学研究のアプローチをそのままこの作品にあてはめた訳ではありません。それでも市井の人々と同じ目線に立ち、庶民の生活を掘り下げていく姿勢には師弟の血が通い合った成果もまた見ることができます。

トントン、トントンと小さな拳《こぶし》で表門を叩く音が次第に高く、続けざまに聞えてきます。門番の彦八爺《じい》さんが、門脇の長屋から起き出して草履《ぞうり》をつっかけながら出ていったのでしょう、ギーと門の扉のあく音がします。まだ前髪つきの、短い小倉袴《こくらばかま》に脇差一つ（武士の子でも十三、四までは脇差だけです）、キリッとした恰好《かっこう》の小さなお侍の子供たちが二人、三人、次々にわれがちにはいって来ます。

最初に置かれた「お塾の朝夕」の冒頭。山川の祖父、青山延寿が自邸の一角で開いていた私塾が始まる時の光景ですが、まるで昔話を聞いているようだと思いませんか。章立ても「主婦の日々」「きもの」「身だしなみ」「たべもの」「すまい」「遊びごと」といたってシンプル。武家の女性たちが支えた当時の衣食住のあり方がじつにやわらかな文章で綴られていきます。

おばあさんの話では、狐というものは、人間の通りに口はきくけれども、言葉の初めはハッキリしていて、しまいの方がグズグズでよく分らないそうでした。そして、今夜はいやに寂しい晩だなどと思ったりしていると、よく人の気持ちがわかるとみえて、雨戸なしの縁側ですから、どこからでもはいれるので、音もなしに障子があいて、

「御隠居さん、御隠居さん、遊びましょう」

と、やさしい声でよびかけます。見るとべっこうの笄《こうがい》をさした十七、八の島田の娘がのぞき込んでいるのです。

「まだお前などにばかにされるほど、もうろくはしないぞ」といばってやると、スッと消えてしまう。翌朝見ると、縁側に狐の足跡がついているというのでした。

これは「親類のおばさんたち」の一節で、千世が幼いころ、やはり武家の近所のおばあさんから狐にばかされた話を聞くシーンです。これなど童話と言っても遜色のない書きっぷり。続けて「千世はみな本当だと思ってきいていましたが、あるいはこのおばあさんは案外創作家だったのかも知れません」と書いているあたり、ジャーナリストの目も感じさせます。

なかでも「子年《ねどし》のお騒ぎ」の章を読めば、幕末、とくにこのころの水戸の侍がおそろしいくらい生命を無駄に扱っていた時代だということがよくわかります。子年のお騒ぎとは、水戸藩の改革派と保守派が血で血を洗った元治甲子の変、いわゆる水戸天狗党といわれた勤皇派の蜂起のこと。このときは首領の武田耕雲斉の妻や二人の子、三人の孫とともに死罪となりますが、次のような挿話が胸を打ちます。

武田の妻は三歳の男児を抱いて入牢していましたが、ある日珍しくお膳にお刺身がついていたので、ハッとしました。もちろんこれは死出のかどでの、最後の御馳走の意味でした。そうとも知らず、抱いた子が喜んで手を出そうとすると、

「武士の子は首を斬られた時、腹の中にいろいろの物があっては見苦しいから」と抑えました。

殺伐とした話がしっとりとした女言葉で書かれると、受ける印象も大きく違ってくる。こんな

トーンで描かれた幕末史のドキュメントです。後世にこれからも長く残すべき名著だと思っています。

内田百閒『東京日記』

文章から滲み出る魔力

内田百閒といえば『百鬼園随筆』『阿房列車』『ノラや』といった軽妙なエッセーが有名ですが、小説にも多くの話題作があります。特徴は滑稽と諧謔《かいぎゃく》、幻想譚、あるいは夢うつつの不条理ということになりますが、こう言ってしまったとたん、百閒の持ち味である曖昧さが消えてしまうようで実にもどかしい。

その代表作の一つ『東京日記』は昭和一三年、雑誌「改造」に発表されました。ここでは、この作品を含めて、いくつかの短編を扱ってみましょう。

玄関脇の帳場で、不意に女中達のけたたましい叫び声が聞えたと思ったら、入り乱れた足音が、ばたばたと廊下を走って来た。

広い中庭をはさんで、硝子《ガラス》戸に囲まれている縁板《えんいた》を踏み鳴らす音が、家の中じゅうに響き渡って、物物しい騒ぎになった。

六畳の部屋の窓際の机に靠《もた》れて、ぼんやり夕刊を眺めていた私が、何だか解らない癖にはっとして、いきなり立ち上がり、あわてて入口の障子《しょうじ》を開けた途端に、灯りを背中に遮《さえぎ》って、薄暗くなった足もとを、薄白い大きな獣が、尾を曳くような速さで駆け抜けた。

これは「白猫」の書き出し。騒々しさのなかに不穏な気配を漂わせつつ、主人公の「私」の関心はこの下宿先の男女に向かいます。

「おつれ込みかな」と私が考えているところへ、女中のお房が床を取りに来た。隣りの壁を指さしながら、小さな声で、

「変なのですよ」と云った。

「何が」

「だってね、奥さんの方が、もう四十を越しているらしいのに、白粉《おしろい》をべたべた塗ってるんでしょう。着物だって、そりゃ派手なのよ。そうして、何だかいやだわ、旦那様が若くて、青い顔をして、片っ方の眼がちっとも動かないんですの」

隣室の情痴を勘ぐる「私」と女中さんの会話。どこか珍妙なちぐはぐさがあるのが面白い。この皮膚感覚。文章から滲みだしてくる魔力というほかありません。これが表題の『東京日記』になると、どうなるか。

私の乗った電車が三宅坂を降りて来て、日比谷の交叉点に停まると車掌が故障だからみんな降りてくれと云った。
外には大粒の雨が降っていて、辺りは薄暗かったけれど、風がちっともないので、ぼやぼやと温かった。

「その一」の冒頭ですが、「ぼやぼやと温かい」とはまた、不思議な表現ですね。のっけからから、関節を抜き取られたように文脈自体が妖しくなってきました。
二三編の断章で構成され、すべてに東京の街が登場します。でも、その風景のひとつひとつはやはりどこかおかしい。「その一」の続き。皇居のお濠《ほり》ばたでは突然、こんな描写になります。

水の塊があっちへ行ったり、こっちへ寄せたりしている内に、段段揺れ方がひどくなると思っていると、到頭水先が電車道に溢《あふ》れ出した。往来に乗った水が、まだもとのお濠へ帰らぬ内に、丁度交叉点寄りの水門のある近くの石垣の隅になったところから、牛の胴体よりもっと大きな鰻《うなぎ》が上がって来て、ぬるぬると電車線路を数寄屋橋《すきやばし》の方へ伝い出した。

どこまで行っても全編がこんな感じですが、細部に細部を積み重ねた文章はあくまでも正攻法でけれん味などちっともありません。

私は二、三日前からそんな事になるのではないかと思っていたが、到頭富士山が噴火して、風の向きでは、微《かす》かではあるけれども、大地を下から持ち上げる様な、轟轟《ごうごう》と云う地響きが聞こえ出した。

「その十」に至ってはついに富士山まで噴火する始末。しかも、周到にそれを予感していたというのですから。ここらあたり、ひとを食ったようでいながら、どこか不思議な真剣ささえ伝わってくる。読む者はいよいよこれは何だと頭を抱えることになりますが、この百閒的飛躍こそは作品の名状しがたい魅力になっていると思います。

年譜を見れば、昭和三二年、六八歳の項に「三月、家猫ノラ失踪」とあり、家猫の失踪まで書いた年譜は寡聞にしてぼくは他に見たことがありません。しかし、百閒のほうはその年に『ノラや』という作品集まで刊行しています。生き様も交えたこのユーモアとナンセンス、近代文学のなかではとても貴重です。比類なき作家の特質と言っておかなければなりません。

島崎藤村『夜明け前』

庶民の目で見つめた歴史の荒波

詩人としての島崎藤村は『若菜集』で新体詩を完成させました。若い女性の恋愛感情を詠い上げたすぐれた抒情詩集でしたが、しかし、近代文学の主題の一つ〝自身の心の闇〟といったものは直接には描かれませんでした。この点、小説『夜明け前』は幕末から明治維新へと時代が大きく移り変わるなか、社会正義への激しい理想に燃えながら、ついには時代そのものによってつぶされていく父をモデルにその没落を凝視した、日本の自然主義文学最高の峰を成すにいたった作品と言ってよいでしょう。

雑誌「中央公論」で連載が始まったのは昭和四年、藤村晩年の五四歳のとき。以来年四回、七年間にわたって書き継がれました。舞台は中仙道の宿場町だった信州・木曽谷です。

木曽路はすべて山の中である。あるところは岨《そば》づたいに行く崖の道であり、あるところは数十間の深さに臨む木曽川の岸であり、あるところは山の尾をめぐる谷の入口である。一筋の街道はこの深い森林地帯を貫いていた。

ご存知の方も多いだろう有名な書き出し。この静謐《せいひつ》さが逆に山深いこの地に怒濤《どとう》のようにやがて押し寄せて来る時代の荒波を予感させます。

主人公の青山半蔵は三二歳のとき、木曽谷の馬籠村の本陣、問屋、庄屋を兼ねた家の跡役になりますが、冒頭部では父、吉左衛門が慎ましく暮らしを守り、いかに村の後見人として尽力したかが綴られます。半蔵もまた父の思いを受け継ぐようにいつも村人を思う青年として、一方では学問好きの草莽《そうもう》の士として成長していく様子が描かれます。

馬籠本陣のような古い歴史のある家柄に生れながら、彼（半蔵）の眼が上に立つ役人や権威の高い武士の方に向わないで、いつでも名も無い百姓の方に向い、従順で忍耐深いものに向い向いしたというのも、一つは継母《ままはは》に仕えて身を慎んで来た少年時代からの心の満たされがたさが彼の内部《なか》に奥深く潜んでいたからで。

その半蔵は、耕地が少ないため農業が難しく、林業にすがるしかない村人を盗木禁止で一律に縛る藩の山林規則に対して、そこから次第に改革を訴え、世直しの理想へと燃え始めていきます。時あたかも黒船ペリー来航の知らせが山深いこの地にも届き始めたころ。鎖国か開国か。時代が刻々と動くなか、半蔵の理念を支えたのは復古神道を説く平田篤胤派の国学であり、つまりは攘夷につながる王政復古の思想でした。

藤村は丹念に細部を尽くしながら、その筆は長州征伐や尊皇攘夷の水戸天狗党などの事件、皇女和宮の降嫁など幕末史の流れそのものを東西交通の要衝だったこの中山道を去来する人々の動きを通して、木曽谷の一本陣の眼差しから見つめていきます。映画のカメラアイのように定点を定め、そこから決して目を離さない。それが歴史家の描く歴史とは違う、そこに生きる人々の息づかいが聞えてくるようなリアリティを醸し出します。

小説のクライマックスは後半、明治になって本陣が廃業になったあとの半蔵が東京の教部省に奉職中、廃仏毀釈を推進した平田派の残党としてひとり、明治天皇の行幸の列に扇子を投げ入れて直訴に及ぶシーン。扇子には西欧文明の氾濫を放任すべきではないとの憂いを込めた半蔵の「蟹の穴ふせぎとめずは高堤《たかづつみ》やがてくゆべき時なからめや」という自作の歌がしたためてありました。


その時、彼は実に強い衝動に駆られた。手にした粗末な扇子でも、それを献じたいと思うほどの止むに止まれない熱い情《こころ》が一時に胸にさし迫った。彼は近づいて来る第一の御馬車を御先《おさき》乗《のり》と心得、前後を顧みるいとまもなく群衆の中から進み出て、その御馬車の中に扇子を投進した。そして急ぎ引きさがって、額を大地につけ、袴《はかま》のままそこにひざまずいた。

「訴人《そにん》だ、訴人だ」

その声は混雑する多勢の中から起る。

自らの理念に敗北する半蔵の痛々しい姿。最後、狂気で座敷牢に幽閉されるシーンとともに、この作品のテーマを見事に象徴しています。

ここにはモデルになった藤村の父、島崎正樹の生き方が実像に近い形で投影されていますが、同じ藤村の作品でも『家』が島崎家の内部に照準をあてるためにあえていっさいの時代状況を封印したのに対し、『夜明け前』はめまぐるしく変化する歴史の動きを庶民の側から見つめ、時代に翻弄される人々を壮大なスケールで浮かび上がらせました。〝あらゆる問題を扱えるのが小説だ〟というバルザック的テーゼを証明した、まぎれもない世界文学のひとつだと思います。

徳田秋声『あらくれ』

愚直な女のひたむきさ

徳田秋声が生きた明治から大正期、自然主義は当時としては最も新しい文学ジャンルの一つでしたが、同時に早くもこの国独特の自分の無力さを鋭く意識する私小説へと転換を強いられていました。大正四年に発表された『あらくれ』は秋声の代表作であり、また、この時期特有の異相を示した作品でもあると言えます。

つまり、私小説では実生活をありのまま赤裸々に描くので、作者が作中人物を批評的に造形したりするようなことはまず、ありません。平面描写と言われる所以ですが、ここでは作者と主人公が同一視されるのが特徴とされました。

この点、秋声の『あらくれ』は自然主義系列にあっても、これらの私小説とは一線を画す独自のスタイルを持っていました。

お島が養い親の口から、近いうちに自分に入り婿《むこ》の来るよしをほのめかされた時に、彼女の頭脳《あたま》には、まだ何らのはっきりした考えも起こって来なかった。

十八になったお島は、そのころその界隈《かいわい》で男ぎらいという評判を立てられていた。そんなことをしずとも、町屋の娘と同じに、裁縫やお琴の稽古でもしていれば、立派に年ごろのきれいな娘で通して行かれる養家の家柄ではあったが、手さきなどの器用に産まれついていない彼女は、じっと部屋のなかにすわっているようなことはあまり好まなかったので、稚《ちいさ》いおりからよく外へ出て田畑の土をいじったり、若い男たちと一緒に、田植えに出たり、稲刈りに働いたりした。

秋声の多くの作品がそうであるように、ここでもお島という女性が主人公。実家が貧しく、七歳で養女に出された彼女は典型的な庶民の暮らしを強いられますが、この時代には珍しく最初からどこか自主的な自分の生き方を求める、はっきりとした自我を持った人物として描かれます。たとえば、この縁談話。相手はこの養家で使用人のように扱われている作太郎という男ですが、裕福な家柄だけに相続の欲も手伝ってお島の実家の親も一途にと願っています。ところが、お島は物腰のなよなよしたこの作太郎が嫌いで、実家に戻っては説得されてまた連れ戻されるという繰り返し。そして結局、先妻が病死した鶴さんという缶詰屋の後妻に落ちつきますが、そこでも身ごもった子供の親がだれなのか、作太郎との関係に疑惑の目を向ける主人との間にたちまち、ぎくしゃくを生じさせたりします。

「ちょいと、あなたはどんな子が産まれると思います。」お島は終始気にかかっている事を、鶴さんにもきいてみた。

「どうせあっしには肖《に》ていまい。そう思っていれぁ確かだ。」鶴さんは鼻で笑いながら、後ろ向きになった。

「どうせそうでしょうよ、これはわたしのお土産《みやげ》ですもの。」お島は不快な気持ちに顔をあからめた。

「でも戯談《じょうだん》にもそういわれると、いやなものね。子供がかわいそうのようで。」

「こっちの身もかわいそうだ。」

「それは色女にあえないからでしょう。」

二人の神経がだんだん尖《とが》って来た。

結局、お島はここも飽きたらず、やがて別の男をパートナーにして洋服屋の仕事を始めます。物語は万事こんな調子で一見まとまりのない日常生活を積み重ねながら進みますが、社会のしがらみを一身に背負いながらも懸命に生きようとするお島のたくましさにはなぜか、奇妙なリアリティーがあって、しかも文章の随所に作者自身の「おい。しっかり生きろ」とお島を後押ししているかのような気配さえ感じ取ることができるのが面白い。この愚直なひたむきさは、このまま寄る辺ない現代の世相にも通じる気がします。

折口信夫『死者の書』

小説で再現した古代史

折口信夫は民俗学を国文学に導入した人として著名ですが、釈 迢空《しゃくちょうくう》の名で歌を、さらに小説なども残しました。

『死者の書』はそんな小説のひとつで、折口が五〇歳を過ぎてから発表した、奈良二上山の麓、当麻寺に伝わる中将姫伝説に大津皇子など古代史の人物を配した物語です。折口学といわれる古代研究を知るテキストとしても、とても興味深いものだと思われます。

彼《か》の人の眠りは、徐《しず》かに覚めて行った。まっ黒い夜の中に、更に冷え圧するものの澱《よど》んでいるなかに、目のあいて来るのを、覚えたのである。

したした した。耳に伝うように来るのは、水の垂れる音か。ただ凍りつくような暗闇の中で、おのずと睫《まつげ》と睫とが離れて来る。

膝が、肱《ひじ》が、徐《おもむ》ろに埋れていた感覚をとり戻して来るらしく、彼の人の頭に響いて居るもの――。全身にこわばった筋が、僅《わず》かな響きを立てて、掌《たなそこ》・足の裏に到るまで、ひきつれを起しかけているのだ。

書き出しの部分。時は飛鳥時代、謀反を理由に叔母の持統天皇によって死を賜った大津皇子の霊魂が長い眠りから覚め、往時を回想するという展開です。もう少し読んでおきましょう。

時がたった――。眠りの深さが、はじめて頭に浮んで来る。長い眠りであった。けれども亦《また》、浅い夢ばかりを見続けて居た気がする。うつらうつら思っていた考えが、現実に繋《つなが》って、ありありと、目に沁みついているようである。

二節では大津皇子がかつて思慕した耳面刀自《みみものとじ》の御霊を探して修験者が二上山を訪ねる場面へと切り替わり、ここで物語の時間が大津皇子が没した約五〇年後であることが告げられます。続く第三節では当麻寺界隈に迷い込んだ藤原家の郎女《いらつめ》、つまり中将姫のことですが、彼女が保護され、語り部の老婆から藤原家の史実をめぐる昔話を聞かされるという具合に物語は進み、さらに大伴家持の身辺などにも話は及んでいきます。古代の風景描写や心象風景の描き方もまた、印象的です。

ほほき　ほほきい　ほほほきい――。

きのうよりも、澄んだよい日になった。春にしては、驚くばかり濃い日光が、地上にかっきりと、木草の影を落して居た。～たった一羽の鶯《うぐいす》が、よほど前から一処《ひとところ》を移らずに、鳴き続けているのだ。

（第一一節）

つた　つた　つた。

郎女は、一向《ひたすら》、あの音の歩み寄って来る畏《おそろ》しい夜更けを、待つようになった。おとといよりは昨日、昨日よりは今日という風に、其跫音《そのあしおと》が間遠になって行き、此頃はふつゝに音せぬようになった。

（第一五節）

このようにオノマトペが随所に使われますが、これは文字がまだなかった語り部の時代の表現にいろいろ苦心したせいと思われます。この点、黙読にすっかり慣らされてしまった現代の私たちですが、ここは、ぜひとも声に出して読んでいただきたいと思います。当麻を「たぎま」、嫗を「おうま」、石城を「しき」などと読ませたりする独特の表記法にも古代をそのまま再現したいという作者の肉声を聞く思いがします。それにしても、他に例を見ない不思議な小説です。

菊池寛『恩讐の彼方に』

戯曲の精神で書かれた純文学

菊池寛はいまでこそ文藝春秋社を興し、芥川賞、直木賞を創設した事業家としての顔がよく知られ、また、作家の書いたものへの権利意識が希薄だった当時、著作権保護でも「文芸家協会」をつくるなどして尽力した功績は少なくありませんが、初期には純文学の世界でも大いに活躍しました。

大正五年に立ち上げたのが『第四次新思潮』。メンバーは芥川龍之介や久米正雄といずれも個性的な面々で菊池自身も戯曲から出発し、翌年に発表した『父帰る』は代表作の一つになります。最初はさしたる評判にもならず、本人は小説に転向しますが、これが二代目市川猿之助によって上演されると一躍絶賛を浴び、何度か映画化もされました。

『恩讐の彼方に』は大正八年、菊池が時事新報社の記者をしていたころに書かれた歴史小説。これは大分県の名勝・耶馬渓《やばけい》の難所に旅の僧侶が行き着き、何十年もかけて掘り進めて完成させたトンネル「青の洞門」の逸話がモデルになっています。

市九郎は、主人の切り込んで来る太刀《たち》を受け損じて、左の頬から顎へかけて、微傷ではあるが、一太刀受けた。自分の罪を——たとえ向こうからいどまれたとはいえ、主人の寵妾《ちょうしょう》と非道な恋をしたという、自分の致命的な罪を、意識している市九郎は、主人の振り上げた太刀を、必至な刑罰として、たとえその切先を避くるに努むるまでも、それに反抗する心持は、少しも持ってはいなかった。

書き出しの一節ですが、畳みかけるような語り口。いきなり物語の核心に引きずり込まれてしまいますね。これは後期に量産される通俗小説とは明らかに一線を画しています。

舞台は江戸時代。主人公の若武士、市九郎は旗本屋敷に奉公していて、主人の三郎兵衛の妾、お弓と密通したことが明るみに出て手討ちされるはめになり、それが冒頭のこの場面。とっさに反撃に出た市九郎は逆に主人を斬り殺してしまい、二人で逃げ出した先で峠茶屋を開きます。じつはこれは仮の姿で、市九郎はお弓にそそのかされ、茶屋を訪れる旅人の後をつけてはわずかばかりの金品を奪う人斬り強盗に手を染めていたのです。お弓の強欲さと自身の罪業に恐れをなした市九郎はやがてお弓のもとを離れて出家を果たし、法名を了海と改めて全国行脚の旅に出ます。そして豊前《ぶぜん》国の山国川沿いを訪れると、鎖渡しという難所で多く人が命を落としていることを知る。その場面を見てみましょう。

市九郎は、自分が求め歩いたものが、ようやくここで見つかったと思った。一年に十人を救えば、十年には百人、百年、千年とたつうちには、千万の人の命を救うことができると思ったのである。

こう決心すると、彼は、一途に実行に着手した。その日から、羅漢寺の宿坊に宿りながら、山国川に添うた村々を勧化《かんげ》して、隧道開鑿《ずいどうかいさく》の大業の寄進を求めた。

が、何人もこの風来坊の言葉に、耳を傾ける者はなかった。

そこで市九郎は自分ひとりで刳り貫く作業に入ります。そして一八年たったある日、物語は岩場を掘削する市九郎の前に、父親の三郎兵衛を殺された実之助が仇討ちのために現れるという具合に進みます。一種のメロドラマですが、菊池文学の面白さはなんといってもこの〝直球〟ぶりにあります。単純さがあざやかな個性にもなっている。戯作の精神で書かれた純文学と言ってよいでしょう。

手元にある岩波文庫版にはこの他、殿様ゆえに人から叱責されることなく育ち、家臣から腫物にさわるような振る舞いを受ける暴君の孤独をテーマにした『忠直卿行状記』、密夫の所作に苦心するあまり、人妻に偽りの恋を仕掛けてまで芸を磨く狂言役者の姿を描く『藤十郎の恋』なども入っています。どの作品にも共通しているのはまさに人間性の発見です。悪人は善人に、苦労人はやがてハッピーになっていく。このあたり、小島政二郎が「注はいるまいと思うが」という巻末の解説でうまく表現しています。

人生のための文学しか彼（菊池）の意中になかった。いつか芥川竜之介と、善と美とについて論じ合った時、彼は言下に「僕は善の方が大事だね」と言い切った。彼の小説は、どういうふうに生きることが正しいかという問題の提出でないものはない。

こうした文学がめっきり少なくなった現代だからこそ、貴重な一冊といえそうです。

知里幸恵『アイヌ神謡集』

アイヌの言語文化を復権

アイヌはもともと文字を持たなかった民族で、そのためユーカラと呼ばれる詞曲が口承によって伝えられてきました。アイヌ語で叙事詩を意味します。それらはさらに神が歌う「カムイユーカラ」（神謡）と「人間のユーカラ」（英雄叙事詩）に分けられますが、『アイヌ神謡集』はこのカムイユーカラを集めたものです。

編訳にあたった知里幸恵は北海道登別のアイヌの村に生まれ、カムイユーカラの謡い手でもあった祖母や母親からこの口承文学を身近に聞いて育ちました。たいへん理知的で聡明な女性だったそうで、一五歳のとき、アイヌ語の調査で村を訪れた言語学者、金田一京助と出会い、彼の勧めもあってカムイユーカラを日本語の文字に起こす作業に取りかかりますが、幼少から重い心臓病を患っていて、大正一一年九月、心臓発作のため出版を見ることなく急逝。まだ一九歳という若さでした。翌年この遺稿が郷土研究社から上梓されたことで当時、絶滅に瀕していたアイヌの言語文化の復権にもつながったといわれます。その意味で彼女の功績は計り知れません。いったいどんな作品なのでしょうか。

「銀の滴降る降るまわりに，金の滴
降る降るまわりに，」という歌を私は歌いながら
流に沿って下り，人間の村の上を
通りながら下を眺めると
昔の貧乏人が今お金持になっていて，昔のお金持が
今の貧乏人になっている様です．

梟《ふくろう》の神の自ら歌った謡「銀の滴降る降るまわりに」の書き出し。上空から人間の村を眺めるフクロウの神様の登場の仕方がユニークですね。岩波文庫には一三編収められていますが、神様はキツネやウサギ、カエルやカワウソ、時には沼貝にもなって自分の体験を語るという形で進行します。他の作品も見てみましょう。

トーロロ　ハンロク　ハンロク！
「ある日に，草原を飛び廻って
遊んでいるうちに見ると，
一軒の家があるので戸口へ行って

見ると，家の内に宝の積んである側に
高床がある，その高床の上に
一人の若者が鞘《さや》を刻んでうつむいて
いたので，私は悪戯をしかけようと思って敷居の上に
坐って，「トーロロ　ハンロク　ハンロク！」と
鳴いた．

（蛙が自ら歌った謡「トーロロ　ハンロク　ハンロク！」）

言葉のリフレインやオノマトペがたくみに使われて、まるで小川の流れにのっているような気分になりませんか。文字を持たなかったからこそ記憶が残り、こんなリズムになって体に刻み刻まれて伝えられてきたのでしょう。さてこのカエルの神様、次の場面では悲劇に見舞われてしまいます。

「トーロロ　ハンロク　ハンロク！」と鳴いたら
突然！　彼の若者がパッと起ち
上ったかと思うと，大きな薪《たきぎ》の燃えさしを
取り上げて私の上へ投げつけた音は
体の前がふさがったように思われて，それっきり

どうなったかわからなくなってしまった.
ふと気がついて見たら
芥捨場《あくすて》の末に，一つの腹のふくれた蛙が
死んでいて，その耳と耳との間に私はすわっていた.

動物があっけなく人間に殺されてしまうのはどの作品にも共通するエピソードです。カエルは死にましたが、カエルの神様は霊ですから、耳のそばにすわっているというわけです。ここがアイヌ民族の自然（生きものたち）との折り合いのつけ方で、面白いですね。

冒頭には知里幸恵が亡くなる半年前に書いた序文があります。名文ですので、それも紹介しておきます。

愛する私たちの先祖が起伏す日頃互いに意を通ずる為に用いた多くの言語，言い古し，残し伝えた多くの美しい言葉，それらのものもみんな果敢なく，亡びゆく弱きものと共に消失せてしまうのでしょうか．おおそれはあまりにいたましい名残惜しい事で御座います．
アイヌに生まれアイヌ語の中に生いたった私は，雨の宵，雪の夜，暇ある毎に打集って私たちの先祖が語り興じたいろいろな物語の中極く小さな話の一つ二つを拙い筆に書連ねました．

心あるお母さん方、幼い子供たちがおいででしたら、ぜひ一度読んであげてください。ついでながら、改行の所でも一拍おいてください。岩波文庫版は原文がアルファベット表記でも併録されているので、音読すれば、これも楽しめます。

柳田国男『雪国の春』

自然に寄り添う生きざま

柳田国男は日本の民俗学を開拓した第一人者ですが、農政学の研究者兼実務家でもあったことは意外に知られていません。東京帝大を出るとすぐ明治政府の高等官僚となり、それがすべて『遠野物語』をはじめ〝柳田学〟と呼ばれる数々の名著を生み出す基盤になりました。

最初に農商務省に入って取り組んだのが農村部における産業組合の普及でした。地主や庄屋層に呼びかけて、零細農家が圧倒的な村の生活を改善するためには一致団結した組合組織で商品作物を生産する必要があると訴えたのです。そこに貫かれているのは、富や知識人がすべて東京に集中する傾向を徹底して否定する〝低みの姿勢〟。官僚時代すでに、フォークロア（民間伝承）に着目した柳田は鉄道のない辺境まで足を運び、日本人の生活のルーツを聞き取る作業を開始しました。

官僚になったのも地方に取り残される細民の救済を願ったからでしょう。たとえば『山の人生』の冒頭には法制局参事官時代に予審調書で読んだという痛ましいエピソードが紹介されています。妻に先立たれた炭焼きの男が炭が売れず食べるのに困って子供を斬り殺してしまった実話です。

二人の子供がその日当りの処にしゃがんで、頻《しき》りに何かしているので、傍へ行ってみたら一生懸命に仕事に使う大きな斧を磨いていた。阿爺《おとう》、これでわしたちを殺してくれといったそうである。そうして入口の材木を枕にして、二人ながら仰向けに寝たそうである。それを見るとくらくらとして、前後の考えもなく二人の首を打ち落してしまった。…我々が空想で描いてみる世界よりも、隠れた現実の方が遥かに物深い。また我々をして考えしめる。

庶民に向けられた眼差しがこの文章からも感じ取れます。前置きが長くなりましたが、『雪国の春』は官僚の職を辞した柳田が朝日新聞の客員として東北に赴いた際の見聞記です。そこに収められた「豆手帖から」は大正九年八月から九月にかけての紀行文を集めたものですが、その足跡が東日本大震災で津波被害を受けた沿岸部と重なり合っていることに驚きました。なかでも「二十五箇年後」という文章は、集落の女性が死者約二万二〇〇〇人に達した明治二九年の三陸地震大津波を回想する話です。

家の数が四十戸足らずのうち、ただの一戸だけ残って他はことごとくあの海嘯《つなみ》で潰れた。その残ったという家でも床の上に四尺あがり、時の間にさっと引いて、浮くほどの物はすべて持って行ってしまった。その上に男の子を一人なくした。…この話をした婦人はそのおり十四歳であった。高潮の力に押し回され、中の間の柱と蚕棚との間に挟まって、動かれなくているうちに水が引き去り、後ろの岡の上で父がしきりに名を呼ぶので、登って行ったそうである。その晩はそれから家の薪を三百束ほども焚いたという。海上からこの火の光を見かけて、泳いで帰った者もだいぶあった。

海に逃れたという点に注意してください。おそらく古老からの言い伝えだったのでしょう。柳田はこう続けます。

総体に何を不幸の原因とも決めてしまうことができなかった。たとえば山の麓に押しつぶされていた家で、馬まで無事であったのもある。二階に子供を寝させておいて湯に入っていた母親が、風呂桶のまま海に流されて裸で命をまっとうし、三日目に屋根を破って入ってみると、その児が疵《きず》もなく生きていたというような珍しい話もある。

おそらく国も政府も何も手を差し伸べてくれなかった時代。ここには悲しいほどいじらしい自然への寄り添い方があって、その生きざまが激しく私たちの胸を打ちます。日本列島は津波のみならず、多くの自然災害を了解しなければ住めない国だからでしょう。この文章は大津波から二五年後の風景で締めくくられます。

結局村落の形はもとのごとく、人の数も海嘯の前よりはずっと多い。…村の人はただ専念に鰹節を削りまたはスルメを干している。歴史にもやはりイカのなま干し、または鰹のなまり節のような段階があるように感じられた。

柳田国男がこうしてこつこつ行脚を始めたころ、地方(田舎)はまさに疲弊の一途をたどっていました。翻って三・一一の現実はどうなのでしょうか。

川端康成『雪国』

乱反射する美意識

川端康成の『雪国』は「国境の長いトンネルを抜けると雪国であった。夜の底が白くなった。信号所に汽車が止まった。」で始まる、あまりにも有名な作品です。じつは成立過程がたいへんに面白い。昭和一二年に長編小説として発表されましたが、連作形式で何編もの短編を書き継いできたものをひとつにまとめたものであることは案外知られていませんね。

さきほどの冒頭で始まるのはもともと昭和一〇年、川端が三六歳のときに書き始めた「夕景色の鏡」という短編でした。親譲りの財産で無為徒食の生活をしている島村という男が雪深い温泉町の馴染みの芸者駒子に会いにいく話。とても印象的な場面から書き起こされています。

島村は夕暮れどきの汽車のなかにいて、窓ガラスに映った向こう側の座席にいる娘を盗み見しているのです。娘は葉子といい、さきほどからそばで横たわっている病人じみた若い男を介抱している。この男、じつは島村がこれから会いにいく駒子の三味線と踊りの師匠の息子なのですが、そんなことは島村はまだ知らない。鏡というのはまさにその汽車の窓ガラスのことで、そこに娘の顔と夕闇の野山のともし火が二重写しになっていったりする。たとえば、こんな一節があります。

鏡の底には夕景色が流れていて、つまり写るものと写す鏡とが、映画の二重写しのように動くのだった。登場人物と背景とはなんのかかわりもないのだった。しかも人物は透明のはかなさで、風景は夕闇のおぼろな流れで、その二つが融け合いながらこの世ならぬ象徴の世界を描いていた。殊に娘の顔のただなかに野山のともし火がともった時には、島村はなんともいえぬ美しさに胸が顫《ふる》えたほどだった。

窓の鏡に写る娘の輪郭のまわりを絶えず夕景色が動いているので、娘の顔も透明のように感じられた。しかしほんとうに透明かどうかは、顔の裏を流れてやまぬ夕景色が顔の表を通るかのように錯覚されて、見極める時がつかめないのだった。

主人公の視点がまるで玉突きのように乱反射していますね。それにしても、川端はどうしてこんな手のこんだ描写をしなければならなかったのか。物語を書くだけなら、わざわざこんな手法は取らなくてもよかったはず。それは、この小説が島村という男の美意識、つまりその感覚化された世界を通して描かれる女性像がテーマの小説だからです。窓ガラスという透かしを入れなければ、実現できない美意識。それが『雪国』を貫くテーマにもなっている。この点に関して、作家の伊藤整はこんな風に書いています。

夕暮の田舎の風景の中の一つの灯に重なる女の顔。そこに突然女の存在の美しさのきわまりが実感される。島村は決して情人とか女好きという存在ではなく、美しく鋭いものの感覚的な秤《はか》りである。そして、この島村が女と触れ合うところに発する火花。それが、この作品のあらゆる行にせわしなく息づまるように盛られている実体である。

じつに言い得て妙。こうした短編が寄り集まった奇妙な小説、それが『雪国』なのです。ぼくはこの点にこそ、芥川でもなければ鷗外でもなく、川端康成の小説が存在する理由があるのだと思っています。

戦後、改めて発表された改定版『雪国』には、新たに「雪中火事」という章が加わりました。葉子という先に述べた汽車の中の娘が痛ましい死を遂げる話ですが、幼少から家族と次々に死別した体験を持つ川端だからこそ、戦争を経てあえて死と向き合うようなこの章を書き足したくなったのかもしれません。

金子光晴『西ひがし』

生活者への水平の眼差し

近代詩人のなかでは、一般には金子光晴ほど奇々怪々な人物はいませんね。あの有名な詩集『鮫』『落下傘』をはじめ、戦時下の権力への抵抗詩を書いたことで知られていますが、日本の詩壇にはめずらしく、近代詩の流派のどこにも収まる詩人ではなかったことも特徴です。なにしろ、大学を中退してわずか数年で親の遺産を食いつぶしてしまい、海外を転々とする。その体験も、お金も何もないまま、いわば行きあたりばったりで、しかも夫婦ふたり旅だから、面白い。

『西ひがし』は『どくろ杯』『ねむれ巴里』に続く自伝三部作のひとつ。金子光晴が亡くなる前年の昭和四九年、七九歳のときに出した紀行文ですが、ここで描かれているのはそれより四〇年以上も前の昭和初期の出来事。当時、彼は詩集『こがね蟲』で注目され、サンボリズム（象徴主義）の詩人と目されていましたが、その栄光を捨て昭和三年から足かけ五年間、世界放浪の旅に出ました。それもゆきづまった夫婦関係のもつれを何とかしたいという、それだけの理由で。

東南アジアからヨーロッパに向ったのち、東京美術学校時代に腕前を培った自作の絵を売って旅行費を稼ごうと妻をひとりベルギーに残し、自分だけシンガポールに戻ってくるところから、物語は始まります。それにしても、この夫婦、新しい相手ができたら遠慮なくお互い別れるという条件で一緒になったのですが、読んでいると、どうもこの危機にさらされているのが、いつも金子の方なんですね。女性関係で晩年は自ら「エロ爺さん」と公言してはばからなかった金子光晴ですが、どうやらこの点に関しては妻の森三千代のほうが何枚も上手だったようです。彼のいない間にこっそり男関係を結ぶような彼女に最後まで引きずられた人生であったのですから。

ともあれ、この作品の魅力になっているのが、東南アジアの貧しい生活をしいられる人びとへの水平の眼差しと原色に近い風景描写です。

光が盤石の重たさで頭からのりかかってきて、土地の体臭とでも言うべき、人間以外のものまでみないっしょくたになった、なんとも名状できない漿液《しょうえき》の臭気に、この身をくさらせ、ただらせようとかかるのであった。「ああ。この臭い」と、気がついただけで、三年間忘れていた南洋のいっさいが戻ってくるのであった。

再び、東南アジアの地を踏んだやすらぎの実感がそうさせるのか、金子光晴の目はもはや旅行者ではなく、現地の生活者のそれになっていて、まるで地べたを這うような生理感覚で書いています。そうかと思えば、こんなとぼけた味わいの文章もある。

家の下には、鰐が気永に待っていて、残飯や野菜切くずが落ちてくると、御馳走さんと言うわけであった。

えらくやさしい鰐ですね。もちろん、ヤモリやゴキブリやマラリヤ蚊も。それに人間だって詐欺師みたいな客引など相当いかがわしい人物が次々登場してきますが、そこに向けられる金子光晴の目は一貫して温かい。なんともいえない哀切感があるんです。

思えば、彼がこれを書いたのはオイルショックの年でした。高度経済成長期の物余りの浮ついた現実に、どこかシニカルに居直っているようなところが感じられないでしょうか。

人の生のつづくかぎり。
耳よ。おぬしは聴くべし。
洗面器のなかの
音のさびしさを

詩集『女たちへのエレジー』に収められた「洗面器」という詩の有名な一節。こんな表現もきっと、こうした体験から生まれたものなのでしょう。

島尾敏雄『死の棘』

崩れゆく妻を追う

『死の棘』は島尾敏雄の代表作です。川端康成の『雪国』と同様、当初は読み切り形式で書き継がれてきたものが昭和三五年に初めて連作に組み直され、一遍の長編になりました。いわゆる「病妻もの」と呼ばれます。作家である夫の浮気を知り、精神錯乱に陥った妻。その〝崩れゆく姿〟に徹底して同伴する夫（私）と子どもたちの日々を追求したもので、とにかく凄まじいのひとことに尽きる小説です。

たとえば、女の所から帰ってきた主人公の「私」がカギのかかった家の外から室内を覗くシーン。

その日、昼下がりに外泊から家に帰ってきたら、くさって倒れそうになっているけんにんじ垣の木戸には鍵がかかっていた。胸がさわぎ、となりの金子の木戸からそっと自分の家の狭い庭にまわって、玄関や廊下をゆさぶってみたが鍵ははずれそうでない。仕事部屋にあてた四畳半のガラス窓は、となりとの境の棒くいを立てただけの垣のすぐそばで、金子や青木のほうからまる見えだが、ガラスの破れ目に目をあててなかを見ると、机の上にインキ壺がひっくりかえったままになっている。いきがつまり裏の台所にまわった。

第一章「離脱」の冒頭の一節。妻によって打ち倒されて転がっているインク壺は、この日を境に豹変していく妻の予兆をそのまま告げることになります。そう、この小説の主人公は島尾敏雄自身です。妻のミホ夫人もそのまま実名で登場し、知り合いの編集者に金を前借りにいくなどといった家庭の生活実態まで踏み込んで赤裸々に描かれたため、発表当時は極限的な「私小説」として話題になりました。

ところで、島尾敏雄という作家は戦時中、学徒兵から特攻隊の指揮官になり、終戦のわずか二日前にボート型の特攻艇「震洋」による発進命令を受けながら、命令が実行されないまま、奇跡的に終戦を迎えるという経験をもっています。これはドストエフスキーの死刑宣告の恩赦にも匹敵する激烈な体験といってもいいでしょう。こうした自身の戦争体験が『出発はついに訪れる』など初期の作品ではシュールレアリズム（超現実主義）風の極めて前衛的な文体で描かれました。ところが、『死の棘』では逆に一転して徹底したリアリズムの方法が取られたのはなぜか。じつはここにこそ、島尾文学を理解するためのひとつの大きなカギが隠されているのではないかとぼくは考えています。

木炭ストーブに燃える火が理髪店の狭い部屋を充分にあたため、春先の日なたぼっこの気分になりながら、私は自分が世間と肉ばなれしたおそろしい場所に居ることをさとらないわけには行かない。

主人公の私が理髪店の椅子に座りながら、自分のいまいる場所を述懐するシーンです。つまり、ここでは戦争の過酷な現実を生き延びた島尾自身の、こんどは妻との果てしない逆上の日々を闘う生々しい内面が表現されてゆくことになるのですが、重要なのは、ことあるごとに鬼のごとく自己批判を迫る妻に対し、その原因がすべて自分にあることをみとめ、いっさいの反抗をやめてしまうこと。諸悪の根源はこの「私」だという自覚ですね。それによって、精神の病の渦中にある妻の姿がより如実に浮き彫りになっていく。

だから、これはもはや「私小説」の枠を超えた一種の「不条理文学」といってしまうほうがいいようです。戦中の死に直面した日々からかろうじて往還した島尾敏雄が夫婦の崩壊をまのあたりにしたときの、生の側にむけてのもういちどのあがき。その極限までの追いつめ方にいつのまにか私たちは襟を正したくもなってきます。そこで描かれるのが、途方もない日常のくり返しだけに慄然となります。

その意味で、小説の可能性をぎりぎりまで追究した作品だと言えるでしょう。こんなものを書いた作家は日本の近代文学を見渡しても、やはり島尾敏雄以外にはいません。貴重な存在です。

高橋和巳『悲の器』

法と国家をめぐる思弁

『悲の器』は一九七〇年代にかけて日本社会を呑み込んでいく学生運動のうねりのなかで、『憂鬱なる党派』と並んで一世を風靡した小説です。文学がじつに生き生きとよく読まれた時代でもあったことは、この作品が世に出た経緯を見れば、よくわかります。

高橋和巳はこの作で第一回『文藝』長編小説賞を受賞しますが、じつはその前年の昭和三六年、当時の名編集者といわれた坂本一亀が新人発掘のため、作家の富士正晴を頼って大阪を訪れた際、何人かの有望な作家志望者が集まりました。「書くやつはいるか」。文学賞を創設するにあたって坂本がこう問いかけたのに対し、唯一反応したのが高橋でした。のちに三九歳で夭折した高橋の追悼特集を組んだ『文藝』誌上で、坂本自身が回想しています。実際、この言葉通り、彼は翌年見事に賞を射止めます。

いまはすっかり潰えてしまった感がありますが、あの時代、ジャーナリズムがじつに真摯に新人を育てようとしたことが伺えるエピソードですね。坂本によれば、このときすでに、高橋は九〇〇枚にも及ぶ『悲の器』の三分の二を書いていたというのですから、驚きます。

『悲の器』は昭和期の日本の代表的な刑法学者が妻の病気で、そのために雇った家政婦との不貞をきっかけに自ら破滅に追い込まれてゆくという、ストーリーだけ見ればメロドラマのような構造をもつ小説です。ところがこの作品、じつはそれほど単純ではありません。なぜなら、国立大学で刑法を教える主人公の正木典膳の自己告白というかたち、つまり一人称で展開されていくものですから、その人柄がそのまま生地になるように表現されており、一種の観念小説になっているからです。息苦しさを覚えるほど窮屈な印象を与えてしまうのはそのためでしょう。

そしていま、私にはわかるのだが、自分の部屋、自分の家に、理由はどうあれ、帰りたいとは思わないということこそは、戦争や災厄に腕を一本へし折られるよりもはなはだしい魂の不幸の形態にちがいない。

過去はつねに、回想するその人にとって都合よく整理されるものであるゆえに、整理されれば個別的存在者の、もっとも奥深い存在論的意味を失う。

という具合。極めて思弁的な文体ですね。「法と国家」に象徴される権力の問題が作品のテーマになっていますが、高橋はそれをアカデミズム、つまり体制側からの一人物の眼差しであぶり出そうとしました。たとえば、正木の周囲にいる同僚学者が、アナーキズムやマルクス主義など国家の敵対思想をもつことで追われていくのも、正木の目でとらえられていきます。

人間は元来、国家という社会にあってどこかで逸脱していく存在であり、それを規制するのが法の役割です。だとすれば、法律は権力として作用する以外ありません。一方で、正木は戦時中には「確信犯問題研究会」というグループに所属していて、自らのライフワークとしてこの問題を追究します。確信的に罪を犯した者をはたして法は裁くことができるのか。これが法律学者の主人公をとおしたもうひとつの大きなテーマにもなっていて、ここでは苦悩する主人公の姿をも高橋は執拗に描き出します。この点、読みすすむにつれ、ふだん私たちがいかに中途半端に生きているかが実感できてくるから不思議です。

作品が書かれてすでに半世紀近くが経過していますが、歴史を見つめ直すという意味でも、じっくり読むに値する作品といえるでしょう。むろん、高橋和巳は近代文学のなかで、今だからこそ改めてきちんと評価されるべき作家のひとりです。

太宰治『斜陽』

太宰文学が放つ人間臭さ

『斜陽』は第二次大戦によって日本が敗北した大きな転換点を迎える現実のなかで、没落した貴族がいかに生きるかの生態を描いた、太宰治晩年の長編です。発表されたのは、彼が山崎富江と玉川上水で入水自殺する前年の昭和二二年。ベストセラーとなり、そのころの世相をなぞらえた「斜陽族」という言葉を生むきっかけにもなりました。

実際、太宰は「太宰文学」の集大成ともいうべきこの作品で一躍、流行作家になるんですね。でも、その生活ぶりは、同じ無頼派作家の友人だった坂口安吾によれば、月収は当時のお金で二〇万円もあったのに、家賃わずか五〇円の家に住み、雨漏りも直さなかったらしい。太宰自身、「家庭の幸福は諸悪の本《もと》」と書いていますが、まさにそれを地でいったような、そこにも太宰らしさがうかがえます。

ともあれ、この小説はそのころ書かれた『ヴィヨンの妻』などの短編と同様、太宰晩年の作品に共通する汎私小説的な特徴をもっています。作品に登場する上原という無頼漢の流行作家はまさに太宰の分身。それだけでなく、最後の貴族として死んでいく一家の母親と恋と革命のために生きようとするその娘のかず子、そして麻薬中毒で破滅していくかずこの弟、直治にもそれぞれ、多角的な太宰の当時の生きざまが投影されているからです。

朝、食堂でスウプを一さじ、すっと吸ってお母さまが、

「あ。」

と幽かな叫び声をお挙げになった。

「髪の毛?」

スウプに何か、イヤなものでも入っていたのかしら、と思った。

「いいえ。」

お母さまは、何事も無かったように、またひらりと一さじ、スウプをお口に流し込み、すましてお顔を横に向け、お勝手の窓の、満開の山桜に視線を送り、そうしてお顔を横に向けたまま、またひらりと一さじ、スウプを小さなお唇のあいだに滑り込ませた。ヒラリ、という形容は、お母さまの場合、決して誇張では無い。婦人雑誌などに出ているお食事のいただき方などとは、てんでまるで、違っていらっしゃる。

有名な書き出しの場面です。これでもかこれでもかという「お」の連打。〝女ことば〟による過剰な話体表現には、さすがに志賀直哉などは我慢ならなかったようです。でも、これが太宰の意

識した文体であり、面白さなんですね。日本の近代小説が面白くなくなった元凶のひとつに体験描写による私小説がありますが、太宰の筆にかかれば、その体験もさまざまな角度からとらえ直して拡充することで見事なドラマにかえてしまう。実際、評論家の亀井勝一郎はこう書いています。

太宰は虚構の名人である。空想力の実に豊かな作家である。彼はつねに彼を描いた。作品はすべて告白の断片にちがいない。だが、事実を事実として描いたものはおそらくただの一行もあるまい。

その意味で太宰ほど「小説」というジャンルの可能性の幅（魅力）を最大限に広げた作家もいません。『女の決闘』のような他人（森鷗外）の小説を利用した一種の換骨奪胎、民話や古典からの想像力による読みかえ、女ことば、ぐち文にいたるまで小説の広げ方がヨーロッパのどの文学にも負けていない。ぼくなんか、太宰が生きていれば、まっ先にノーベル文学賞をあげたい。

むろん、志賀直哉、三島由紀夫らいわゆる〝健全な文学者〟から相当批判もされました。でも、そんな彼の作品を支持したのは読者でした。戦中、戦後の軍国主義にかわって、正義の旗振り役となったのは当時の左翼だったといえますが、そこにも馴染めない、うっ積した心情を代弁したのが、太宰の文学が放つ人間臭さだったといってもいいかもしれません。

椎名麟三『美しい女』

人間味あふれる弱虫の文学

椎名麟三は第一次戦後派文学を代表する作家です。他に野間宏や埴谷雄高らがいますが、彼らがいわゆる典型的なインテリであったのに対し、椎名が逆にそうではなく、むしろルンペンプロレタリアート（最下層労働者）に近かったことは見逃せません。

姫路の出身で生後すぐ母親が自殺未遂を図ったり、警察官だった父親も商売に手を出して失敗するなど、幼いころから家庭の零落を味わいます。一四歳で家出し、出前持ちやコック見習いの職を転々としながら、一八歳のとき、宇治川電気電鉄部（現・山陽電鉄）に就職します。そこで約二年間、車掌をやりました。『美しい女』は主人公がそのときの椎名の分身として出てきたような小説だと言ってもいいでしょう。

私は、関西の一私鉄に働いている名もない労働者である。十九のとき、この私鉄へ入って以来、三十年近くつとめて、今年はもう四十七になる。いまの私の希望は、情けないことながら、この会社を停年になってやめさせられると同時に死ぬことだ。勿論《もちろん》、会社が停年まで、私をおいてくれるならばだが。

これがその書き出し。主人公の木村はただひたすらに電車が好きで〝過剰なもの〟を嫌う、一種独特な無垢に近い人物として描かれます。なにしろ、自暴自棄になった会社の同僚たちが他の社員に無断欠勤を呼びかけ、こぞって海水浴に繰り出すなか、彼だけは律儀にもわざわざ欠勤届を出したうえで、この海水浴に合流するような人間なのですから。

確かに、代表作『永遠なる序章』や自伝的構造を持つ『自由の彼方で』しかり、椎名文学に登場するのはどれも頼りない人間ばかり。そのため「弱虫の文学」という呼び方をぼくはこれまでもしてきましたが、そんな人物のもつ〝人なつっこさ〟こそが、椎名文学の大きな特徴であるともいえます。

といっても、この木村という男、一筋縄には理解できません。なぜなら、次のような世界観を淡々と語るような人間でもあるからです。

そのとき私は、明日地球がほろぶということがはっきりしていても、今日このように電車に乗っている自分に十分であり、この十分な自分には、何か永遠なるものがある、というおかしな気がしていたのである。

その木村が複数の女性たちとじつに不可解な関係を結びつつ、物語は進行します。そのなかのひとりが「美しい女」というわけです。くどいほど繰り返し登場するものの、具体的な女性像は伴ってはいません。しかし、木村が生きる現実の世界で何事か思わぬ事件が起きるとき、あるいは木村自身がさきほどのようなおかしな自分を発見するとき、「美しい女」はふいに現れるのです。まるで記号のような存在。自分を救い出してくれる拠り所としてそれが描かれるのですね。

この「美しい女」とは、いったい何なのか。皆さんもいっしょにぜひ、考えていただきたい命題です。ところで車掌時代、非合法の共産党員になった椎名は特高に検挙され、獄中でニーチェ、キルケゴールの実存哲学を読み、ドストエフスキーに開眼。これによってキリストを知り、戦後キリスト教の洗礼を受けますが、この「美しい女」こそは、椎名麟三という無神論に近いキリスト者にとっての聖母マリアではないかという見方もされました。

いずれにせよ、椎名麟三はきわだって個性的な作家だったということです。それまでの近代文学のなかにおいて、あるいはそれ以降もこのような作家は見あたりません。

ただ残念ながら、椎名文学の多くがいま、文庫などでも絶版になっていて、古本で購入するか図書館に行く以外は読めません。幸い講談社文芸文庫から「美しい女」と椎名のデビュー作「深夜の酒宴」の二作を収めた文庫本が出たのはたいへん喜ばしいことです。いい作家が読まれなくなる時代にあって、椎名麟三はやはり現代においても、というより現代だからこそもっと読まれるべき貴重な作家のひとりだと思います。

宇野浩二『思い川』

小説の鬼のなせる技

『思い川』は昭和二三年、文芸雑誌「人間」に連載された、宇野浩二晩年の代表作です。このころ社会はまだ敗戦から立ち直れず、人心もすっかり荒廃し切ったそんな時代にあって、これはまあ、人間の真心をひたすら見つめ続けた小説でしたから、あるいは読んだ人びとにとって、大いなるカタルシス（心の浄化作用）になったかもしれません。

なにしろ主人公の小説家と芸妓の、しかも肉体関係はいっさい伴わない三〇年にも及ぶプラトニックな関係がこれでもかこれでもかと愚直に描かれているのですから。じつはこれ、筆者自身の恋愛体験をそのまま素材にしています。その意味では典型的な「私小説」ということになりそうですが、でも、はたしてそう言い切ってしまっていいものか。実際に読んでいただければ、そのあたりの理由もうなづけるはずです。まず文章がへんに緩んでいます。

大正十二年は、九月一日に、関東地方に、稀な大地震のあった年である。

その大正十二年の一月の中頃のある晩、牧新市は、その十二年ほど前から急に妙にしたしくなった仲木直吉に誘われて連れて行かれたことのある、茶屋に行った。

その茶屋は、仲木がそのころ住んでいた家から、あまり遠くないところにあった。その晩、仲木は、その茶屋の座敷に坐ると、半分ひとり言のように、「今日は、前に一ぺん呼んだことがあるんだが、三重次《みえじ》というのをかけてみようか、」と云った。

小説家牧がこの物語のヒロイン三重次と出会う冒頭の一節ですが、やたら読点だらけの、小学生の綴り方のようにもとれそうなたどたどしい文体。ところが読み進むうち、それがなんともえない味になってくるから不思議です。それは会話文にも端的に表れています。

やがて、三重次は、思いあまったような口調で、しみじみと牧の顔をのぞくようにして、「…こんなに、したしい、『おつきあい』をするようになってから、…もうかれこれ一年半、もっとになります。…それなのに、…先生は、…あたしを…お試しになっているのですか…」とたてつづけに云った。そうして、その声がしだいに潤《うる》んできた。

一方で奥さんがいるからではありませんが、プラトニックな関係を崩さない牧に三重次が感情を抑え切れずたたみかけるシーン。じらされる三重次の切ない呼吸が伝わってきませんか。このセリフにあるような独特のリズムが地の文にも乗り移って、作品全体が饒舌なしゃべり言葉になって進んでいくのが、この小説の大きな特徴です。

この点、精神の病に伏せることが多かったという宇野の枕元で、当時まだ一介の編集者だった水上勉が、師の言葉を逐一聞き漏らすまいと口述筆記で手伝ったこととも関係しているのかもしれません。いずれにせよ、「私」がしだいに浄化され、「私小説」の枠からも抜け出して一種のファンタジーに昇華しているのもこの文体があるからで、「あるいは　夢みるような恋」という副題がじつに言い得て妙です。

ただ、作者を取り巻く現実は決してそんな甘やかなものでなかったことは、大正、昭和にかけて多くの文人に愛され、宇野浩二自身も定宿にした東京・本郷の「菊富士ホテル」について瀬戸内寂聴が書いた評伝『鬼の栖《すみか》』のこんな一節からもわかります。

その当時の宇野浩二が、妻と恋人の間にはさまれ、決して楽しいばかりではなかったことは、そのことが原因の一部になって、まもなく発狂していった事実が示している。

タイトルの「鬼の栖」とは、宇野浩二が『思い川』のなかで「小説の鬼」にとりつかれた自分を語る場面から取られています。重厚な自己体験でさえこんな水墨画のように淡い物語にしてしまうのも、文字通り「小説の鬼」だったからこそなせた技といえるでしょう。

高見順『いやな感じ』

時代に翻弄される人間の悲哀

昭和初期、資本主義の矛盾が深まるなか、マルクス主義を奉じた若い知識人たちは激しい弾圧に見舞われ、転向を余儀なくされます。この人たちによって成ったのが、転向文学または昭和一〇年代文学と呼ばれ、中野重治や島木健作、そして高見順らがこれにあたりました。

『いやな感じ』は昭和三八年、戦後文学が終焉を迎えた〝六〇年代〟に入って書かれた高見順最晩年の作品ですが、ここで描かれるのは大正デモクラシーが頓挫し、代わって超国家主義が台頭してくる昭和初期という激動の時代。まさに、高見自身の転向からそれ以降にまたがる時期と重なり、当時の政治史が物語の背景として濃密に組み入れられています。

同時に時代の波に翻弄される人間の悲哀が作品のテーマになっていて、全編、加柴四郎という若いアナキストの独白で物語は進みます。

テロリストとして俺たちが死にぞこなったのは、三年前のことだ。テロリストの一派が（この辺のことはいずれあとで語らねばならない。）ピストルで福井大将を狙撃した。その一派はつかまって死刑になった。俺たちが死にぞこなったというのは、これである。

ここでいう福井大将とは大正一二年、アナキストによって狙撃された福田雅太郎大将のことです。実際、彼らは関東大震災のどさくさにまぎれて大杉栄ら社会主義者が憲兵隊によって虐殺されたのに憤慨し、復讐のために犯行に及んだのですが、主人公の若者は「お前たちは生き残って志をつげ」といわれ、死にぞこなった挫折感を終生引きずったまま生きていく、というふうに設定されます。当時リャクと呼ばれた恐喝行為でブルジョアジーから金を巻き上げながら私娼窟に出入りしたり、そこで出会った女に生まれて初めて恋心を抱いたりもする。しかしこの人物、妙にストイックでいっこうに憎めないところが、このロマンのひとつの見どころです。

ヤチモロだろうとなんだろうと（ヤチモロとはど助平というより、ほんとうは淫乱の意味だが）情熱を傾けての助平は、大杉栄の論文の題名を借りれば、「生の拡充」なのだ。たとえ相手がど淫乱だろうとなんだろうと、情熱を傾けての淫売買いは自我の拡充だ。俺は少しもそれを恥ずべき醜行とは考えなかった。

とはその一説ですが、文中に夥しく登場する奇天烈な隠語のオンパレードも、この小説の魅力になっています。留置所にぶちこまれた主人公が飯のおかずをあれこれと詮索する次の場面もそう。

野菜の隠語を言うと、ニンジンがヤケヒバシ。ゴボウはテツヒバシ。クロマンスとも言ったな。大根がマンスイあるいはマンスなのだ。レンコンはハチノスで、ナスはクロドリ、塩ナスはクマノイ。

牛肉なんかは、めったにお眼にかかれない。珍しく出てきたと思うと、固くて歯が立たねえ代物で、だから牛肉のことはセッタのカワ。おかずで一番多いのは通称ヤミのヒジキだった。

こうして、北一輝を思わせる先生など歴史上のさまざまな人物を交錯させながら、物語の舞台はやがて二・二六事件を経て支那事変が勃発する中国大陸へと移っていきます。この多彩な人物のひとりひとりに、ぼくは高見順という作者そのものをだぶらせてもいいと思います。

しかし、犯罪にならない殺人のほうが、ずっとタチが悪いんじゃないかね。…たとえば、君の野心、あんたの功名心が人を殺している場合がありゃしませんか。あんたの立身出世のために、実は周囲の不遇な連中を悶死させているかもしれないんだ。

これはアナキストとしての本懐ではなく、無意味な殺人を犯してしまった主人公が吐く台詞。そのまま、格差社会といわれる現代にも通じるメッセージとも受け止められるでしょう。タイトルの「いやな感じ」は衝撃的なラストシーンから取られていますが、政治小説のような重たい素材を戯作派を思わせる文体とメロドラマ風大衆文学の手法もおりまぜて描いているのは、じつに面白い。近代文学の長い歴史を俯瞰しても他に例がありません。まぎれもない傑作です。

伊藤整『若い詩人の肖像』

文学に向き合う青春の自画像

伊藤整は詩人、小説家だけでなく、ジョイスを通して新心理主義を紹介したり、文芸評論の分野でも重要な仕事をしました。一八巻にも及ぶ『日本文壇史』などもその大きな成果です。『若い詩人の肖像』は伊藤が大正一一年、一七歳で故郷の北海道小樽の旧制中学を出て高等商業学校に入り、卒業後は教師をしながら東京に出て本格的に文学を志すまでを描いた自伝小説。連作で文芸誌に書き継がれ、昭和三一年に出版されました。

当時、伊藤は五一歳。三〇年も前の自分を再現したことになります。だからでしょうか。「私」という一人称を使いながらも、その「私」が観察の対象として客観化して書かれており、実録の形を取っていますが、細部に虚構が施され、その意味でも小説というジャンルの可能性を最大限に生かした作品といえます。

私が自分をもう子供でないと感じ出したのは、小樽市の、港を見下す山の中腹にある高等商業学校へ入ってからであった。

第一章「海の見える町」の書き出し。冒頭から乾いた明るさを感じさせますが、ここで描かれるのは同級の少女との淡い恋愛や性の苦悩、あるいは近代日本の象徴詩や自由詩を読みながら、自分でも詩を書き始める伊藤自身の心の動きです。

私もその雑誌に投書して見た。すると選外佳作という欄に自分の名だけが出た。伊藤整という私自身を現わす三字の漢字が天下の文芸雑誌の片隅に活字になって載っている、ということを発見した時、私は全身がガクガクと震えるような気がした。私は、一中学生であるということ以外には、ケシ粒のような無に近い自分の名が活字になり、その雑誌の一隅に私自身よりも確実に存在していることに驚愕した。

三木露風が詩の選者をしている投書雑誌に初めて自分の名前を見つけたときの場面。喜びが手に取るようにわかりますね。一方でそのことを「非常に恥かしく、かつイヤらしいことだ」とも思い、雑誌を父親に見せたときもホホウと笑う彼に対して「その三字の小さな活字がその後、彼の長男をどんな目に逢わせることになるかに父は気がつかなかったのだ」と複雑な気持ちを抱いたことを告げています。

同時にこの主人公はこんな葛藤とともに、やがて世に出る周囲の作家や詩人たちの卵への対抗意識も研ぎ澄ませていきます。その一人が若き日の小林多喜二です。伊藤と同じ高等商業学校の一年上級ですが、文学観も思想性も異なる小林を自分の影のように物語の随所に配しているのが面白い。たとえば、次は先の投書雑誌の常連だった小林を校内で初めて見かけた場面です。

するとと向うから、髪を伸ばして七三に分けた小柄な生徒が、青白い細面の顔に、落ちついた、少し横柄な表情を浮べ、廊下の真中を、心持ち爪先を開いて、自分を押し出すように歩いて来た。

その時、私はハッとした表情をしたにちがいなかった。小林多喜二という名がすぐに私の頭に浮かんだからである。その生徒は、私を知らなかったが、私の表情には気がついたようであった。なぜなら、その時、彼の方は、見知らぬ他人に自分を覚えられている人間のする、あの「オレは小林だが、オレは君を知らないよ」という表情をしていたからである。

ちょっと余談めきますが、伊藤整は一面では心理分析にこっけい味を加えた、一種シニカルな雰囲気も漂わせた作家で、このあたり、その好例といっていいかもしれません。

また、詩壇ジャーナリズムといえるものがなかった時代の詩人たちの消息も極めて正確に記録されており、萩原朔太郎や室生犀星らの「日本詩人」、北原白秋の「近代風景」、小野十三郎や草野心平らの「太平洋詩人」などをはじめ、「これ等の詩の雑誌が小樽の本屋の店頭に毎月並んでいたのだから、詩の雑誌の氾濫していた時代であった」と書いています。大正期から昭和初期にかけての向日的な面がよく描き出された自伝小説といえます。

里見弴『極楽とんぼ』

人間解放のとぼけた味わい

　里見弴は文学史的には実兄の有島武郎や志賀直哉と同じ「白樺」派ですが、いわゆるトルストイ主義、人道主義で知られる「白樺」同人と違って、戯作の赴きを持った作品を書いたひとです。この点、白樺派の異端と言ってよいかと思います。

『極楽とんぼ』は昭和三六年、里見が七三歳のときに発表した小説で、終生、女道楽にうつつをぬかしながら大往生を遂げる男の七五年の生涯が描かれています。もちろん虚構ですが、父が旧薩摩藩士で明治以降は官途に就くなど、随所に名門有島家をモデルにしたのは間違いありません。だからでしょう、破天荒な物語なのに妙に毛並みがよろしい。

　主人公は明治一八年に生をうけたこの家の三男坊、吉井周三郎。タイトルの『極楽とんぼ』とは、いいかげんと気楽さを絵に描いたようなこの男を表したものですが、さていったいどんな人間なのでしょうか。

　大乗気で始めながら、すぐ飽きてしまう性分を、俗に「三日坊主」というが、われらが主人公は、そのほうにかけても天才的だった。但《ただし》、何事によらず例外はあるもの、一番永保ちしているのが女道楽で、その時どきの消長はあるにもせよ、撞球《たまつき》、花骨牌《はな》、麻雀あたりまでは、まずます飽きない部、あとは「三日」でないにしても、よくて三月そこらとみてほぼ誤りなかった。

大根《おおね》には、吉井周三郎なる男の、底抜けの善良さが横たわっていた。もちろん嘘もつく、狡《ず》猾《る》いところもある、さも人の悪そうなまねもしたがる、が、それらが、あんまり利口でない相手からでも、すぐ見透かされてしまう底の浅さで、時には滑稽なくらい、少くとも、どこかしら愛嬌があって、どうにも憎みッきりには憎みきれないのだ。

一つ二つ引用するだけでも、この主人公のなんともいえないおかしみが伝わってきませんか。なにしろ学生のころは度重なる落第を重ねた挙句、受験地獄という言葉がなかった時代、せっかく編入できた慶応義塾も結局は実地の修練を積んだ方がいいとの自分勝手な理由で中途退学をしぶしぶ親に承諾させ、今度はニューヨークに渡って知り合いの日本人の店を手伝ったかと思えば、それも続かず、帰国後は何をしているのやらわからぬ商事会社を興してはたたむといった具合。総じて物語はこんな調子で進んでいきますが、なぜか悲壮感はなく、とぼけた味わいばかりが目立つのが面白い。

次は四男の公四郎が開業祝いで周三郎の商事会社を訪ねる場面。

時しも初夏の日盛り、ワイシャツと洋袴下《ズボンした》だけの身装《みなり》はまずよいとして、東郷元帥の胸になら似合いそうな、大きな望遠鏡を片手に、たった一人、窓際に佇《たたず》んでいた周三郎が、

「なァんだ、公四《こし》ちゃんかい、よく来たね。挨拶なんざアあとのことにして、ちょいとまアこゝイ来てみろよ。早くはやく……。すんじまったんじゃアなんにもならねえ」で、肩口を把《と》って引き寄せ、「あすこあすこ。あの仁丹《じんたん》の広告のすぐ左ッ手の二階だ」

有無を言わせず押しつけられ、あちこち索《さぐ》ってやっと望遠鏡のなかに捉《とら》えたのは、褐色のと白いのと重なり合って蠢《うごめ》いている二つの裸身だった。

そう。仕事中の覗き見ですね。とにかくひとを食ったようなこんな描写が随所に登場し、そのたび周りの人間をはらはらさせたり、呆れさせたりもしますが、主人公だけはいつも平然としている。いうまでもなく、この雰囲気を醸し出したのはやはり、語り口のうまさです。里見弴はのちに〝まごころ哲学〟を唱えたりもしましたが、その根っこはどこまでもこの周三郎的人間といってさしつかえないでしょう。元来なんでもありが小説の特権ですが、近代文学を見渡しても、これほど文学の概念から人間を解放してくれる骨太の作品はそう多くはありません。

林芙美子『浮雲』

男女のはかないニヒリズム

『浮雲』は雑誌連載の形で書き継がれ、林芙美子が亡くなる直前にようやく完成をみました。「この作品は、或る時代の私の現象でもある」と自ら言ったとおり、晩年の代表作です。成瀬巳喜男監督によって映画化され、無気力な男に振り回されるもどかしいまでのヒロインを高峰秀子が演じたことでも話題になりました。

彼女の多くの作品がそうであるように『浮雲』もまた、男なしでは生きられない女の物語です。主人公の幸田ゆき子には林自身、八歳で父親と別れ、母の連れ子として義父の行商に付き添いながら木賃宿を転々とした貧しい生い立ちが投影され、そこから導き出した、生きるための糧の問題に比べたら貞操などなんでもないという『放浪記』以来の彼女独特の人生哲学もまた投影されていると見てよいかと思います。

物語は昭和二〇年、終戦と同時に仏印（ベトナム）のダラットという田舎町で農林省のタイピストとしての勤務を終えたゆき子が北陸の敦賀港に帰国するところから始まります。粗末な名ばかりの宿の寝床に横になりながら、このままっすぐ東京に出ようかと思いを巡らせる。現地滞在中に知り合い、からだの関係を持った妻子持ちの農林省技師、富岡兼吾が妻と離婚してすべての支度をして待っているからと約束し、終戦前に東京に戻っていたからです。ゆき子をそこまで夢中にさせる富岡とは、どんな男なのでしょうか。次は仏印での回想シーンのなかで富岡を描いた一節です。

南方へ来て、清潔に女を愛する感情が、呆《ぼ》けてしまったような気がした。森林のなかの獅子《しし》が、自由に相手を選んでいた境涯から、狭い囚《とら》われのおりの中で、あてがわれた牝《めす》をせっかちに追いまわすような、空虚な心が、ゆき子との接吻のなかに、どうしても邪魔っけで取りのぞきようがないのだ。富岡は、何時までも長く、ゆき子と接吻していた。

これはナギの大樹の下でゆき子と唇を合わせる富岡の内面描写。一方、ゆき子の方は、《冷酷をよそおっていて、少しも冷酷でなかった男の崩れかたが、気味がよかったし、皮肉で、毒舌家で、細君思いの男を素直に自分のものに出来た事は、ゆき子にとっては無上の嬉しさである。富岡の冷酷ぶりに打ち克《か》った気がした。》というあんばいです。

ここには善悪のモラルや恥じらいといった発想は微塵もなく、空虚な関係と言ってみるしかありません。無頼派と言われた太宰治や織田作之助とも明らかに違う、なけなしの財布の底を見ているような林芙美子独特の、それでいてはかなさを含めたニヒリズムとでも言っておきましょう。

やがて二人は東京で再会しますが、富岡は妻と別れてはおらず、あとはゆき子もゆきずりの米兵オンリーになるかと思えば、やはり富岡とのくされ縁の繰り返し。タイトルに込められた意味が戦後の荒廃した町を二人で歩くこんな場面でさりげなく告げられます。

自分の孤独を考えてゆきながら、その孤独に、ひどく戦慄《せんりつ》しているような、おびえを、富岡は感じていた。……ゆき子と、二人きりで、いまのままの気持ちで、自殺してしまいたかった。……人間と云うものの哀しさが、浮雲のようにたよりなく感じられた。まるきり生きてゆく自信がなかったのだ。二人は、何処《どこ》へ行く当てもなく、市電の停留所までぶらぶら歩いた。

互いに満たされないまま、肉体関係だけを続けるなかで富岡は破滅願望を募らせ、ゆき子はゆき子でそんな男に身を委ねてゆくしかない。作品の後半、富岡が就職してゆき子と一緒に新たな新天地として向かう屋久島への旅は、あまりにも暗い予感に満ちて哀切です。

それにしても、戦後の闇市をはじめ、生活風俗などがしっかりと描き込まれていて、今となっては一級の資料的価値を持っているのもこの小説の魅力です。ボロ布のような男と女の物語ですが、読み出したらついつい引き込まれてしまうのも事実。昭和文学の傑作のひとつです。

広津和郎『年月のあしおと』

文壇開花期の作家の素顔

広津和郎はいまでこそ知らない人の方が多いかもしれませんが、大正から昭和期にかけての代表的な作家で、文芸評論にもすぐれた業績を残しました。年配のひとなら、昭和二四年に福島県で列車が脱線転覆し、労組員らが逮捕された、いわゆる松川事件に対する粘り強い批判を思い出す方も多いでしょう。

『年月のあしおと』は和郎が晩年の七〇歳の時、昭和三六年一月から雑誌「群像」に二年半にわたって書き継がれた自伝的文壇回想録です。自身の生まれや幼少時代の思い出に加え、硯友社系の異色な作家であった父、広津柳浪の門下に入った永井荷風やよく家にも出入りしたという尾崎紅葉、泉鏡花をはじめ、明治文壇の開花期に登場する作家たちの印象も語られ、研究者のあいだでは、得難い一級の資料にもなっています。

私にとって、父を除けば、泉さんが一番最初に会った作家ではなかったかと思う。…当時の鏡花さんはすでに「夜行巡査」などを書いた後ではなかったかと思う。年は数え年の二十四、五ではなかったろうか。鏡花さんはよく私の父を訪ねて来た。髪を横から分けて、その先を額の上に斜めに垂らし、八畳（これが父の書斎兼座敷兼寝室であった）の部屋で父と話をしていたが、火鉢にかざした指先を、話に興が乗って来ると、灰に突っ込む癖があった。

「紅葉の白足袋、鏡花の畳つきの下駄」

永井さんは戦後古びた洋服に下駄穿《ば》きで歩いているということを聞いたり、そういう姿の写真を雑誌の口絵で見たりしたが、なるほど、実際に会って見ると、古びた洋服を着て、痩せ衰え、前歯も欠けたままになっていて、噂以上に侘《わび》しい姿であった。

「永井荷風」

これなどは、作者が早稲田大学時代、よく黒の背広に黒いボヘミヤンネクタイをつけ、縁の広い黒のソフトのうしろから長めに刈った髪の毛をはみ出させている永井の姿を見てきた人だけに特別な味わいがあります。

思わずにやりとするエピソードも随所にあって、なかでも和郎の大学の教官だった作家、島村抱月の挿話なども興味深いですね。

島村先生その人は、早稲田に在学中、私に最も強い印象を残した先生であった。…教師が休講する場合には、そのことが休講掲示場に掲示されるが、その休講掲示場に出講掲示が出たのは、島村さん位のものであろう。つまり島村教授は休講するのがあたりまえで、出講するのが異例だったのである。

「休講掲示場に出講掲示の出る島村抱月教授」

抱月は、今日の私たちのあいだでは大正期の芸術座の女優、松井須磨子との恋で有名ですが、ここでは文学部長としての心やさしい一面がたんたんと語られます。同時にこの恋愛事件では和郎自身、一時期身を置いた毎夕新聞で「須磨子抱月物語」という連載記事に仕立ててしまうあたり、ジャーナリストのセンスもふんだんに持ち合わせていました。

広津和郎はモーパッサンの『女の一生』の翻訳者としても有名ですが、当時、自然主義の台頭で柳浪ら硯友社系の作家が逼迫した折、一家の生活費を稼ぐため、三保の松原の旅館に親友の宇野浩二とふたりでこもって、トルストイの『戦争と平和』を翻訳した逸話も、文壇成長期の様子が伝わってなかなか面白い。

宇野と私とは机を並べて翻訳をしたが、宇野のペンの速度は私よりも早かった。私は植竹（出版社名）に宣言した通り、一ヵ月二百枚の割合でしか仕事をしなかったが、宇野は四百枚を目標にペンを動かした。一枚十五銭で四百枚、それは私の月給の二倍の六十円という収入をもたらすことになる。

「宇野浩二と三保の松原へ」

この回想録は昭和三年、父、広津柳浪が息を引き取るところで終わりますが、ここでは芥川龍之介の自殺直前の印象にも触れられています。昭和三八年、野間文芸賞および毎日出版文化賞を受けました。これはくしくも和郎自身、一貫して無罪論を展開した松川事件に最終判決が下り、被告全員の無罪が確定したのと同じ年でした。

井伏鱒二『黒い雨』

主人公の乾いた眼差し

井伏鱒二といえば、まずは『山椒魚』を思い出される方が多いでしょう。大正一二年に書かれた処女作（当初のタイトルは『幽閉』）ですが、私小説が強かった時代、この独特なペーソスやユーモアを理解するひとは文壇のうちにもほとんどありませんでした。そのなかにあって、当時、中学一年生だった太宰治は違った見方をしていました。

私は十四のとしから、井伏さんの作品を愛読していたのである。…当時、北の端の青森の中学一年生だった私は、それを読んで、坐っておられなかったくらいに興奮した。それは「山椒魚」という作品であった。…私は埋もれたる無名不遇の天才を発見したと思って興奮したのである。

『もの思う葦』

『黒い雨』は昭和四〇年、井伏がすでに還暦を過ぎてから発表した、この作者にとっては珍しい、時代と正面から取り組んだ小説です。

この数年来、小畠《こばたけ》村の閑間《しずま》重松は姪《めい》の矢須子のことで心に負担を感じて来た。数年来でなくて、今後とも云い知れぬ負担を感じなければならないような気持ちであった。二重にも三重にも負目を引受けているようなものである。理由は、矢須子の縁が遠いという簡単なような事情だが、戦争末期、矢須子は女子徴用で広島市の第二中学校奉仕隊の炊事部に勤務していたという噂を立てられて、広島から四十何里東方の小畠村の人たちは、矢須子が原爆病患者だと云っている。患者であることを重松夫妻が秘し隠していると云っている。だから縁遠い。近所へ縁談の聞き合わせに来る人も、この噂を聞いては一も二もなく逃げ腰になって話を切りあげてしまう。

連載当初のタイトルが『姪の結婚』だったように、冒頭のこの一節だけで作品のテーマは実によくわかります。主人公の重松も原爆症ですが、妻のシゲ子は無事。姪で養女格の矢須子はこのとき、爆心地から遠く離れていて、直接の被害はありません。ところが、縁談のたびにあらぬ噂が立ち、破談になってしまう。そんなとき、良縁が持ち上がり、重松は矢須子が被爆者でないことの証明を先方に差し出すため、八月六日前後に彼女が書き残していた日記と自分の〝被爆日記〟を写し始める―というのが、この物語の発端です。

物語は原爆投下時から四年のち、原爆後遺症の養生を兼ねて鯉の養殖に精を出す重松の日常の暮らしぶりと並行し、重松が先の日記を清書するという経緯を通して原爆投下後の状況が克明に映し出されていきます。

相生橋のたもとに来ると、牛に前びきさせた荷車ひきが、牛と共に電車道にどっかり坐ったまま死んでいた。…左官町、空鞘町《そらざやちょう》あたりに来ると、火焔《かえん》が街を一と舐《な》めにしたことがわかる。上半身だけ白骨になったもの、片手片足のほかは、みんな白骨になったもの、俯伏《うつぶせ》になって膝から下が白骨になったもの、両足だけ白骨になったものなど、千差万別の死体が散乱し、異様な臭気を発している。

すべて歩行で広島の実際の地名をつぶさにたどりながら、徹底したリアリズムで原爆投下直後の被災地が再現されていきますが、しかし、戦争を告発する直接的な構えはなく、被害者への過度な同情もありません。そこには、それでも生きのびることのできた一人の人物を通した現実があるだけ。哀しむ力さえ失ったこの主人公の乾いた眼差しの内にこそ、逆に私たちはずしりと重いものを感じさせられます。終戦を告げる玉音放送のところも紹介しておきましょう。

「降伏らしいですな」

「どうも、そうらしい」と工場長は、案外あっさり云った。「今、陛下が放送されたんだ。しかし、ラジオの調子が悪くってね。工員が調節したが、いじればいじるほど悪くてね、はっきり聞えないんだ。しかし、とにかく降伏らしい」

食卓の上にあるフスマを混ぜた丼飯は、かさかさに乾いて蠅《はえ》がたかり、醬油で煮しめた潮吹貝にも蠅がいっぱいたかっていた。誰もそれを追い払おうとする者はいない。

「さあ諸君、元気を出して食べよう」と工場長が、取って付けたように大きな声を出した。

そう。どんなときでも、人間は生きるためにまず食べなければならない。じつに印象的な場面ですが、このとき、重松はその工場に居合わせていません。たまたま、用水溝の一角の清冽な水の流れに遡上してくる鰻《うなぎ》の子の群を見つけてみています。そして、いったん食堂に戻ったあと、重松はもう一度、この用水溝に近づきます。鰻の子は一匹も見えないで、透き通った水だけが流れていきます。

深沢七郎『笛吹川』

翻弄される人間の運命

深沢七郎といえば、何といっても民間の姥捨伝説をテーマに自ら進んで捨てられようとするおりん婆さんの業を描いて、現代の神話のように蘇らせた『楢山節考』がよく知られています。第一回中央公論新人賞を受賞しました。

『笛吹川』はその二年後、一九五八年に書き下ろされた長編小説です。舞台は戦国時代の甲斐国。笛吹川沿いに暮らす農民一家の実質四代にわたる物語が、領主である武田信玄をはじめとする武田家の栄枯盛衰を背景に描かれています。

笛吹橋の石和《いさわ》側の袂《たもと》に、ギッチョン籠《かご》と呼ばれているのが半蔵の家だった。敷居は土手と同じ高さだが縁の下は四本の丸太棒で土手の下からささえられていて、遠くからは吊られた虫かごのように見える小さい家だった。村の人達は半蔵のことを「ノオテンキの半蔵」と云って怖れていた。ノオテンキということは馬鹿ということではなく向う見ずという意味だった。このいだまで鼻ッたらし小僧だった半蔵が、この頃、急に背丈が延びて、年は十六だが父親の半平より大きくなった。
説話風のこの書き出し。簡潔でテンポがあって、これだけでもうなんとも言えない土着的なユーモアが醸し出されてきます。ちなみにぼくの手元にある中央公論新社版を見ると、単行本には珍しく、あとがきで作者自身、自作注解をつけているので紹介しておきましょう。

「笛吹川」で書きたかったのは生と死の二つの主題だった。人は死んでも、また生れる人達があるのだ。それは私にはなんとも云えない悲しい響きだ。また、そんなことを思うことはいけないとも思ったりした。

筋や文章を進めるのに「逆手」（私はこんな名をつけた）の手法を使った。こっちから来ると思った人があっちから来たり、橋向うへ嫁に行くと思っていた女が反対の方角の甲府へ嫁に行ったり、褒美《ほうび》をもらうつもりで行ったのに殺されて戸板に載せられて帰ってきたり、あれほど欲しがって出来た子が一家を滅ぼすもとになったりするなどを逆手と呼んだ。

逆手とは、思惑とはまったく無関係に人間の運命も動かされるのだ、というふうに取っていいと思いますが、著者によれば、全編を通して三〇カ所以上もこの手法が使われているそうです。

ひとの生命が枝葉のように重くはなかった時代。実際、この物語のなかではひとは逆手によって無慈悲なくらいあっけなく死んでいきます。

たとえば冒頭、お屋形様に待望の世継ぎの男の子が生まれ、その後産(胎盤)を埋める役を言いつけられた息子の半平を差し置き、おじいがその役を引き受けて飛び出す場面。孫の半蔵を足軽に出し、おかげで旦那のとった敵の大将の首を持ち帰る手柄をたてたのはもとはといえば自分だと考え、褒美をもらえるならこの自分が、と思ったからですが、後産を土中に埋める際、誤って自分の足を鍬《くわ》で傷つけてしまいます。「芽出度い御胞衣《えな》を血で汚がした馬鹿者ッ」と怒られたおじいはまだ、その日の夜中にお屋形から迎えがあると、褒美への一縷の望みを託していて、半蔵と出かけていきます。しかし、

迎えに来た人に抱かれて馬に乗って出て行って間もなかった。半平は娘二人と寝もしないでおじいの帰って来るのを待っていると、表の戸がそっと開いて半蔵が顔だけだした。手招きしながら、

「おい、ちょっと」

と云っただけで行ってしまった。半平は急いで戸口まで行って外を見ると橋のすぐ横に四、五人立っているのである。外へ出てゆくと一番先にいるのが半蔵だった。半蔵はささやくように云うのである。

「おじいが死んだぞ、お屋形さまに怒られて斬られたのだ。甲府のお屋形様がえらく怒って殺してしまえと云いつけたというぞ」

半平は足がふるえてしまった。

こんな具合です。ここには何の感傷もありません。といって、物語は決して立ち止まることなく進んでいきます。ここにあるのは社会の底辺を悲しいまでに精一杯生きる人々の姿ですが、したたかな根強い生のエネルギーを感じ取れるのも事実です。近代文学のなかでもやはり、類例をみない小説です。

江口渙『わが文学半生記』

知られざる作家たちの素顔

江口渙は大正から昭和にかけて批評の分野でも幅広く活躍した小説家です。夏目漱石門下で芥川龍之介、菊池寛と長らく交友し、のちプロレタリア文学に傾倒して戦後は一時、日本共産党の中央委員にもなりますが、いまでは知るひとも少ないかもしれません。そのなかにあって『わが文学半生記』は別格の存在です。

戦後、早い時期に「新日本文学」に連載された自伝風回想記ですが、自らの青春期に重ねて、大正期の文壇に登場する作家の悲喜こもごもが人間関係の愛憎も交え、じつに生き生きと描かれているからです。その意味でこれは近代文学史の一級の資料でもあり、臼井吉見、中村光夫ら名だたる評論家もここぞとばかりいろんな場面を引用しています。

たとえば「漱石山房夜話」。漱石山房とは当時、漱石の若いお弟子さんが定期的に漱石の家に集まっていたサロンのことです。その一シーン。「ときどき、自分のふるいものを読みかえすと大変ためになるものだね。このあいだ、何の気なしに読みかえして見て、だいぶ、読んで見たが、いま読むと、自分のいいとこ、悪いとこがはっきりわかるね。」と語る漱石に、「先生はどれが、一番いいとお思いになりました。」と江口が尋ねると、漱石はこう答えます。


「坊っちゃんなんか、一ばん気持よく読めたね。」

「吾輩は猫はどうです。」

「あれも悪くはないよ。」

「草枕は、いかがでした。」

「草枕かい、あれには、辟易《へきえき》したね。第一、あの文章に。」

「例の智に働けば角が立つ。情に棹《さお》させば流されるというやつですか。」

「ううむ。読んでいくうちに背中の真中がへんになって来て、ものの五枚とは読めなかったね。」


びっくりするほど、ざっくばらんな雰囲気でいいですね。当時、江口は万年大学生の一人でした。初めて友人に連れられて行ったのが大正三年とありますから、漱石はすでに四七歳、亡くなる二年前のことです。

のち文藝春秋社を興した菊池寛についても、かなりの紙面が割かれています。いまでこそ芥川賞・直木賞の創設者として有名ですが、彼自身、若いころは『恩讐の彼方に』『忠直卿行状記』など、純文学の分野でも健筆を振るいました。戯曲も書いて『父帰る』は当時大変な人気を博しますが、初演時には当の菊池本人が客席で感動のあまり涙を流したという逸話など、人柄がにじみ出ていますね。

そんな菊池寛ですが、夏のある日、夕立が降り出すなか、江口を訪ねてきます。


「君。そんなかっこうしてどこから来たんだい。」

と、私（江口）がきくと、彼（菊池）は、

「動物園からきたんだよ。」

と、答えるのである。

「いまごろ、また、何だって動物園なんかへいったんだい。」

その頃、私は谷中清水町にいたので、上野の動物園はすぐそばだった。菊池寛が大人のくせにいま頃、ひとりで動物園にいっていたことが、むしろおかしかったからこうきいたのだ。

「いや。見物にいったんじゃないんだよ。とおりぬけてきたんだよ。」

上野の山から谷中清水町にくるのには、動物園を表門から裏門にぬければ道のりは三分の一にもたりない。

「わざわざ入場料をはらってかい。」

「むろんだよ。入場料をはらったって、そのほうがトクだよ。美術学校のほうを遠まわりして見たまえ。いま頃、この羽織がずぶぬれだ。入場料の五銭にはかえられないよ。時間だってみじかいし。」

なるほど菊池寛のいうとおりだと思った。そして彼が五銭はらってまで動物園をとおりぬけてきたことに、私はすっかり感心した。

「その頃の菊池寛」

ここはやがて事業家として成功する菊池寛流の「損得」を思ってみるのがよいでしょう。「俳句と久米正雄」は通俗小説を量産して亡くなった久米を追悼する文章ですが、彼の文学上一番の仕事は学生時代につくった俳句だったと、ここで江口は書き、その俳句を何句も挙げています。では、肝腎の小説はどうかと言えば、「後世にまでよみつたえられる作品が、一たいいくつあるだろうか。正直にいって一つもない。」と吐露しています。他にも、芥川龍之介の意外な素顔や有島武郎の心中の真相など、知られざる逸話が満載で、物語としても得難い佳作です。

檀一雄『火宅の人』

男女をめぐる壮絶な人間苦

檀一雄はいまでは女優の檀ふみのお父さんと言ったほうがわかりよいかもしれませんが、昭和一〇年代から活躍してきた作家で、戦後、昭和二六年に「長恨歌」と「真説石川五右衛門」で直木賞を受賞し、流行作家となりました。石川淳、太宰治、坂口安吾と交流があり、最後の無頼派、最後の文士とも言われました。

『火宅の人』は文芸誌「新潮」で昭和三〇年から約二〇年にわたって連作として書き継がれました。最終章「キリギリス」は入院中のベッドの上で口述筆記され、全編の完成を見たのち、わずか三カ月で亡くなります。現在、新潮文庫版では上下巻合わせて一〇〇〇ページ近くに及び、やはりここは作者自身、長い時間をかけて小説を熟成させるように自己増殖をもさせながら、ようやく一つの長編に結実させたと見るべきでしょう。

主人公は流行作家の桂一雄。明らかに自身をモデルにしていますが、実際、私生活でも檀と愛人関係にあった舞台女優の入江杏子（作中では矢島恵子）をヒロインに、そこにとどまらず多くの女性たちとの遍歴ぶりが転々と描かれていきます。檀の師だった佐藤春夫や太宰、坂口といった作家も実名で登場し、日本文学でも稀な父親小説といわれるほど家族が対象化されます。その点では私小説ということになりますが、といって、自己をただありのまま赤裸々に描くことを目的とした岩野泡鳴や近松秋江ら明治、大正期のいわゆる私小説作家の作品とは明らかに一線を画していて、むしろ戯作の骨法を存分に生かした良質なエンターテイメント小説であるというほうが適切でしょう。

「第三のコース、桂次郎君。あ、飛び込みました、飛び込みました」

これは私が庭先をよぎりながら、次郎の病室の前を通る度に、その窓からのぞきこんで、必ず大声でわめく、たった一つの、私の、次郎に対する挨拶なのである。

こんな時、次郎は大抵、マットレスの蒲団の上から、ずり落ちてしまっている。炎天の砂の上にひぼしになった蛙そっくりの手足を、異様な形でくねらせながら、畳にうつ伏せになっていたり、裁縫台の下に足をつっ込んでいたり、しかし、私の大声を聴くと、瞬間、蒼白《そうはく》な顔のまん中に、クッキリとした喜悦の色を波立たせて、「ククーン」と世にも不思議な笑い声をあげるのである。

最初の章「微笑」の書き出し。こんな印象的な父子のシーンから小説は始まります。次郎は六歳のときに日本脳炎を発病以来ずっと伏せって、ここではもう一二、三歳になっています。このとき、すでに四人の子の父親である主人公の「私」はどんな暮らしをしているのでしょうか、いま少し読み進めてみましょう。「この五六年、私はほとんど自分の家によりつかないのである。それでも、やっぱり、一月に一度、二月に一度は、矢も楯《たて》もたまらなくなって、次郎の側にかけつける」と、すでにこの家がなにやら尋常ではない、文字通りの火宅であることに気づかされます。実際、この主人公、愛人の恵子のみならず、とにかく女が側にいればそこに女神のような無垢を見いだしてはふられたり、焼き餅を焼いたりの繰り返しが臆面もなく語られます。その一点では一種の情痴小説であることはまちがいなく、そこに興味をもった読者も多いかもしれません。次はその言い訳とも、居直りともとれる、「私」の言い分です。

この火宅の夫は、とめどなくちぎれては湧《わ》く自分の身勝手な情炎で、我が身を早く焼き尽してしまいたいのである。しかし、かりに断頭台に立たせられたとしても、我が身の潔白なぞは保証しない。いつの日にも、自分に吹き募ってくる天然の旅情にだけは、忠実でありたいからだ。

それが破局に向うことも知っている。かりに破局であれ、一家離散であれ、私はグウタラな市民社会の、安穏と、虚偽を、願わないのである。かりに乞食《こじき》になり、行き倒れたって、私はその一粒の米と、行き倒れた果の、降りつむ雪の冷たさを、そっとなめてみるだろう。「火宅」

こんな「私」が一月に一度、二月に一度は矢も楯もたまらなくなって次郎のもとにかけつける。この小説の尋常ならざる性格は、この単純極まりない不可解さのなかにあると言ってもよいかもしれません。

また、終盤近く、行きずりのように一緒に旅に出るホステスのお葉の持つ哀切などはここではもう紹介する余裕はありませんが、ひしひしと胸を打ちます。

ぼくは近年にはもうすっかり失われてしまった人間苦の物語として、むしろ若い世代の人に読んでもらいたい気がします。もちろん、変態風のおじさまの物語として読んでもらっても差し支えありません。逆に失われた何かを拾う気がしたら、儲《もう》けものでしょう。

辻井喬『終りなき祝祭』

時代にあふれる人間味

読書会「ペラゴス」では、いまだからこそ読み返すことで新しい価値を発見したいとの思いで古典や近代の作品を一貫してテキストに選んできました。この前例からすれば、『終りなき祝祭』はやや異質な素材に思われるかもしれません。

確かにこれまでほとんど扱わなかった現代小説ですが、しかし、この作品、近現代といった歴史的区分による文学史的カテゴリーにはとても収まり切らない作品といってよいでしょう。大正、昭和へと移行する時代をひとつの壮大なパースペクティブ（射程）でとらえた大河小説の趣を持ちながら決して大時代的でなく、一方で魅惑的な謎を孕んだ技法も凝らされ、そこに小説としてのジャンルの魅力と新しさも生まれているといえます。

まず物語の構造がひじょうに斬新です。形のうえではわが国初の人間国宝となった陶芸家、富本憲吉（小説では田能村善吉）とその妻一枝（小説では文）の一風変わった夫婦像を息子壮吉（小説でも同名）の視点を借りて描く形を取りながら、実際には描写型の第三人称が用いられます。そこに作者である辻井喬自身がときに「私」という語り手として直接顔を出す。元来、小説作法としては〝禁じ手〟の「人称の混合」が意図的に試みられているわけです。しかし、これが逆に作品世界を単なる伝記小説の枠にとどまらない奥行きの深いものにしています。

その生涯の終りに、人はどんなことを考え、何を願うのだろう。果たせなかった望みに想いを馳せるのか、悔いの墓の上をぐるぐる廻るのか、あるいは残していく身近な者のゆく末を気遣うのか…。それら総てのように思えるし、そのどれでもないような気もする。田能村壮吉が病床で綴った手記を読み終えた時、私の胸中に浮んできたのは、こうしたごく平凡な感慨であった。

序章の冒頭です。この「私」とは壮吉の友人としての「私」です。その末尾は次のように締めくくられます。

手記を読み終った時、私には田能村善吉と妻の文の愛憎の構造をはっきりさせることが、旧友の心を慰める一番の方法のような感じがしてきた。

ここで軸になる時制は昭和。壮吉はすでに亡き人であることがわかりますが、そもそも作者がなぜこの作品を書くに至ったのか。いや、どうしても書かなければならなかった。その理由、つまり「私」には立ち会うことのなかった壮吉の両親の物語になお「私」の目を通さなければ見えないものがあることを、はやこのプロローグが告げているではありませんか。

ところで「私」は幼いころから壮吉の友人でともに戦後、東大に進学し、やがて共産党員として活動しますが、この壮吉の思想に色濃く影響を及ぼしたのは母親の文です。ここからさきの「(両親の)愛憎の構造」がクローズアップされ、虚構を私化する形を取りながら第三人称で物語が動き始めます。

最初の舞台装置の役割を果たすのが明治四四年、平塚らいてうによって創刊された月刊誌「青鞜」です。当時、女性解放運動の象徴にもなりました。その「青鞜」の同人だった文は「新しい女」の代名詞のような存在で男性中心主義の結婚観には従属せず、らいてうとは同性愛の関係にあって、結婚後も自由奔放な生き方を貫きます。一方、善吉は奈良の素封家に育って東京美術学校を卒業後、イギリスに留学し、帰国すると陶芸の研究を始め、帝国芸術院会員となるコースをたどります。

そんな二人が織りなす愛の葛藤はたしかにそのまま激動の昭和を象徴しているといえます。やがて壮吉の子どもをも巻き込みながら、戦後へとなだれ込む愛の形。さらには新しい家族像が浮かび上がってきます。この点、『終りなき祝祭』というタイトルがじつに言い得て妙。詩人でもあり、実業家の経歴を持つ辻井さんらしい人間味あふれるリアルな小説です。

吉村昭『三陸海岸大津波』

大災害見抜いた予言の書

東日本大震災が起きたとき、繰り返し聞かされたのが「想定外」とか、「安全神話の崩壊」でした。ただ、この一冊を読むだけで、今度の災害が想定外ではなかったことがわかるはずです。昭和四五年、『海の壁』の題で刊行され、文庫化するにあたってこのタイトルに改められました。「津波を接近してくる壁になぞらえたのだが、少し気取りすぎていると反省し、表題の通りの題にした」と作者自身、あとがきで理由を述べていますが、それだけ実証主義の姿勢が貫かれたということです。

ここで扱われているのは明治二九年と昭和八年の三陸沖地震、そして環太平洋全域に被害が及んだ昭和三五年のチリ沖地震による三つの大津波。特筆しておきたいのは、小説家である吉村昭が作家の想像力に依らず、現地と当時の生存者を自分の足で訪ね歩き、現存する資料を逐一掘り起こしながらこの作品を書き上げたということです。

なかでも明治二九年の三陸沖地震は凄惨を極め、死者二万七〇〇〇人にも及びました。吉村はいまから四〇年前に一人で調査に入り、この時には二人の生存者に出会います。その年は不漁続きから一転、六月は海岸一帯に著しい漁獲が見られるようになったといい、そんなこともあって、あざなえる禍福のような前兆もまた語られます。

氏の記憶によると、六月十日頃から本マグロの大群が、海岸近くに押し寄せてきたという。…網の中に、マグロがひしめき合いながら殺到してくる。網はマグロの魚体で泡立った。

何かの前触れではないかと警告したのは、安政の大津波の教訓を伝え知る古老たちだけ。貧しい漁村にはむしろ歓迎すべき珍事だったのでしょう。四〇年に一度の豊漁に沸き返ります。そして地震当日の六月一五日。この日は陰暦の五月五日で端午の節句にあたり、最初の揺れを記録したとき、男の児がいる家では酒宴が開かれ、祝賀ムードのさなかでした。

人々は、震動のやむのを待って再び杯をとり上げたが、八時二分三十五秒にはまた大地がゆったりと揺れた。この弱震があってから二十分ほど経過した頃、いつの間にか闇の海上では戦慄すべき大異変が起こりはじめていた。

沖合では「ドーン」「ドーン」と大砲の砲弾を発射するような音が立て続けに起こり、日本を敵視するロシア艦隊の砲撃かと錯覚した人がいたほど。そこへ大津波はやって来ます。

山とは逆の海方向にある入口の戸が鋭い音を立てて押し破られ、海水が激しい勢いで流れこんできた。祖父が、「ヨダだ!」と、叫んだ。

ヨダとは津波を指すこの地方独特の言葉ですが、いったいどれほどの津波が来ていたのか。実際、吉村は一緒に取材に立ち合った村長に聴いています。

「四〇メートルぐらいはあるでしょうか」という私の問いに、村長は、「いや、五〇メートルは十分にあるでしょう」と、呆れたように答えた。

先の東日本大震災で見た津波が思い起こされます。哀しいまでに自然と折り合いをつけながら暮らすことを運命づけられた三陸沿岸部の人々をはじめ、日本列島に住まいする私たちにとって、この本はまさに予言の書だったのではないでしょうか。

最後に昭和八年の津波のとき、当時の小学生が書き残した作文。

がたがたがたと大きくゆり(揺れ)だしたじしんがやみますと、おかあさんが私に、「こんなじしんがゆると、火事が出来るもんだ」

といって話して居りますと、まもなく、

「つなみだ、つなみだ」

と、さけぶこえがきこえてきました。

私は、きくさんと一しょにはせておやまへ上がりますと、すぐ波が山の下まで来ました。だんだんさむい夜があけてあたりがあかるくなりましたので、下を見下しますと死んだ人が居りました。

私は、私のおとうさんもたしかに死んだだろうと思いますと、なみだが出てまいりました。下へおりていって死んだ人を見ましたら、私のお友だちでした。

私は、その死んだ人に手をかけて、「みきさん」と声をかけますと、口から、あわが出てきました。


この地方では死者に親しい者が声をかけると口から泡を出すという言い伝えがあるそうです。悲しみを超越したリアリティが烈しく胸を打ちます。

堀田善衛『方丈記私記』

平安乱世と戦時下をモンタージュ

方丈記といえば、いまから約八〇〇年前に書かれた鴨長明の随筆文学。「ゆく河の流れは絶えずして、しかも、もとの水にあらず。」という書き出しがまず、思い浮かびます。一方、堀田善衛の『方丈記私記』は一九四五年三月一〇日の第一回東京大空襲の廃墟に立って、「火の光に映じて、あまねく紅なる中に、風に堪へず、吹き切られたる焰《ほのほ》、飛ぶが如《ごと》くして一二町を越えつゝ移りゆく。」（火の光に照り映えて一面が赤くなるなか、風の勢いに耐えられず吹きちぎられた炎が飛ぶように一町も二町も越えて移っていく）との一節を思い起こすことから始めます。

つまり、焼夷弾による真っ赤な夜空を見上げながら自ら生き延びることになる空襲体験のさなか、堀田の脳裏に閃くように浮かんで来たのが、かつて教養として読んだ方丈記だったというのです。さらに続けると、

その中の人、現《うつ》し心あらむや。或《あるい》は煙に咽《むせ》びて倒れ伏し、或は焰にまぐれてたちまちに死ぬ。

（そのなかにいる人はどうして生きた心地がしようか。ある人は煙にむせて倒れ、ある人は炎に目がくらんで

瞬時に死ぬ）

ここに記録されているのは安元三年四月二八日に平安京で発生し、朱雀門や大極殿などにも飛び火して京の三分の一を焼き尽くすことになった大火災の様子です。日本の中世、ことに平安末期から鎌倉初期はこのような大火の原因ともなった放火や押し込み強盗が日常茶飯事で大地震、竜巻、飢饉にも度々見舞われ、文字通り、乱世の時代でした。その方丈記の世界を自身の戦争体験にモンタージュさせることで八〇〇年前の現実が強烈なリアリティをもって浮かびあがってきます。

このとき、長明は二三歳。方丈記を書いたのは五八歳ですから、三五年も前の出来事を扱っていることになります。堀田善衛はそこに「意外に精確にして徹底的な観察に基づいた、事実認識においてもプラグマティクなまでに卓抜な文章、ルポルタージュとしてもきわめて傑出したものであることに思いあたったのであった。」と注目します。とくに辻風、つまり大竜巻が起きたときの描写では「私は、この長明は、風が一応おさまってから実際に京の町々の様子を見に行ったのだと思う。記述のきわめて具体的な、その具体性、英語で言うコンクリートさ加減がそのことを明し立てていると思う。」として、その鋭いジャーナリズムのセンスとともに、この時代にあって神職の子息として生まれながら出家して隠遁するなどアウトローとしてしか生きられなかった長明の、それゆえ人間味の豊かさにふれています。

もうひとつ、堀田の考察で興味深いのは方丈記がこの時代の優れた住居論にもなっているという指摘。じつは冒頭の書き出しの部分は「世中にある人と栖《すみか》と、またかくのごとし。」（世の中に存在する人や住まいもこのように変わりやすく、はかないものである）と続くのですが、この点からも、堀田は「人の世の無常は『ゆく河の流れ』や『淀みに浮ぶうたかた』に托されているのではなくて、それをうけた人と家、住居に托されているものであった。」と強調し、方丈記のユニークさに言及していきます。実際、それは長明自身、晩年は大八車に搭載する移動式の家、つまり方丈の家に住んだことにも現れています。

方丈記は当時では画期的な和漢混交の文体で書かれ、たしかに随筆文学としても貴重ですが、ぼくが堀田善衛の『方丈記私記』から学びたいことは、優れた作品はこのように一〇〇〇年のちの現実とも直に向き合えるということです。作者自身、「私が以下に語ろうとしていることは、実を言えば、われわれの古典の一つである鴨長明の『方丈記』の観賞でも、また、解釈、でもない。それは、私の、経験なのだ」と冒頭で明かしているとおり、堀田善衛のダイナミックで自在な古典読みにも深く注目したいものです。

石牟礼道子『おえん遊行』

魂に響く現代のフォークロア

石牟礼道子は水俣病を患者の視点から聞き書きの手法で描いたノンフィクション『苦海浄土わが水俣病』でよく知られた水俣在住の詩人・作家です。彼女自身、最初は短歌から出発しますが、詩人の谷川雁らが昭和三三年、九州を舞台に立ち上げた「サークル村」という文化共同体に入り、そこで上野英信らに出会うことでドキュメントの手法を学びました。

その成果の一つが『苦海浄土』です。と言っても、筆者が現地に赴いて関係者を逐一取材する通常のノンフィクションとは異なり、自ら表現する言葉を持たない患者に寄り添いながら肉声をつぶさに掘り下げていく語り部の手法で書かれていて、テーマはもちろん、方法としてもまことに斬新なものでした。

『おえん遊行』はそれから一五年も経って書かれた小説ですが、じつに不思議な世界が描かれています。

闇のかなたに、やわらかい山の稜線が浮きあがったと思うと、その稜線の落ちあう窪みのあたりから火の色がふくらんだ。分厚い雲の縁が火に染まり、渦をつくりながら動きはじめた。緋縮緬《ひぢりめん》の微《かす》かにうねるような光をたたえて、海が浮きあがっている。

――見ゆるかえ、ほら、むこうべたの美しさなあ。

渚にさし出たアコウの樹の上で呟《つぶや》く声がした。

書き出しの部分です。時代は江戸末期、舞台は天草諸島の小島のようです。ヒロインのおえんという女が夜の渚をひとり歩きするところから始まりますが、『苦海浄土』とはがらりと表情を変え、こちらはまさに幻想性豊かな民譚《みんたん》風の世界がヒリヒリするような繊細な感覚となって伝わってきます。だいいち、ここに登場する声からして人間と交す言葉ではありません。この場面、もう少し追ってみましょう。

頭のおかしなこの女乞食《こじき》は、おえんしゃまとか、にゃあまさと呼ばれている。もとはおえん御前といわれていたらしい。御前と言っても芸を持っているわけではなかった。ただ、懐《ふところ》にいつもなにかを抱いていて、それと話し交しながら歩いていた。生まれたてのあくびをしている鳥の子や、猫の子を入れていることもある。抱いているものが形にみえぬものであっても、自分の懐に首をさしいれるようにして、にゃあまさま、などと囁《ささや》きながら歩いていることに変りはない。

自分の胸に抱くものに向かって、交感する言葉を一人でつぶやくおえんはまるで口寄せを行う巫女《みこ》のような超自然性を背負い込んだ女性として描かれます。人間を描くのが小説であるなら、この作品はまさに現代のフォークロア（説話）と言ってよいでしょう。この点、民間伝承の民話を集めた柳田国男の遠野物語、あるいは宮沢賢治の童話の系譜につながるものです。

ストーリーと呼べるほどの筋らしい筋はありませんが、このおえんが大嵐で島に流れ着いた阿茶という口のきけない若い娘とともに島の老婆や子供たちから慕われながら、自然の摂理のままに生きていく姿が綴られていきます。圧巻はなんといっても後半、おえんが隠れキリシタンを捜し出すためにやってきた絵踏み船による検分を受けるシーン。

おえんは、赤んぼでも抱きかかえるようにして、異国の母子像を彫りつけてある絵板を片袖に包み込んで頷《うなづ》いた。

——おお、みぞなげになあ、たった一人で、こういうところに失《う》し捨られてなあ、白まんまも食べ得ずに…。

汚れた片袖で絵板の面を拭いてやったと思ったら、鼓でもかざすようにそれをかざして、すっくと立った。一座は、意表をつかれてしいんとなった。

おえんはこの後、片頬のあたりに抱いた絵踏み板を鼓のように打ち鳴らしながら唄い、舞い始めます。この咎《とがめ》により縄をかけられ、やがて牢送りとなるおえんの子供のように無垢な魂が読む者の心に響きます。ここは仏教の草木成仏の思想、つまり自然存在である草木も人間もともに成仏するものだという思想を思ってみるのもよいでしょう。じっくりと時間をかけて読んでいただきたい作品です。

野坂昭如『好色の魂』

猥雑に命を賭けた人間の妙味

野坂昭如は一九六〇年代の安保闘争後に登場した作家ですが、戦後、経済成長をもとに発展したテレビや大衆向きの週刊誌の普及のなかで、ＣＭソングの制作やディスクジョッキーなどをいち早く手がけた、いまでいうタレントの一面からも見ておくのが面白いでしょう。ブルーフィルムの蒐集家だった自身の体験もまじえて書かれた処女作『エロ事師たち』など、まさにそうです。悪びれるところがいっさいない、それでいてどこかひたむきで、いじらしささえ感じさせる展開は軟派文学の系譜から見ても、日本の近代文学には見あたりません。

『好色の魂』は昭和四三年、野坂が直木賞を受けた翌年に新潮社から出ています。主人公は貝原北辰。昭和初期、ヨーロッパ中世のポルノグラフィーの傑作とも言われる『デカメロン』を新訳し、猥雑《わいざつ》なアングラ系雑誌や書籍を出版して度重なる発禁処分を受けた梅原北明という実在の出版人がモデルになっていますが、むろん野坂流の饒舌型の文体がなければ、こんな人物の妙味を描き出すことはできなかったでしょう。

昭和二十一年、春分の日。昨夜来の雨は晴れ上り、二階にかさ上げした箱のような六畳一間、その海に向う窓を開けはなち、彼岸中日の陽光と、水ぬるむ潮の香りのなかで、貝原北辰は強い近視の眼鏡光らせながら、名人東作、竿忠《さおちゅう》の釣竿十数本、壁にならべ、丁寧に手入れをする。

第一章「四三の手札」の冒頭。物語は敗戦の翌年、すでに隠居の身に落ち着き、釣り三昧の北辰晩年の姿から書き起こされます。句点までが長く、ミミズがのたうつような文体。しかし、語り口に何とも言えない人なつっこさが漂っていませんか。ちなみに四三とは花札の手役のことで、「しそう」と読みます。一生花札にうちこんでも、一度できるかできないかという役ですが、その読みが「死相」に通ずるところから不吉とみなされ、この二週間後、北辰は発疹チフスであっけなく亡くなります。

さて第二章、第三章になると時代はいっきに遡り、現在進行形の北辰と行きつ戻りつしながら、どれだけ発禁になろうとも検閲の目をかいくぐることに命を燃やす北辰のあの手この手の秘策を尽くす孤独な闘いが描かれていきます。これはまさに当局との知能較べ。たとえば『デカメロン』の出版の場合は、

これが発禁になっては意味ないと、弁護士を頼んで原稿をみせ、「そこで最後は一分寄り、二分寄りしていたのですが、遂にはぴったりと重なり」とある箇所を、「遠くて近きは男女の仲、

やがて夫婦気取り」とぼかすなど、北辰はじめて官憲のごきげんを伺う。

文字通り「変態」なる会員制の雑誌を出すときは、

北辰にとって、特高に代表される国家権力は、堂々と相たたかうべき好敵手なのであった。その手始めとして、『変態』の中の、あぶない箇所を空白のままにし、後で会員にだけは正誤表の形をかりて、埋めるべき文章を送る。

といった具合。スパイさながらの暗号を文中に仕掛けてみたりもしますが、本人たちはいたって真剣。そこが面白いですね。ちょうどこのころプロレタリア文学が勃興していて、政府は左翼を弾圧するのと同じレベルで猥褻狩りを行いました。江戸期、錦絵や合巻、人情本の売買を幕府が法令で厳しく取り締まったように。とはいえ、取り締まる側にもどこか政治を相手にするのとはひと味違う長閑さがあるのも事実。実際、『変態』の会員には「文学博士二十六名、医学博士九十二名、法学博士十二名が含まれ、知事、大臣の代理人もあった。」とありますから、これではまるでいたちごっこ。だからこそ、野坂昭如にとっては、格好の素材でもあったのでしょう。

まぎれもない軟派文学の傑作です。一方で『火垂るの墓』や『アメリカひじき』を書いた戦後派的な野坂昭如がいることも忘れてはいけませんが。

井上ひさし『新釈　遠野物語』

タイムマシンで民話の世界へ

『新釈　遠野物語』は新釈とありますが、これは岩手・遠野の民話を掘り起こした柳田国男の民俗学の名著を筆者の井上ひさしが文字通り換骨奪胎した、一種の本歌取りと言ってもよい小説です。といっても、九編の連作からなり、河童や狐といった〝遠野世界〟の住人たちが登場する、まさに井上ひさしならではの現代の怪談です。

進行役となる語り手の「ぼく」は戦争の余燼のまだ残った昭和二八年、岩手・遠野近在に新設された国立療養所の職員として就職します。そこで山の中から響いてくるトランペットの音にひかれて遠野山中の岩屋に住まう犬伏太吉という老人と出会うという展開から、物語は犬伏老人の語りとして進んでいきます。

犬伏老人がラッパを吹き出すのはきまって正午だったから、ラッパの音と同時に山間《やまあい》の療養所の事務棟では一時間の昼休みが始まり、ぼくは看護婦の給料の計算とか医師の出張手当の算出とかいうような退屈な仕事からしばらく解放される。そんなわけでぼくにとって老人のラッパの音は救いの福音だった。ラッパの音が微《かす》かにしはじめると、ぼくは老人の昔話を聞くために弁当を包んだ風呂敷包みを摑《つか》んで外へ飛び出すのだった。

第二話「川上の家」の冒頭。もう少し読み進めましょう。

療養所から老人の住む岩穴まで、谷川に沿って幅三十糎《センチ》ほどの細い小径《こみち》がついていた。その小径を急ぎ足で登ると五分ほどで岩穴の前に着く。ぼくが着くころにはもう老人はラッパを吹き終えており、囲炉裏の自在鉤《じざいかぎ》に掛けた大きな薬罐《やかん》から小さな土瓶《どびん》に湯を注ぎ、縁が欠けて鋸《のこぎり》のようになった湯呑に番茶か煎茶《せんちゃ》のどちらかを入れていた。そして、岩穴の前から中を覗《のぞ》き込んでいるぼくに、

「さあ、お茶が入った。表の若い衆、お茶を一杯よばれないかね」

と声をかけてくる。その声をきっかけにぼくは背をかがめて岩穴の入口をくぐり、囲炉裏の前に腰を下し、湯呑のお茶をひと口すすり、弁当を開く。老人はやがて低い声でぼそぼそと遠野から釜石にかけての昔話を語りはじめる。

先に井上ひさしならではと言ったのは、この何でもない現実生活からタイムマシンに誘われたようにうまくフォークロア（民話の世界）へつなぐ手口です。ここで犬伏老人の昔話に登場するの

が幸太郎という少年。どうやら正体は河童らしく、少年時代の記憶として老人の口から語られていきます。実際、遠野物語には「外《ほか》の国にては河童の顔は青しと云ふやうなれど、遠野の河童は面《つら》の色赭《あか》きなり」（河童の表記は『新釈　遠野物語』に統一）と、河童が親しいものとして出てきますから、その点では『遠野物語』のパロディとも言えます。

ところでこの犬伏老人の過去も物語が重なるにつれ、少しずつ明らかになってきます。東京の交響楽団で首席トランペット奏者を務めていたかと思えば、鉱山事務所の帳面つけをやっていたりと、なかなか民譚《みんだん》世界のそれではなく、現実的です。しかも物語の会話は東北弁ではなく、すべて標準語。遠野物語に素材を摂りながら、あえて標準語にしたところに独特なエンターテイメントを見てよいかもしれません。

『遠野物語』が名著であることは、むろん疑いようがない。だが、元来が語りものであった土地の昔話が活字として定着したとき、大きなものが失われてしまうことにも注意しなくてはならない。さらに東北出身である私には、どうもこの名著に〝収奪〟という感じを抱いてしまう。地方の文化が中央に召しあげられたという気がする。むろん、中央に対抗できるものが、当時地方になかったことが問題なのだが

ここは、新潮文庫版解説からの孫引きですが、井上ひさし自身の内声として紹介しておきまし

ょう。

他にも人間の女性と牡馬との禁じられた愛を描いた「冷し馬」、人間が魚に変身する怪異譚《かいいたん》「鰻《うなぎ》と赤飯」など盛りだくさん。最後の「狐穴」ではそこまで読み進めて妙などんでん返しに遭うくだりは、ここでは伏せておきましょう。

仮名手本忠臣蔵

大衆が見抜いた事件の本質

忠臣蔵といえば、年末恒例の時代劇ですね。元禄一四年三月一四日、江戸城松の廊下で起きた刃傷沙汰に端を発し、責任を負わされて切腹を命じられた赤穂藩主、浅野内匠頭の遺臣たちが翌年一二月一四日の夜半に吉良邸に討ち入りをする。筋も内容もわかっていても人気がある。それくらい日本人の精神に深く根ざしたドラマですが、当時は江戸幕府の根幹を揺るがしかねない事件でした。

赤穂浪士のこの討ち入りを扱った作品は近松門左衛門の『碁盤太平記』をはじめ、たくさんありますが、じつは忠臣蔵という言葉、松の廊下事件から約半世紀のちの寛延元年に人形浄瑠璃の演目として演じられた『仮名手本忠臣蔵』が起源なんですね。つまり、フィクションとしてのこの言葉がいつしか、実際の赤穂事件そのものを指すものとして逆に定着していったということです。

もちろんフィクションといっても、そのベースは四十七士の藩主の切腹から討ち入りにいたる過程です。当然これをストレートに描くと、当時の体制批判にもなりかねない。だから偽装する必要があった。そこで吉良上野介と浅野内匠頭の確執を『太平記』の世界に仮託して、足利尊氏の執権、高師直《こうのもろなお》と伯刕城主、塩冶判官高定《えんやはんがんたかさだ》の争いとして描いていったのが、この『仮名手本忠臣蔵』です。もっとも大石内蔵助にあたる「大星由良之助」など登場人物の名前も、『太平記』への仮託も、いずれも近松の『碁盤太平記』をもとにしていました。

そして、そこではジャーナリズムの未発達な時代に事件の本質を庶民の側が敏感に見抜いていたその的確さには驚かされます。作者は竹田出雲、三好松洛、並木千柳で、この三人の合作です。元禄時代は江戸期のなかでも高度成長の真っ只中の時代でした。町民の力が強まっていくなかで、権力の理不尽に立ち上がった浪士たちが大衆のヒーローになっていく時代の空気がこの作品から立ち上ってきます。

作品の大きな特長は、討ち入りだけでは殺風景なので彩りを添える工夫がいろいろ凝らされていること。そのひとつが三段目に登場する、判官の家臣、勘平と判官の妻の腰元おかるの駆け落ちを中心にした恋愛悲劇です。ここは討ち入りに加わろうとする婿に加担する舅《しゅうと》や妻が主要な役割をなし、庶民が討ち入りに加担するシーンとして展開します。当時、この作品が圧倒的な人気を集めたひとつの要因ではないでしょうか。人形浄瑠璃では『菅原伝授手習鑑』『義経千本桜』と並ぶ三大傑作。歌舞伎でも人気の演目になっていきました。

ところで、これが義太夫節の韻律を持った〝音楽劇〟であるということは、実際、声に出して読んでみればよくわかります。たとえば、一段目「鶴岡の饗応」（別名・兜改め）の冒頭の一節。

嘉肴《かこう》ありといへども、食せざればその味はひを知らずとは．国治つてよき武士の、忠も武勇も隠るゝに．たとへば星の昼見えず、夜は乱れてあらはるゝ．ためしをこゝに仮名書きの太平の代の．まつりごと．（たとえご馳走があっても食べてみないとその味わいがわからないとは、国が平和な時は武士の忠義も武勇も隠れているということに例えられ、星が昼には見えず、夜はきらめいて現れるようなものである。その例をここに仮名まじり文で、太平の代の治世として書いてみよう）

セリフもあり、状況を説明するト書きにあたる部分もぜんぶ一つの文脈のなかで展開されるのですが、たいへんリズミカル。主語はぜんぶはぶかれているのに、当時は観客もこれを理解していたのですから、相当高度だったということになりますね。

全一一段という長い作品を、作者の三人が各場面ごとに分業体制を取って書きました。このとき、もうこれがあたりまえになっていました。その意味ではいまの映画づくりに近かったのかもしれません。展開のうまさに加え、見せ場を盛り上げるための伏線も随所に仕掛けられている。近代大衆小説の雛型《ひな》といってもよいドラマツルギー（作劇法）が、すでに社会劇として完成していたことを見逃されないほうがいいでしょう。

三遊亭円朝『牡丹燈籠』

高座の息づかいと話芸

『牡丹燈籠』は三遊亭円朝が中国・明代の怪異譚『牡丹燈記』にヒントを得て創作した、『四谷怪談』や『皿屋敷』と並び称せられる日本三大怪談の一つです。自ら講談で演じたのみならず、のちには歌舞伎や映画にもなりました。

作品として世に出たのは明治一七年。円朝が高座に上がった東京・日本橋の寄席、末広亭に日本最初の二人の速記者が出向き、楽屋で逐一書き取ったものです。和綴《わとじ》本が出版されるとたちまち大ベストセラーとなり、口語文体の新しさもたいそう評判になりました。なかでも言文一致の新しい小説の文体を模索していた二葉亭四迷が坪内逍遙から「円朝の本を参考に書いてみては」と勧められ、実際に生かしたというエピソードもあるほど。二葉亭の『浮雲』はその賜で、これに先だった円朝がその礎を築いていたことになります。

寛保《かんぽう》三年の四月十一日、まだ東京を江戸と申しました頃、湯島天神の社《やしろ》にて聖徳太子の御祭礼を致しまして、その時大層参詣の人が出て群集雑沓《ぐんじゅざっとう》を極めました。ここに本郷三丁目に藤村屋新兵衛という刀屋がございまして、その店先には良い代物が列《なら》べてあるところを、通りかかりました一人のお侍は、年の頃二十一、二とも覚しく、色あくまで白く、眉毛秀《ひい》で、目元きりりっとして少し癇癪《かんしゃく》持ちと見え…

冒頭の一節。高座の息づかいが聞こえてくるようですね。聴衆を引き込む円朝の話芸がこの書きっぷりからも伝わってきます。ここでは、速記者の栄誉をたたえ、若林玵蔵、酒井昇造の名も掲げておきましょう。

物語はこの侍、飯島平左右衛門がからんできた酔漢を斬り殺す場面から始まり、のちに飯島家の奉公人になる主人公、黒川孝助の父親がこの酔漢であることが明かされます。もちろん、孝助はそのことを知らず、父の無念を晴すため、仇討ち相手から剣術を習い、助太刀してもらう約束まで取りつけて日々研鑽《けんさん》を積むという展開。

これだけでもう十分エンターテイメントに富んでいますが、さらにここに飯島の娘、お露が浪人、萩原新三郎に恋焦がれて亡くなり、その後を追った女中のお米ともども夜ごと牡丹燈籠を下げ、駒下駄をカランコロンと響かせて新三郎に会いにやって来るという幽霊譚を絡ませながら進行します。じつはここだけが『牡丹燈記』のヒントになった部分です。

新三郎は止せばいいに念仏を唱えながら蚊帳《かや》を出て、そっと戸の節穴から覗いて見ると、いつもの通り牡丹の花の燈籠を下げて米が先へ立ち、後には髪を文金の高髷《たかまげ》に結い上げ、秋草色染の振袖に燃えるような緋縮緬《ひぢりめん》の長襦袢《ながじゅばん》、その綺麗なこと云うばかりもなく、綺麗ほどなお怖く、これが幽霊かと思えば、萩原はこの世からなる集熱地獄に落ちたる苦しみです。萩原の家《うち》は四方八方にお札が貼ってあるので、二人の幽霊が臆して後へ下り、

米「嬢さまとても入れません、萩原さんはお心変りが遊ばしまして…心の変った男はとても入れる気遣はありません、心の腐った男は諦めあそばせ。」

と慰《なぐさ》むれば、

嬢「あれほどまでにお約束をしたのに、今夜に限り戸締りをするのは、男の心と秋の空、変り果てたる萩原様のお心が情ない、米や、どうぞ萩原様に逢わせておくれ、逢わせてくれなければ私は帰らないよ。」

と振袖を顔に当て、さめざめと泣く様子は、美しくもありまた物凄くもあるから、新三郎は何も云わず、ただ南無阿弥陀仏、南無阿弥陀仏。

お札の威力で幽霊が新三郎宅に入れない場面。映画などでは怪談らしく見せるため、ことさら恐ろしさばかり強調されていますが、原作はもっと伸びやかで、たとえば飯島の妾、お国が隣家の男と共謀し孝助を盗みの罪に陥れたり、金儲けの悪巧みを画策したり…。人間の愚かさゆえのスリルと笑いが随所に散りばめられています。

ストーリーの面白さはもちろん、江戸庶民の言葉がリアルに再現されているのも速記のおかげというべきでしょう。おそらくアドリブも相当入っていたと思われます。それにしても、ハラハラさせながら登場人物を巧妙に動かす手法といい、時間処理のうまさといい、近代大衆小説の骨法のすべてを円朝が持っていたことに驚かされます。

井原西鶴『日本永代蔵』

時代を見抜くジャーナリストの目

井原西鶴は元禄時代、談林派の俳諧に始まり、四〇歳代に入ると浮世草子といわれる小説を書き始め、『好色一代男』『好色一代女』など好色物で一世を風靡しました。『日本永代蔵』は晩年になって手を染めるようになった、いわゆる町人物。とくにこの作品は商人の一筋縄ではいかない金銭問題を扱った経済小説で、上方だけでなく、全国津々浦々の全三〇話が収められています。工夫、勤勉、倹約で富をなしたものから、逆にそこを守らなかったために零落したものなど、虚実織り交ぜてリアルに描かれたせいで、実用書の機能も合わせ持っていたからでしょうか、当時は大変なベストセラーになったといわれています。

天道《てんどう》言《ものい》はずして国土に恵みふかし。人は実あつて偽りおほし。その心《しん》は本虚《もときょ》にして物に応じて跡なし。（天は何も言わないで、国土に深い恩恵を施している。それに対し、人間は誠実でもあるが、また虚偽も多い。それは人の本心が元来、空虚なもので、何かの事柄に応じて、心は善ともなり、悪ともなるもので、その事柄が去れば、またもとの空虚に帰してしまうものだからである。）

「初午《はつうま》は乗つて来る仕合せ」という巻一の冒頭の書き出し。これだけで西鶴の辛辣で冷静な写実の目をうかがわせることができるでしょう。いますこし、続けましょう。

ひそかに思ふに、世に有る程の願ひ、何によらず銀徳にて叶《かな》はざる事、天が下に五つあり。それより外はなかりき。これにましたる宝船の有るべきや。（ひそかに考えてみると、この世の中で人間の願いのうち、何によらず金銀の力でかなわないことと言えば、天下に生・老・病・死・苦の五つがあるだけで、それより他にはないのである。とすれば、金銀に勝る宝が他にあろうか。）

ここでは人間の生命との比較でお金の実利が強調されていて、町民文化勃興期のたくましいエネルギーを感じ取ることができます。せっかくですから、この巻一第一話の続きを紹介しておきます。

江戸は小網町の船問屋の男が二月の初午の日、泉州（大阪・貝塚市）の水間寺観音を訪れ、一貫の借金を申し出ます。というのも、この寺には参拝者に銭を貸す風習があり、みな観音さまのありがたいお金なので翌年きっちり倍にして返すのがきまりです。男は名前も住所も問われず、あっさりと借銭に成功。持ち帰って、これを元手に一〇〇文ずつ貸し付け業を始めたところ、金利が金利を生んで一三年後には元手の一貫がなんと八一九二貫にまでなります。そこで利子を一年ごとに二倍になる算段で計算して、返済分を荷馬に載せて東海道を運んで届けると、おかげで寺は記念の宝塔を建立でき、男も親の遺産なしに一代にして分限者（大金持ち）になったという話。

ちなみに八一九二貫をいまの貨幣価値に換算すると、ざっと二億七〇〇〇万円以上にもなるそうです。ただ、このお話、観音さまからの借金とあって、誠実に商いを重ね、一三年分も利子をちゃんと払ったというところが味噌。正直者の分限者と世間で称えられたということにもなりましょう。

一方で西鶴自身、この話の教訓として「世の中に、借銀《かりぎん》の利息程おそろしき物はなし。」と書いている通り、もちろんうまくいく話ばかりではありません。商家の息子が放蕩にふけり、一代目が爪に火を灯すようにして築いた家財を使い果たしてしまったり、わずかばかりの利息が払えないがため、あっけなく破産してしまうのは現代とまったく同じ。金銭をめぐる人間の底なしの欲望が時代を問わず、切実で普遍的なテーマであることがよくわかります。

この点、リアリズム文学であって、西鶴に心酔した大阪出身の作家、織田作之助はこう述べています。

大阪人はすべて勘定が細かく、計算が好きだといってしまえばそれまでだが、事情はそこから出発して拡がるのだ。すなわち西鶴は、まず、彼の芸術を計算する。彼の文章の効果を秤《はかり》にのせる。そして数字は何ものをも容赦せぬ冷酷な現実であり、曖昧や感傷をもたぬ生々しい象徴であり、しかも、そのためにリアリズムの果てのユーモア的効果をうむことを、心得ていたのである。

『西鶴新論』

西鶴もまた、商人に負けず劣らず自分の文章を計算しつつ書いたということになりますが、ここは希代の物語作家であった西鶴が同時に、時代を見抜く目を持ち合わせた一流のジャーナリストでもあったということだと思います。その意味で私たちは、西鶴が三〇〇年以上も前に予測した未来の姿をいままさに、身を持って体験しているといえるかもしれません。

新約聖書　福音書

イエスに託された人間像

聖書は世界の文学を理解するためには欠かせぬ書です。とくに旧約聖書で預言された救世主（メシア）の死と復活の記録を記した新約聖書は文学者の思考形成にも大きな影響を与えてきました。その最も大きな例がドストエフスキーでしょう。『カラマーゾフの兄弟』のなかの大審問官物語に登場するのは、マタイ福音書第四章です。

四十日四十夜の断食で空腹を覚えるイエスに「あなたが神の子なら、そんなにひもじい思いをせずとも、そこらの石ころに、パンになれと命令したらどうです」、あるいは宮の屋根の上に立たせたイエスに「神の子なら、下へ飛びおりたらどうです」と悪魔が挑発し、イエスが「パンがなくともひとは生きられる」「神を試してはならない」と拒否する場面。この言葉をめぐり、宗教裁判で苛烈な異端審問が行われる一六世紀スペインのセヴィリヤに再び出現したイエスに大審問官が本質的な疑問を投げかけるというのが小説の展開です。

福音書には、悪魔がお前（イエス）を試みようとしたかのように伝えられているが、本当にそ

海外編

うだろうか？　お前と、あのときお前に問いを発した悪魔と、いったいどちらが正しかったのか？

これがその一節。つまり、「パンがなくともひとは生きられる」と神の恩寵を退けたイエスのこの言葉にこそ、たとえば、戦争や貧困などその後の人間が宿命として背負わねばならなくなった苦悩を決定づける原因があるという主張です。大審問官は続けてこう断言します。

誓ってもいい。人間というのは、お前が考えているより、ずっと弱く卑しく創られているのだぞ！。

これに対し、ただ黙り込んでしまうイエス。その姿はじつに人間的です。
もうひとつ。芥川龍之介の『西方の人』は全編アフォリズム風の小説ですが、新約聖書をベースにここで描かれるのもイエスの生涯を通した人間像です。「彼（イエス）は実に古い炎に新しい薪《たきぎ》を加えるジャアナリストだった。」「十字架の上のクリストは畢に『人の子』に外ならなかった。」と芥川自身、明らかに新約聖書を一個の文学作品としてとらえているところも魅力的です。
実際、福音書は刑死後に復活するイエスを主人公に再びキリスト教の布教を目指したひとびとの物語として読んだほうが断然、面白い。この点に関して、吉本隆明は『マチウ書試論』のなかでこう述べています。

（聖書の）作者がヘブライ聖書（旧約）を予約としてひきしぼることによって、原始キリスト教の象徴的な教祖であるメシア・ジェジュの人物をつくりあげたと考えることができる。

ヘブライ聖書の予約にのっとってつくられた架空の人物である。

マチウ書はマタイ福音書、ジェジュとはキリストのことですが、吉本もこれ自体、仮構の書（文学作品）であるとしつつ、「マチウ書のもっている思想の意味は、まるでひとりの人物が実在するように、たしかな、生々しい実感で、生きていると感じられる」と、イエスの人間的な側面を書きとめています。

ところで、新約聖書には成立順に「マルコ」「マタイ」「ルカ」「ヨハネ」の四つの福音書が収められていますが、いずれもイエスという同一人物が描かれているのに類似と相違点が際だっているのも特徴です。

たとえば、マリアが聖霊によってイエスを身ごもる「処女懐胎」の話はマタイとルカにしか登場しませんし、ヘロデの幼子殺しはマタイ以外には出てきません。その意味でも、じつにバラエティに富んだ書物といえますが、むしろ相互矛盾は矛盾のまま、四つを併記していることがこの場合、とても重要なのではないでしょうか。

このような矛盾のつながりのなかには、本質的な意味で、原始キリスト教のたえてきた風雪の強さがあるのだろう。

これも『マチウ書試論』の一節ですが、信仰の有無にかかわらず、聖書の思想の価値はまさにここにあると私には思われます。

メリメ『カルメン』

男を振り回す悪女のカタルシス

『カルメン』といえば、とにかく男をきりきり舞いさせる野性的で情熱的な女性のイメージがまず頭に浮かびますが、これは作者であるメリメの死後、小説から強烈な感化を受けたビゼーが同名のオペラを作曲し、やがてフランスを代表する歌劇として世界中に広まったことによるところが大きい。当然オペラですから、メロドラマ風の筋立てで、カルメンの女性像ばかりが通俗的に誇張されているからです。

ところが原作を読めば、一般に流布されているイメージとはおよそかけ離れているのにすぐ気づかされます。いまから一五〇年以上も前の一八四五年に発表されましたが、極めて緻密な構造を持ち、いま読んでもなお、その斬新さに驚かされます。

地理学者諸氏はかのムンダの古戦場を、パステュリ・ポエニ地方、現今のモンダに近く、マルベーリャの北方二里ばかりのところときめてかかっているが、私は昔から疑いを抱いていた。

全四章構成の第一章の冒頭がこれ。オペラの世界とは一八〇度異なる意外に窮屈な書き出しだと思いませんか。ここには作家であると同時に考古学者、歴史家、そしてナポレオン三世の側近として政治家の顔も合わせ持っていたメリメという人物の特徴がじつによく表れているとぼくは思います。

そして作中の語り手「私」は作者と同じ考古学者という設定でスペインを旅行中にホセという山賊と出会うところから物語は始まります。実際メリメは当地への二度の旅でこの着想を得たといわれています。この点、単なるロマンチシズムではなく実証主義の素地に立って書かれたというのも面白いですね。第二章で「私」はこれも偶然、ジプシー姿のカルメンに出会うのですが、このあたりも作者の鋭い観察眼が魅力的です。

ふしぎな野性的な美しさであり、一目見たものをまず驚かすが、以後決して忘れることのできない顔立ちである。とりわけ、彼女の目は情欲的であり、同時に凶暴な表情をそなえており、以後私は人間の目つきにこういう表情をみいだしたことはない。ボヘミヤ人の目、狼の目、というのはスペインのことわざであるが、なかなか鋭い観察を示しているといえよう。もし狼の目つきを研究するために動物園へ行く暇がないならば、諸君の家に飼ってある猫が雀をねらうところを、ごらんになるとよろしい。

「私」は追手から狙われるホセを一度は逃がしてやりますが、やがて殺人を犯して獄につながれていることを知って再び会いにいくと、ホセは自分がいまでは処刑を待つ身であることを明かし、わが身にまつわる懺悔《ざんげ》話を始めます。この回想はビゼーのオペラにも登場します。

もともと兵士だったホセが山賊に身を堕としてしまうのは、カルメンの魔性の魅力にとことんとりつかれてしまったからです。二人の関係は葉巻工場で同僚をけんかで刺し殺したカルメンを工場の衛兵だったホセが護送中に逃がしてやることから始まりますが、一方、神出鬼没のカルメンはホセの前に姿を現すたび、男をとっかえひっかえして彼の心をかき乱します。そんなホセの心情を察してみてください。まさに生き地獄。やがてホセはカルメンの前の情夫を殺し、闘牛士の恋人への嫉妬からついにはカルメンの命まで奪ってしまう。その直前に交わされる二人の会話はオペラとはまたひと味違うホセの一途さとカルメンの魅力を伝えます。

——私を殺そうというんだろ、ちゃんと知っているよ。書いてあるから。だがね、お前さんの心には従いませんよ。女はこう言いました。

——この通りたのむのだ。冷静になってくれ。おれの言うことをきいてくれ！　なあ、過ぎたことは全部水に流すのだ。だが、これだけはお前も知っているだろう。おれの一生を台なしにしたのはお前だぞ。おれが泥棒になったり、人殺しになったりしたのは、お前のためだぞ。カルメン！　おれのカルメン！　おれにお前を救わせてくれ、お前と一緒におれを救わせてくれ。
——ホセ、お前さんはできない相談を持ちかけているよ。私はもうお前さんにほれてはいないのだよ。お前さんはまだ私にほれているのさ。お前さんが私を殺そうというのは、そのためだ。私はまだお前さんにうそをつこうと思えば、いくらでもできるけれど、そんな手数をかけるのがいやになったのさ。二人の間のことは、すっかりおしまいになったのだよ。お前さんは私のロム（夫）だから、お前さんのロミ（妻）を殺す権利はあるよ。だけど、カルメンはどこまでも自由なカルメンだからね、カリに生れてカリで死にますからね。これが女の答でした。

これほどカタルシスを感じさせる小説はいまではもうほとんど見当たらないといっていいでしょう。まこと小気味よい一編です。

ラファイエット夫人『クレーヴの奥方』

宮廷描く心理主義の名作

『クレーヴの奥方』が書かれた一七世紀のフランスは「古典主義」の時代と呼ばれ、豊穣ながら波乱に満ちたルネサンスへの反動もあって、ラシーヌ、モリエールなどの演劇文学、デカルト、パスカルの哲学の世界に比べ、小説は見るべきものが少なかったといわれています。

たとえば、当時流行ったものは中世の騎士道を素材にしたピカレスク（悪漢小説）など。小説というよりは荒唐無稽な物語に近い。ちょうど日本の江戸時代後期、『南総里見八犬伝』などの戯作ものが流行したのと似ています。そんな時代にあって『クレーヴの奥方』はこまやかな心理分析と精密な描写によって、当時の唯一と言ってもよい傑作となりました。今日まで時代を超えて読み継がれてきたのがなによりの証拠。二〇世紀生まれのレイモン・ラディゲなどもこの作品に鼓舞され、これをひな形に『ドルジュ伯の舞踏会』という現代小説の名作を書いているほどです。

この作品で舞台として選ばれたのは、フランス王・アンリ二世が統治した一六世紀ヴァロア朝の貴族社会。作者のラファイエット夫人は一六三四年生まれですから、当時のルイ一四世の時代からさらに約一〇〇年をさかのぼった、いわゆる歴史小説ということになります。ただ、実際の宮廷社会をモデルにした秘録風のため、はじめは無署名で出版しなければならなかったようです。事実、作品の冒頭には「書肆（しょし）の言葉」として次のような文言が掲げられています。

この物語が読者によっていかに賞賛されたとしても、作者はまだ名乗って出る決心がつかなかったのである。

いうまでもなく、当時のフランスはまだまだ封建的な社会で、女性には夫婦の財産の相続権さえありませんでした。

さて作品をめぐって時代状況を見てきましたが、ここからが本題です。主人公のクレーヴ夫人は美貌の貴婦人で貞節な妻でありながらも、いつのまにか心の中では若くてハンサムなヌムール公の求愛に心ときめかしている自分に気づかされます。しかし厳格な母親から道徳観念をきつく教えこまれて育ったせいもあって、自分の恋心を抑え込むことだけで精一杯。心の葛藤が始まります。

そして宮廷のサロンから引退することでヌムール公を避け、自らの恋心と決別しようと決意し、ついにはその心を正直に夫にも告白するのですが、それとは逆に夫は妻に裏切られたという失意を募らせ、その心労から亡くなってしまいます。未亡人になった夫人は夫を死に追いやった贖罪の意識からついにヌムール公の愛を拒絶し、修道院にこもって晩年を過ごすことになります。

一年のなかばは修道院に、その残りは自邸で過ごすのだったが、その閉じこもった浄《きよ》らかな生活はもっとも厳粛な僧院にも見られないようなものであった。こうして奥方の一生は、それはかなり短いものだったが、ほかに類のない貞淑の鑑《かがみ》としてたたえられたのである。

作品の最後に置かれた一節。ここにはこの時代を生きたラファイエット夫人の考え方も大いに反映していると思われますが、このためそこにいたるクレーヴ夫人の屈折した心理がジグザグ状に克明に描かれているのが本作の醍醐味でしょう。とくに終盤、夫人がヌムール公とふたりだけで密会し、長い会話を交わすシーンは圧巻。心理主義の名作といわれる所以であり、ラディゲを魅了させたのもうなづけます。

登場人物の衣装ひとつとっても当時の風俗がじつに生き生きと描き込まれ、男と女の愛をめぐるはっとするような警句が作品の随所に登場するのも面白い。次の一節など、その最たるものではないでしょうか。

好きな男のもっともあいまいな言葉でも、好きでない男の明白な愛の言葉より心をかき乱すものである。

トルストイ『アンナ・カレーニナ』

幸不幸が織りなす人間模様

『アンナ・カレーニナ』はいうまでもなく、『戦争と平和』と双璧をなすトルストイの代表作です。この作家が元来背負っている宗教意識や貴族社会に対する憎悪などがわかるという点でも、たいへん意味のある作品と言えるかと思います。

たび重なる映画化で人気を博したように一般には主人公アンナの悲劇という恋愛小説の枠組みでとらえられがちですが、じつは当時の貴族や官僚を中心にした帝政末期ロシアのツァーリズム（専制君主）体制下の時代状況が克明に描かれた一種の社会小説の側面も持っているということです。

幸福な家庭はすべて互いに似かよったものであり、不幸な家庭はどこもその不幸のおもむきが異なっているものである。

有名な書き出しですが、これは実際にはあとから付け加えられたもの。一説では一七回もこの冒頭部分を書き直したといわれています。新潮文庫なら一六〇〇ページ以上に及ぶ壮大な小説の核心がはやこの二行に結実しているのには驚かされます。実際、幸福と不幸が重要なモチーフになっていて、それが折り重なるように物語は進みます。

ひとつは政府高官カレーニンの妻であり、すでに母親でもあるアンナが若い貴族の青年将校ヴロンスキーに心ひかれ、やがて家庭をも顧みず破滅していく過程です。ところが肝心のアンナが登場するのはなんと第一編の中盤を過ぎてから。それまでにアンナの実兄、アンナの夫などを軸にさまざまな人間模様が描かれていくのも、作者にこの深いモチーフが働いていたからでしょう。

「ああ、神さま！　あたくしをお許しくださいまし」アンナはすすり泣きながら、彼の手を自分の胸へおしつけたまま、つぶやくのだった。

アンナは自分を過ちを犯した、罪ぶかいものと思いこみ、もうこのうえはわが身を卑下して、許しを請うよりほかになすすべはないような気がした。しかも、今は彼女にとってこの世の中に、彼よりほかにはだれもいなかったので、彼女はこの許しを請う祈りを、彼にも向けてしまった。アンナは彼を見ていると、肉体的に自分の堕落を感じて、もうそれ以上なにもいえなかった。一方、彼のほうは、殺人者が自分で殺した死体を見たときのような気持ちを味わっていた。彼がその生命を奪ったこの死骸こそ、ふたりの恋であり、その恋の最初の段階であった。

これはアンナが不倫に身を落とし込んでいくのを自ら感じ取るシーン。彼とはヴロンスキーのことですが、互いに禁じられた恋を殺人者が自ら手を下した死骸になぞらえるあたり、ぞっとするほどリアルな手触りでアンナの内部に訪れる悲恋の行方を暗示しています。

一方、これと対比するように描かれるのが、地方地主リョーヴィンとアンナの兄嫁の妹キチイの幸せな夫婦像です。キチイにはかつてヴロンスキーとの結婚を望み、リョーヴィンの求婚を一度は断った経緯があります。結局そんな二人が結ばれ、無神論者だったリョーヴィンはやがて「人間は神のために生きるべき」との境地に至るのですが、最終の八章にいたって展開されるこのリョーヴィンの描き方に猛烈な異議を申し立てた作家がいました。そう。ドストエフスキーです。ここはすでにアンナが悲痛な最後を迎えたあとの章ですが、彼は『作家の日記』のなかで痛烈に批判しています。のちに小林秀雄が「トルストイの人物に加えられた最初のたいへんよく切れる意地の悪いメスであった」と書いているほどです。次がその一節。

正直な人、正義な人の手本として、筆者はこの男（リョーヴィン）を示そうと思ったのだろうか。『アンナ・カレーニナ』の筆者のような人物は、社会の教師であり、我々の教師だ。我々は生徒に過ぎないが、いったい何を教えてもらえるのであろうか。

つまり、トルストイ自身、リョーヴィンの姿を借りてキリスト教に帰依する自らの思想信条を語らせている内実への批判です。日本でトルストイが白樺派などに受け入れられたのも人道主義を尊ぶこうした側面があったからですが、ドストエフスキーは対ロシア戦争に熱狂するロシア民衆にただ背を向けるだけのリョーヴィンも赦しませんでした。もちろん、これは「現代、ヨーロッパの文学中、なにひとつこれに比肩することのできないような作品」と最大限の賛辞を贈ったうえでの発言です。ぼくにはむしろ、文学作品が真剣に世界とあいわたる様子がうかがえるようでわくわくします。

チェーホフ『かわいい女』

幸せを追う庶民の女の述懐

ロシア文学はドストエフスキーやトルストイといった重厚長大型の作家ばかりではありません。この点で異彩を放つのがチェーホフです。短編小説の名手であり、晩年は劇作家としても『かもめ』『三人姉妹』『桜の園』といった優れた戯曲を残しました。

そのなかにあって『かわいい女』は一八九九年、同じくチェーホフの晩年期に書かれた小説。あえて肩の凝らない気楽な小品を選びました。といってもそこは短編ならではの技巧が凝らされていて、トルストイは四日続けてこの作品を朗読しても飽きなかったといわれています。まずは書き出しから見てみましょう。

退職した八等官プレミャンニコフの娘のオーレンカは、わが家の中庭に下りる小さな段々に腰を下ろして物思いにふけっていた。暑い日で、蠅《はえ》がうるさくつきまとい、もうすぐ夕方だと思うだけでもほっとした。東からは黒い雨雲が押し寄せて、そちらから時たま湿っぽい風が吹いてきた。

中庭のまんなかでは、ここの離れを借りているクーキンという男が空を眺めていた。この男は遊園地「ティヴォリ」の経営者、兼、演出家だった。

まるで撮影カメラが少しずつ主人公にズームアップしていく映画の冒頭シーンを見ているよう。主人公は下級官吏の娘オーレンカ。彼女がこれから恋に落ちる予感がたったこれだけの行数で見事に描かれています。いったいどんな女性なのか。次の場面では、それがはっきりと告げられます。

クーキンは背の低い、痩せた、顔色の黄色い男で、揉上《もみ》げをきれいに撫でつけ、声は貧弱なテノールで、喋るときに口をひんまげる癖があった。そして顔にはいつも絶望の色が浮かんでいたが、それでもこの男は娘の心に深い真の愛情を呼びさましたのである。オーレンカはいつでもだれかしらを愛さずには生きていかれない女だった。

恋の相手はいかにも冴えない男。でも、オーレンカはこんな男でさえ愛さずにはいられません。二人はお決まりのように結婚しますが、夫は劇団の出演交渉で出かけた旅先で急死。すると今度は材木商の男と知り合って仲むつまじく六年間暮らすものの、二度目の夫も風邪をこじらせて寝込み、それが原因で死んでしまいます。再び未亡人となってしまうオーレンカですが、夫の喪が明けるや妻子持ちの獣医師と恋仲になり、しかしこの男もすぐオーレンカの元を去ってしまいます。それが彼女の運命のように、幸せはなぜか長続きしません。そこでオーレンカははたと気づきます。

ところで、なんの意見も持たぬということはなんと恐ろしいことだろう！　たとえば壜が一本立っているのを、あるいは雨が降っているのを、あるいは百姓が荷馬車に乗って行くのを、ちゃんと眺めていながら、その壜や雨や百姓にどんな意味があるのかは言えない。たとえ千ルーブリ貰《もら》っても何一つ言えないのである。

平凡な庶民の女として操り人形のように生きてきた彼女の述懐ですが、このあたりはとても冷徹な筆致。だからこそ逆に読む者の胸に迫ります。この点、まさに『かわいい女』というわけ。タイトルの奥深い意味もじわじわと沁み入ってくるはずです。

さてそんなオーレンカはやがて獣医師夫妻から見捨てられた中学生の息子サーシャを引き取って愛し始め、彼女にとって最後の生きがいでもある母性愛に目覚めます。ドストエフスキーの小説では決して見えなかった普通の人間の世界が間違いなくここにあります。

新潮文庫版には『犬を連れた奥さん』も収録され、こちらは堂々と不倫をしてやまない女性が主人公。チェーホフはやはり彼女が自分の幸福を生きることをまんまと成功させてやるのですが、これは『かわいい女』と同様、近代的自我に目覚めていく過程でもあるのでしょう。ちなみに訳者は詩人の岩田宏。翻訳家としては小笠原豊樹のペンネームで知られています。

サルトル『水いらず』

生々しい皮膚感覚

サルトルは哲学や文学評論だけでなく、小説、戯曲、映画のシナリオなどもたくさん書いた文字通り、二〇世紀最後の総合思想家といってよい人ですね。日本では戦後早く、実存主義文学の旗手として登場しましたが、『水いらず』は戦前の一九三八年にすでに発表されたものでした。ヨーロッパにファシズムが台頭してくる、そんな厳しい時代状況のなかで書かれたということです。あの難解な長編小説『嘔吐』も同じ年に発表されましたが、心配いりません。『嘔吐』に比べればわかりやすく、面白い作品ですから。

リュリュが真っ裸で寝るのは、シーツに体をすりつけるのが好きなのと、洗濯賃が高くつくからだった。

（伊吹武彦訳）

自分のこととなると、リュリュはきたないのがいやではなかった。きたないほうがしっくりする。よごれはしんみりした影をつくるものだ。たとえば肘のくぼみのところなど。

冒頭の一節。どうですか、この生々しい皮膚感覚。これがサルトルの小説とは、ちょっと驚きませんか。

リュリュはシャツの破れめから親指を出し、両足をピクピク動かした。ぐったり動かないこの肉体のそばに、溌剌とした自分を感じるのが楽しいので。グルグルという音がした。おなかが鳴っているのだ。これはたまらない。この人のおなかかそれともわたしのか、さっぱりわからない。

セックスの問題を扱っているので、当時は戦後文学として流行した肉体派のひとりのようなとらえられ方もしましたが、そんな見方で読んでしまうとこの作品は面白くない。ぐったり動かない肉体とは、主人公リュリュの隣で寝ている夫のこと。彼は性的不能者で、リュリュは女友達から「別れたら」といさめられている。そんなとき諍《いさか》いを起こして家を飛び出してしまう。彼女には別に愛人がいます。夫と別れ、その男のところへ行こうというわけですよ。ところが結局、リュリュは残るんです。健全な愛人を捨てハンディのある夫を選ぶ。なぜだと思いますか。もちろん、その答えがわかるようにこの小説は書かれていませんが、それを考えることが実存主義を考えるヒントになるという小説なんですね。

この小説は『壁』という短編集に収められましたが、本のタイトルと同じ「壁」という作品では一転して、一九三六年に始まったスペイン内乱で敗れた人民戦線派のファシストに捕らわれた死刑囚が主人公。夜明け前、「わたし」は他の死刑囚といっしょにいる。朝一番に銃殺に処せられるのを待っているのです。やがて一人ずつ声がかかり、ついに自分の番が来るのですが、一五分だけ猶予が与えられる。逃げた仲間の居場所を吐けば、命だけは助けてやるというわけ。一杯食わせてやるつもりで「わたし」はでまかせに墓地にいるという。ところが、それが思わぬ結果を招いて、実際に身を隠していた仲間は捕らわれてしまう。夜明けと共に処刑台に立つ限界状況のなかでも、わたしたちは「偶然」を生きる存在だということですね。実存主義の出発点ともいえる問題が扱われています。

人間にとって不幸や絶望とはなにか。「人間は考える葦である」といったのはパスカルですが、葦が風に揺れるように不安定なものにさらされながら生きている、たよりない存在。それが私たちの存在だということが、この作品を読めばよくわかります。ぼくのテキストは、昭和二六年のものです。翻訳にも時代の匂いがあって、ブラジャーを「乳おさえ」と訳しているところなど、時代を感じさせて面白い。

どうですか。皆さん、読んでみて。近代文学というのは実際、今出版されている作品群より、読みようによってはずっと面白く、ずっと深い。これもその一例です。

トルストイ『クロイツェル・ソナタ』

人間の根源を抉り出す

トルストイといえば『戦争と平和』や『アンナ・カレーニナ』をはじめとする重厚な長編作家のイメージがありますが、『クロイツェル・ソナタ』は晩年に書かれた中編。それも人間の性欲問題をまともに扱い、かつ上流社会における恋愛や結婚を徹底して否定したという意味で極めて挑発的な作品です。これをどう読むか。まさに読者が試されていると言ってもいいでしょう。

物語は二昼夜も汽車の旅を続けている「わたし」(語り手)の目を通した車内の乗客の描写から始まります。話の発端はある婦人が口にした「愛情のない結婚なぞ結婚ではない」という言葉。それに弁護士らしい男が「相手に惹かれる気持ちが存在している場合にのみ、結婚が神聖なものになる」と応え、意見の一致を見て大いに盛り上がります。そこで二人の会話にじっと耳を傾けていた白髪の紳士が突然口を開き、「一人の女なり男なりを一生愛し続けるのは一本の蠟燭《ろうそく》が一生燃え続けると言うのとまったく同じだ」と驚くべき言葉で異議を唱えます。

主人公ポズドヌイシェフの登場です。彼は若い音楽家の男に恋情を抱いているのではないかという嫉妬心から妻を殺害した過去をもっている男。話に水を差された格好の二人が白けたように別の車両に去ると、今度は殺害に至った理由を「わたし」に語り聞かせ始めるのです。この作品はこの告白によって全編が綴られていきますが、ここでの主題となるのは、そもそも自分がなぜこのような不幸に陥ったのか。その元凶は美しい愛などという仮面の下に眠っているはずの肉欲やエゴイズムではないかという赤裸々な主張です。それが最も印象的に表れているのが次の一節。

「とにかく人類の目的が、予言に言われているようなこと、つまりすべての人間が愛によって一つに結びつき、槍《やり》を打ち直して鎌《かま》にする、などということだとしたら、その目的の達成を妨げているのは何でしょうね？　妨げるのは、さまざまな欲望ですよ。さまざまな欲望の中で、一番強烈で、悪質で、根強いのは、性的な肉の愛です」

ここはむろん、主人公の告白に仮託して語られるトルストイ自身の考えといってさしつかえありません。本書の冒頭には「だれでも、情欲を抱いて女を見る者は、心の中ですでに姦淫をしたのである」（マタイによる福音書第五章二八）という聖書の言葉が掲げられており、作品のなかでもポズドヌイシェフにこんな言葉を吐かせています。

「性欲は、たとえどんなに飾りたててあろうと、やはり悪なのです。これは、われわれの間でやっているように奨励したりせず、あくまでもたたかわねばならぬ、恐ろしい悪ですよ。性欲をいだいて女を見る者は、すでにその女と姦淫したにひとしいという福音書の言葉は、他人の妻に対してのみ向けられたものではなく、何よりもまさに、自分の妻に向けられたものにほかならならないのです」

ここまで大胆に人間の根源を抉り出した作品が、現代ならいざ知らず一九世紀に書かれたことにまず驚いてしまいます。事実、本書は「人間を冒瀆する書」として発禁処分となり、ソフィア夫人が時の皇帝アレクサンドル三世の所に出向いて懇願し、ようやく出版許可を取りつけたエピソードまであるほどですから、当時の反響のすさまじさが想像できます。トルストイは日本では「白樺派」とセットで親しまれ、ヒューマニズムや人道主義の権化のようにとらえられていますが、この作品を読めば、そうした単純な見方がいかに危ういものかお分かりいただけるでしょう。

ところで、タイトルの『クロイツェル・ソナタ』はベートーベンのヴァイオリンソナタ九番から取られています。作品のなかでは、自宅での音楽の夕べに招かれた音楽家の男が主人公の妻と楽器を演奏するシーンに登場し、その場面を回想するポズドヌイシェフに「あの最初のプレストをご存知ですか？　あのソナタはおそろしい作品ですね。まさにあの導入部」とこの曲のもつ情動性の激しさについても語らせています。皆さん、どうでしょうか。あの小林秀雄が「かなしさは疾走する」と表現したモーツァルトの第四〇番のシンフォニーと合わせて聴くと、面白いかもしれません。

ボールドウィン『もう一つの国』

苦悩に満ちた人間存在への問い

ボールドウィンは一九五〇年代に登場した黒人作家で、アメリカの戦後文学といってもよく、激しい人種問題にさらされた二〇世紀半ばのアメリカ社会をあえて肌の色や性をテーマに据え、徹底して描き出しました。

『もう一つの国』は一九六二年に発表された彼の代表作でもある三作目の長編小説ですが、アメリカで生まれ育ちながら、青年期の大半を過ごしたヨーロッパの影響を抜きには語れないでしょう。その礎になったのが当時、世界文学の新潮流として登場してくるサルトルやカミュらの実存主義。不安や孤独、絶望から免れずには生きられない人間存在とは何か。苦悩に満ちたこの問いと正面から向き合った体験が、ボールドウィン文学には投影されています。

彼は七番街の方を向いてタイムズ・スクエアに立っていた。時刻は真夜中を過ぎていたが、彼は午後の二時から、映画館の二階桟敷《さじき》のいちばん上の席にすわり続けていたのである。イタリア映画の強烈な音響効果によって二度目をさまされ、映画館の案内係によって一度、股間《こかん》をまさぐる指の感触によって二度目をさまされたが、なにしろ疲れていたし、堕《お》ちるところまで堕ちた感じの彼には、腹をたてるだけの気力もなかった。

第Ⅰ部「だに」の冒頭。ハードボイルドを思わせる即物的で乾いた文体。集英社版の文庫本では、第Ⅱ部「もういつの日なりと」、第Ⅲ部「ベツレヘムへ」と合わせ、全編六〇〇ページ以上にも及びますが、この長大な物語は一筋縄には進みません。というのも、ここで登場する「彼」、ルーファスというジャズマンの黒人青年のことですが、Ⅰ部が始まってまだ三分の二もいかないうちに作者はあっけなく自死させてしまうからです。物語の早々に主人公の解体に出くわすのですから、読者も面食らうに違いありません。しかし、この展開ひとつを取ってみても、ボールドウィンがアメリカの黒人作家というだけでは割り切れない、既存の枠組みを超越した、文字通り普遍的な意味を持った作家であることを証明しています。

物語はルーファスの死後、彼の妹アイダや白人の小説家ヴィヴァルド、ルーファスと同性の愛人関係にあった白人俳優エリック、そしてエリックが欧州滞在中に知り合った白人男性イーヴといった、残された人物たちの生活のなかの葛藤を軸に群像劇のように進みます。恋愛関係に黒人男性と白人女性、白人男性と黒人女性という組み合わせを置いたことで肌の色の違いによる軋轢《あつれき》がより浮き彫りになるわけですが、作者がここで意図したものは何か。

ボールドウィンは、アメリカに向かって大きく眼を開いて近づこうとする。彼はアメリカのあらゆるものを見つめ、その形と色と匂いと触感とを改めてたしかめ直さなければならないからである。彼にはアメリカ人がこれまで書いたものには、なにかが、明らかにされるのを避けて隠されていると思えているのである。もちろんそれは彼が黒人としてアメリカに生まれ黒人として生きてきたなかで、考えたことであるが、彼はアメリカ人はすでに互いに明らかな事実となっているにもかかわらず、それを語ることをせず、それを書くことをせず、それを告白しようとしないで、生きていると考えるのである。

これは訳者、野崎孝による集英社版世界文学全集の解説の一節ですが、ここにもう一つ、複雑に絡み合ってくるのがホモセクシャルという関係性です。こうして人種と性を激しく交錯させることで、作品のタイトルでもある「もう一つの国」の意味が次第に明らかになってきます。一種の議論劇にもなっていますが、ようするに、この小説にはたくさんの主人公があり、彼らがそれぞれ互いの立場から決して切り離されることなく、何かを明らかにすべく語るのです。その意味で〝終わりなき小説〟といってよいでしょう。書かれてからすでに半世紀たちましたが、必然としてアクチュアルな内容を持った問題小説といえます。

ウルフ『灯台へ』

現代の神話の構築

ウルフは二〇世紀前半の英国の女流作家。プルーストやジョイス、そして読書会でも取り上げたフォークナーと同じく〝意識の流れ〟の作家ですが、『灯台へ』はある面で一番わかりやすいでしょう。

ここで描かれるのは第一次世界大戦を挟んだたった二日間の話。この短い時間のなかを、登場人物たちの意識の変遷がこれでもかこれでもかとジグザグに、螺旋状に積み上げられていきます。私たちでもたとえば、本を読んでいてふと別のことを考えると、活字が目に入らなくなるときがありますね。そうした意識の不連続性を文体にしたような作品で、それが面白さにもなっているのです。

第一部「窓」は、スコットランドの孤島の別荘が舞台。夏休みの昼下がり、別荘の持ち主である哲学者のラムジー夫妻と八人の子どもたち、そして招かれた六人の客が滞在している。そこで暗示的な働きをするのが、はるか彼方に見える灯台。末っ子のジェイムズは明日、ピクニックでその灯台を見に行けるかどうか心配している。それに対するラムジー夫人の母親らしいこんなひとことから、この小説は始まります。

「そう、もちろんよ、明日が晴れだったらばね」とラムジー夫人は言って、つけ足した。「でも、ヒバリさんと同じくらい早起きしなきゃだめよ」

息子にとっては、たったこれだけの言葉でも途方もない喜びの因《もと》になった。まるでもうピクニックは行くことに決まり、何年もの間と思えるほど首を長くして待ちつづけた素晴らしい体験が、一晩の闇と一日の航海さえくぐり抜ければ、すぐ手の届くところに見えてきたかのようだった。

ところが、夫のラムジー氏がそこで思わぬことを口にします。

「でも」と、ちょうどその時客間の窓辺を通りかかった父親が足を止めて言った、「晴れにはならんだろう」

手近に斧か火かき棒があれば、あるいは父の胸に穴をこじ開け、その時その場で彼を殺せるようなどんな武器でもあれば、ジェイムズは迷わずそれを手に取っただろう。

これは事実は事実として認めねばならないとする、哲学者としても父親としても、なんでもない当然の言葉として発せられるわけですが、幼いジェイムズには斧か火かき棒で父の胸に穴をこじ開けたいと思わせるほどの憎悪を抱かせ、ラムジー夫人も夫の思いやりのなさにいらだちを覚えます。父と子、そして夫婦間の心の葛藤がはやプロローグにおいて示されることになります。そしてもうひとつ印象的なのが、庭先で遊んでいるラムジー夫人とジェイムズが、客のひとりである画家、リリーのスケッチのモデルとなる場面。結局、未完のままに終わるこの絵が、それから一〇年のときを経た戦後のある一日を描いた第三部「灯台」の重要な小道具となって引き継がれていくことになります。

芝居でいうなら典型的な二幕劇。第二部「時は逝く」は、この一〇年を結びつける幕間のような働きをすると同時に、大事な時の経過を示す間奏曲になります。この間、ラムジー夫人が亡くなり、長男のアンドリューが戦死、長女のプルーも結婚から三カ月後にお産の事故で死んでいたことが明かされます。

客間でも食堂でも階段でも、動くものは何ひとつなかった。ただ、わずかに動くものとして、風の本隊から離れたすきま風の小隊だけは、さびついた蝶番《ちょうつがい》や海の湿気でふくれ上がった羽目板をすり抜け（家は全体にかなりいたんでいた）、角をいくつも曲がって室内にまで入り込んでいた。

詩的な表現ですね。〝意識の流れ〟の主題でもある「失われたとき」が風の擬人法を用いて描かれています。

さて、第三部ではラムジー氏に招かれ、再びこの別荘を訪れたリリーの目が物語のカギになります。彼女は一〇年前、母子をモデルにした未完の絵を庭に持ち出し、今は亡きラムジー夫人の幻影を見ることで再び描き始めるのです。死者を抱え込むことでこの章は成立している。一方、息子のジェイムズは一〇年前とは逆に父親から灯台を見に行くことを命じられ、またしても父の横暴さへの反発から妹のキャムと〝共同戦線〟を張ろうと考える。面白い展開ですね。そんな父と子が乗った船が灯台に近づくころ、庭先のキャンバスに最後の線が引かれ、リリーの絵は完成する。

小説の神様は細部の表現に宿るともいわれますが、その典型のような作品。ウルフが成し遂げようとしたのは間違いなく、現代の神話の構築だったのでしょう。文字通り、ここではなにかに到達すべき存在として、灯台が幻想の働きをしていることはいうまでもありません。

レマルク『西部戦線異状なし』

過酷な戦場の青春ドラマ

『西部戦線異状なし』といえば、アカデミー賞映画として有名ですが、原作はドイツ学徒志願兵として第一次世界大戦で西部戦線に出征したレマルクの小説です。大戦後の一九二九年に発表されると、簡潔で淡々とした描写のうちに映し出される総力戦の過酷な現実が人々に大きな衝撃を与え、世界的なベストセラーとなります。しかし、やがてナチスが政権を握ると、その内容が反戦的だとして焚書処分を受けるなど圧迫され、ついにはレマルク自身、国籍を剝奪され、亡命生活を余儀なくされました。

小説の主人公はパウル・ボイメルという一八歳の青年。学校で教師の愛国主義に扇動され、勇んで級友たちとともに志願兵になります。ここにはレマルク自身の体験が如実に投影され、事実、彼は負傷兵として野戦病院に臥《ふ》しているときに終戦を迎えました。ところでドイツがフランスやイギリスの連合国軍と戦った西部戦線は至近距離で敵を挟んで睨み合う塹壕《ざんごう》戦でした。ハイテク技術を駆使した現代の電脳戦とは違い、肉弾戦の様相を帯びるため、その分逆に残酷です。その戦場の実態が若き一兵士の目を通して描かれます。

一人の若いフランス人が、途中に残っていた。それへ追い着いて捉《とら》えると、両手を挙げた。けれども片手にはまだピストルを持っている。射つ気なのか、降参するつもりなのか、わからない…と思っているうちに、たちまち円匙《シャブル》がその顔を真二つに裂いてしまった。

そこを駆けて通りながら、塹壕の下の掩蔽《えんぺい》部目がけて、さらにいくつも塊《かた》めた手擲弾《しゅりゅうだん》をぶち込んだ。地面は震え、破裂し、烟《けむり》を立て、呻《うめ》き声を挙げた。僕らはぬるぬるする肉の塊《かたま》りや軟かい躰《からだ》の上に足を滑らした。僕はぱくりと口を開いた腹の中へ足を踏み込んだ。その腹の上には、まだ新しい将校の帽子がのっていた。

血の滲むような殺戮シーンが抑制された筆致で描写されていきます。そこは一〇〇年前の医療レベルも念頭に置いて読み進めてください。主人公の「僕」という一人称の語りが、一面では不思議なユーモラスささえ醸し出して、戦場の日々のリアルな息づかいも伝わってきます。しだいに戦場に送り込まれた自分の人生とは何か。人間が消耗品の如く扱われる戦場の圧倒的な現実の中で、主人公の意識の目覚めも進行していきます。反戦小説と言われるゆえんですが、その意味では、これは戦場を舞台にした青春ドラマであるとも思います。

ほかにも戦争の本質を突いた、どきっとするような文章があります。

僕らは十八歳であった。この世界と生活とを愛しはじめていた。しかるに僕らはその世界と生活とに向って鉄砲を射たなければならなかった。その第一発として射ち込んだ爆弾は、実は僕らの心臓に当っているのだ。

弾丸に当るのが偶然なら、僕が助かってきたのも偶然である。爆弾でも破壊できない掩壕《えんごう》の中にいても、潰《つぶ》されてしまうこともありうるし、何もない戦場で十時間猛火を浴びていても、かすり傷一つ負わないで済むこともある。兵隊の命を助けるものは、ありとあらゆる偶然あるのみだ。

けれども僕らにも、どうしても忘るべからざることがある。それは軍隊新聞に出ているような、兵隊の面白いユウモアのごときものは、ことごとく大嘘である。たとえば兵隊が大砲撃から帰るか帰らんうちに、もう踊りの支度をするというがごときである。僕らがユウモアというものを持っているから、そういうことをするのではない。そんな心持にでもならなければ、僕らが生きていられないから、ユウモアを持つのである。

ちなみにタイトルは印象的な末尾の次の一節から取られています。

ここまで書いてきた志願兵パウル・ボイメル君も、ついに一九一八年の十月に戦死した。その日は全戦線にわたって、きわめて穏やかで静かで、司令部報告は「西部戦線異状なし、報告すべき件なし」という文句に尽きているくらいであった。

そう。実際にはかろうじて生き残ったレマルクは小説では改めて主人公を死なせてしまいます。まぎれもない名作ですが、なぜかいまも世界文学全集などに収録されていないのは残念です。日本という国が重い主題に迫られているいまこそ、読む価値のある小説です。

ドストエフスキー『白痴』

無垢な主人公をめぐる対話

読書会「ペラゴス」を始めた当初、毎回のように読んでいたのがドストエフスキーです。重厚な作品ばかりですから高い山を一歩ずつ、長い時間をかけて登っていくような読書体験ですが、頂上を極めたとき、これほど達成感を味あわせてくれる作家もそう多くないでしょう。

『白痴』は一八六九年、これも代表作『罪と罰』のあとに出てきた作品です。このため、主人公のムイシュキン公爵こそ、『罪と罰』の老婆殺しを犯したラスコーリニコフ青年の更生した姿ではないかという見方もされました。それほど、純真で無垢な心の持ち主として描かれます。

スイスで白痴の病気を治してペテルブルクに帰ってきたムイシュキン公爵はひとを疑うことを知らない。米川正夫さんの翻訳では「真実美しい人間」と訳されますが、この人間像の追求、つまり「無垢とは何か」が本作の大きなテーマにもなっています。

物語はその彼が再び、故郷に帰ってくる列車の中の場面から始まります。そこでラゴージンという人物と出会うのですが、この男は粗暴なエゴイスト。ムイシュキン公爵とは親友となりながら、神と悪魔のような関係になります。こういった〝背中合わせ〟の人物がドストエフスキーの作品には必ず登場します。それが独特の面白さにもなっているわけですね。

自らを「白痴」と公言して憚らないムイシュキン公爵ですが、人間の心を読み解く力にかけては超一流。どんな相手でもことごとく読み取ってしまう。これが〝ドストエフスキー型人物〟の典型であり、この主人公が磁石のようにいろんな人物を寄せつけながら物語は進行します。そこで展開されるのは徹底した対話です。

たとえば、ラゴージンから「あんたは神を信じているかね」と問われたムイシュキン公爵が実際にあった人殺しの挿話を披露する場面。殺されたのは、知り合い同士だった二人の百姓のうちのひとりなら、殺すのもその相手。相手が持っていた銀時計が無性に欲しくなったのが原因です。そこをムイシュキン公爵はこう語ります。


「ところが、その時計がすっかり気に入ってしまって、ふらふらっと、ついに我慢しきれなくなってしまったんだね。そっとナイフを取りだして、相手の男が向うをむいたすきに、用心ぶかくうしろから近づいて、ねらいをつけたうえ、天を見上げて十字を切ると、心の中でせつない祈りをささげたんだ。『主よ、キリストに免じてゆるしたまえ！』と言ったかと思うと、ただ一刀のもとに自分の友だちを、まるで羊でも斬り殺すように斬り殺して、相手の時計を奪ったそうだからね！」

祈りながら殺す。まさにドストエフスキーらしい信仰とは何かという問いかけです。「神が人間をつくったのではない。人間が孤独に耐えられないがゆえに神をつくったのだ」というドストエフスキーの命題はここでも生きます。

この小説ではさらにペトラシューフスキィ事件という反体制運動に連座して死刑宣告を受けながら、執行直前の特赦で生きながらえたドストエフスキー自身の体験を、友人から人づてに聞いた話として、ムイシュキン公爵に語らせたりもしています。このように無数のエピソードをモザイク状に積み重ねていくのもドストエフスキーの世界の特徴で、そこに興味をもてば、ドストエフスキーの世界にやみつきになることを受け負います。

ところで、この作品のもとになった創作ノートを読むと、ドストエフスキーが最初に考えた主人公は、ほとんど狂気に近いほどの激しい自我意識の持ち主になっていたようです。最終的になぜ、一八〇度性格の異なるこのような主人公になったのか。この間の作者に内面で繰り広げられたドラマを想像してみるのも面白いかもしれません。それにこの小説は恋愛小説です。でも、ここに登場する魅力的な女性について語るのには、すでに紙面が尽きてしまいました。ぜひ、読んでお楽しみください。

ブロンテ『嵐が丘』

悪を体現する復讐鬼の記録

『嵐が丘』が刊行された一八四七年というと、そのわずか五〇年ほど前に近代市民主義の礎を築くフランス革命が起こり、全ヨーロッパへと波及しました。まさに激動期であり、小説の世界もそれまでのロマン派の物語から現実を凝視した写実型の近代小説へと移行する過渡期にあたります。そんな時代にあって、まだうら若い独身女性の手によって、荒々しい気迫を持ったエゴイズムの権化のような男の内面を深く抉り出す二〇世紀型の本格小説が書かれていたことにまず驚かされます。

作者のエミリー・ブロンテはこれを書いた翌年、三〇歳の若さで亡くなりますから、彼女の小説はこの一作だけ。いまでこそ世界中に知られ、ウィリアム・ワイラーら名だたる監督によって映画化もされましたが、イギリスで発表された当時は内容の凄まじさはむろん、無神論の確信犯的態度が轟々たる批難にさらされました。ただ、男の筆名で発表されたため、筆者の実体を当初はだれも知らなかった。そうでなくとも、アンチモラルの激しい迫力は当時の読者層にはとても受け入れられるものではありませんでした。

世の名作の多くがそうであるように、この小説も作者の死後、二〇世紀に入って評価が高まります。サマセット・モームは著書『世界の十大小説』のなかのひとつに挙げているほどです。いずれにせよ、ここで特筆しておかなければならないのは、ブロンテが田舎の侘びしい教会の娘として孤高の暮らしのなかで実在のモデルもなく、自己体験でもなく、近代小説への自覚さえないまま、ただ想像力だけでこの作品を書き上げたということです。

舞台は一八〇一年。人間嫌いで都会暮らしに疲れた青年ロックウッドがイングランドの人里離れた田舎屋敷に移り住むため、大家のいる隣町「嵐が丘」の館を訪れる所から始まります。

僕は今しがた、こんど借りた家の家主をたずねて、帰ってきた――これからの僕がかかりあいになるたった一人の隣人を。

この隣人こそ、物語の主人公ヒースクリフです。ロックウッドは館に長らく仕えた老家政婦エレンから、彼にまつわる驚愕の事実を聞かされます。小説は全編がこの語りで構成され、読者を年代記風に物語に誘ってくれます。

このヒースクリフ、どんな人物なのでしょうか。じつは彼はかつて館の主人に拾われたジプシーの孤児でした。主人には実の子以上にかわいがられ、長女のキャサリンも彼の自然児に近い野性味に惹かれます。ところが、主人が亡くなり、身分のうえでも彼を快く思わなかった長男ヒンドリーが後を継ぐと、ヒースクリフへの執拗な虐待が始まります。一方、ヒースクリフに恋心を抱くキャサリンも結局は現実に抗しきれず、上流階級の息子エドガーの求婚を受け入れ、この結果、ヒースクリフは失意のまま姿を消してしまうのです。

文字通り、嵐の前触れを告げるような展開。ここからヒースクリフの復讐劇の幕が切って落とされます。失踪から四年後、突然嵐が丘に戻って来たヒースクリフは見違えるように逞しく変貌していますが、この間、彼に何があったのか。一切説明はありません。小説としての未熟を指摘する批評があるのもこのためです。しかし、これは作品の欠点になっていないばかりか、この古めかしい貴族趣味の一家をブルドーザーで押しつぶさんばかりに非情に生きるヒースクリフの欲望むき出しの生き方にぼくはむしろ資本主義発達期の鋭い時代相を見ておきたい。悪を体現し、モラルを否定し、徹底したエゴイストとして生きてきた主人公ですが、かといってエンターテイメントの単調な構造でもない。なぜなら、最後には極めて人間的な次のような心境に至るからです。

いまこそやつらの代りの者どもに復讐すべきときなのだ。やろうと思えばできた。誰ひとりおれの邪魔する者はない。だが仇《かたき》をとってなんの役に立つ！　打ちのめす気にならんのだ、手を振り上げるのがおっくうなんだ！

この言葉がなんとも読む者の心にこたえます。

ドストエフスキー『カラマーゾフの兄弟』

時代を動かす三日間の悲劇

『カラマーゾフの兄弟』はドストエフスキーが十数年前から想を練り、畢生《ひっせい》の大作にしようとした最後の作ですが、正しくは未完の作でした。冒頭の「作者の言葉」を見れば、すぐわかります。

第一の小説はすでに十三年前の出来事で、これはほとんど小説でさえなく、わが主人公の青春期の一時期にすぎない。だが、わたしとしては、この第一の小説を端折ってしまうわけにはいかない。なぜなら、第二の小説の多くのことが理解できなくなるにちがいないからだ。

第一の小説とは、いま私たちが手にしている『カラマーゾフの兄弟』のこと。でも、これを未完として読んだ人はまずいないでしょう。ここでは、はじめは『偉大なる罪人の生涯』という題で構想されていたというだけをお伝えしておきます。さらに一三年後を舞台に第三子アリョーシャを主人公にした全然別個な物語が書かれるはずだったことも。それを阻んだのは作者の死でした。

さて、物語は離れ離れに暮らしていたカラマーゾフ家の三人の息子、ドミートリイ（長男）、イワン（次男）、アリョーシャ（三男）が父親フョードルの住むロシアのある田舎町で一堂に会する所から始まります。この二日後、フョードルが何者かに殺害され、財産の分配問題や女性関係をめぐって対立していたドミートリイが父親殺しの嫌疑で裁判にかけられるという、一種の推理小説のような展開になります。この間、わずか三日間の出来事に小説全体のじつに三分の二が費やされる一方、多くの劇中劇が挿入されるのもこの小説の特徴です。

そのひとつが聖書のなかの、イエスが悪魔の「汝もし神の子ならば、命じてこれらの石をパンとならしめよ」という問いに対し、「人が生くるはパンのみによるにあらず」と答えたことを問題にした、いわゆる大審問官物語です。そんなしかつめらしいことをいわず、パンを石に変えてやったら貧しい民衆はどんなに喜んだことだろう。厳しい人間苦など背負わずに済んだのだと、民衆のために悪魔に身を売った大審問官が一五世紀スペインに突如姿を現したイエスに問いつめる劇中劇です。

これまで『カラマーゾフの兄弟』を論ずるとき、必ず引き合いに出されてきたのがこの物語でした。これはイワンが創り出したことになっていますが、イワンと大審問官が同じ立場に立っているところが、つまり力強く神の否定を語るところがより関心を引きつけてきたともいえます。小林秀雄や埴谷雄高などみなそうでした。しかし、ぼくは今度読み返してみて、ここにとどまってしまってはドストエフスキーの思想の全体を読み解くことには決してならないとも思いました。

読み進めていくと、一家で最も聡明な頭脳を持ち、これほど緻密な劇を創り上げたイワンが兄ドミートリイの証人として法廷に立ったときにはすでに譫妄症《せんもう》に陥っていて、証言の信憑性《しんぴょうせい》すら疑われるような人物になっています。また、大事なのは、死に瀕した長老ゾシマが語る生涯的な自己告白に含まれる独自な（およそ聖職者らしくない）神への肯定意思です。大審問官物語もここをセットにして読まれるべきでしょう。

物語は後半になると、ドミートリイの法廷が軸になります。その最初の章のタイトル「誤審」が示す通り、ドミートリイが冤罪であることが明らかで、じつは真犯人を知っているのもイワンなのですが、結局、先の理由などで法廷では兄の無実を証明することができず、ドミートリイの有罪が決まります。

「…自分が何を求めているか、わかっているんだろうか？　神を恐れぬ、カラマーゾフ的な抑制のなさなんだ！」

これは有罪が決まったドミートリイが面会に来たアリョーシャに向かって投げかけるセリフ。全編を通して頻繁に登場する「カラマーゾフ的」なる言葉の真意を考えるのも、この小説を解読するひとつの手がかりになるかもしれません。

ぼくはドストエフスキーに接するとき、文学の凄みをしみじみと感じます。宗教、哲学、思想をひとつのジャンルに引き込むことができるのは文学だという気がします。

ミシュレ『魔女』

絶望の時代を記録

ミシュレは一八世紀末のフランスに生まれ、『フランス史』や『フランス革命史』などの特筆すべき大著を書き残した歴史学者です。一貫して民衆の視点に立った彼の思想はロマン・ローランらの文学者にも受け継がれてきました。

ミシュレの多くの著作群のなかで、『魔女』(岩波文庫)はその猟奇的でショッキングな内容と同様、文字通り異端の一冊です。詩人のランボーら少なからぬ文人に愛読されてきたのも、うなづけます。なにしろ、一八六二年に執筆された初版はたった二冊しか発刊されず、そのうちの一冊は当時のローマ教会の怒りに触れるのを恐れて一部分が破り捨てられ、残りの一冊はパリの国立図書館の書棚にひたすら人目を引かぬよう数十年も眠らされていたというのですから、この書物の特異さがわかるでしょう。ランボーが読んだのはむろん、一部が破り捨てられたにせの初版のほう。結局、図書館に眠り続けた本書を誰もが読めるようになるにはそれから約一〇〇年後の一九六四年まで待たなければなりませんでした。

本書で描かれるのは、中世のローマ教会が世俗の権力と手打ちした結果、「魔女」という思想を生み出し、ありとあらゆる異端を容赦なく抑圧する歴史の過程であり、ミシュレは徹底的にそれを批判します。つまり、この書物は堕落した教会権力を告発した命がけの闘いの記録といっても過言ではありません。実際、ローマのカトリック教会はキリスト教以前のあらゆる信仰を異教として、魔女の烙印《らくいん》死に追いやってきました。

　いにしえの神々が、ほんとうにこの世にうんざりし、生きるのに倦《あ》き、生命をおえたというのは、勇気を失い、ほとんどみずから辞任を申し出たというのは、たしかなことなのだろうか。

暗示的な第一章「神々の死」の注目すべき一節。続いて、ミシュレはこう疑問を投げかけます。

　ところで、いったいだれがそう言ったのか。ローマ教会である。ローマ教会なるものはひどく矛盾したことを言うものだ。この神々は死んだと宣言したくせに、ローマ教会は彼らがまだ生きているといって腹を立てるのである。

そう、ローマ教会がまだ生きているといって腹を立てた対象が「魔女」にほかなりません。上巻では、その魔女は最初は妖術師や医学者にかぎられていましたが、やがては一般の人びとを異端として巻き込んでいく変転史が克明に描かれていきます。

「魔女」はいつの時代から始まるのか。わたしは、ためらうことなく、それは「絶望の時代からだ」と言おう。

ミシュレがここで書いている「絶望の時代」とは何なのでしょうか。当時は領主に隷属する農奴のような存在がそれであり、さらに農奴のなかにおいても男である夫よりさらに数段下に見られてしまう女性の存在こそが絶望を背負うものでした。つまり女性が絶望する以外にない時代に「魔女」がつくられたということです。ミシュレはこう書いています。

特定の時代には、あれは魔女だというこの言葉が発せられただけで、憎悪のため、その憎悪の対象になった者は誰彼なしに殺されてしまったことに注意していただきたい。

ここで、あの〝ルネサンス〟という観念を最初に引き出したのもミシュレであったことを思い起こしておくのもよいでしょう。ミシュレは男性ですが、この書物が徹底して女性の視点を通して書かれていることも強調しておきます。下巻は当時、行われた魔女裁判が実際の資料をもとに記録されています。教会がその内部から腐敗していく様子が手に取るようにわかり、その意味でミシュレは時代を冷静に見つめた真のジャーナリストといってよいかもしれません。

ホーソーン『緋文字』

不義の罪を背負ったヒロイン

ホーソーンは南北戦争前のアメリカの一九世紀作家。『緋文字』は一八五〇年に出版された代表作です。完訳版岩波文庫の訳者、八木敏雄は解説で凡庸な夢をいだいたブルジョワ女が不倫をかさねていく過程を描いたフランスの姦通小説、たとえば、フローベールの『ボヴァリー夫人』に対し、姦通が終わったところから始まり、不義の結果を扱うアメリカの姦通ロマンスという表現を用いながら、これらを歴史の時間軸上に並べると、「『緋文字』のアメリカ性がおのずと浮かび上がってくる」と述べています。姦通にアクセントを置けば、なるほどそうかもしれません。

ここで言うアメリカ性とは何か。そのヒントになるのが「緋文字への序章」として収められた冒頭七〇ページ余りの「税関」のパート。戦後、最初に翻訳されたときは割愛された部分です。わざわざ完訳とうたっているのはそのためですが、ここでは実際、税関に勤務したことのあるホーソーン自身を思わせる語り手「私」の来歴、そして当時の町の様子がつぶさにつづられます。

屋根の天辺《てっぺん》からは、午前中のきっかり三時間半、共和国の旗が、風にはたなびき、凪《なぎ》には垂れ下がる。…この建物の正面を飾るのは、バルコニーを支える六本の木の柱からなる玄関で、その下面からは広い大理石の階段が通りに向けて下っている。玄関の上には、アメリカ鷲《わし》の巨大な見本が羽ばたいている。

これは税関の外観をつづったものですが、即物的な描写のうちに当時のアメリカ社会の政治の仕組みなども語られ、やがて緋文字のAを生涯の罪として胸につけねばならない刑を受けたヘスター・プリンという誇り高い女性の物語の記録が見つかったという風に進みます。次は「私」が税関の二階で大文字のAと刻印された緋色の布と、検査官が書き残した紙束を発見する場面。

これを開いてみると、かの検査官の筆跡で、事件の全貌がかなり克明に記録されているではないか。私は満足した。数枚の大判の用紙にぎっしりと書かれていたのは、わが祖先たちの観点からするとかなり注目に値したと思われる、ヘスター・プリンなる女性の生涯とその人間関係の詳細であった。彼女が活動したのはマサチューセッツ植民地の初期から十七世紀末に至る期間であった。

税関のパートは次章以降で展開される『緋文字』の主題に連なる道標《みちしるべ》のような役割を果たしていて、物語のなかの物語という入れ子型、つまりメタフィクションを導入している点でも小説手法の新鮮さをうかがうことができます。

物語は一六四二年六月、生後まもない赤子を抱いたヘスター・プリンが衆人環視のなか、禁固刑を受け獄舎前のさらし台に連れ出される場面から始まります。時代はジェームスタウンに永続する最初の北米植民地ができて三五年目、マサチューセッツに植民が始まって一二年目の頃です。ヘスターは夫を持ちながら別の男と不義を犯した罪の証として、自ら赤い布地に金糸の刺繍を施したAの文字を終生、胸につけて生きていかなければなりません。そんなある日、医師を名乗るロジャー・チリングワースという老いた男、じつは行方不明になっていたヘスターの夫なのですが、彼がヘスターの前に姿を現して、この二人に若き学徳の誉れ高いディムズデールという、ヘスターの姦通相手でもある青年牧師が加わり、胸に緋文字の十字架をつけられたまま、罪を秘して引くことなく堂々と生きるヘスターを軸に三者の葛藤として展開します。

ここで先のアメリカ性ということにつなげるなら、まだ植民地時代の偏狭な宗教意識にがんじがらめにされていたアメリカ社会がヘスターの姦通の背後関係を色濃く彩っており、だからこそ私たちの心を激しく揺さぶるはず。得難い名作だと思います。

人間にとっての罪とは何か。この問いへの暗示的な一節を最終章「結び」から引いておきます。


この物語はなるほど暗いけれども、たえず燃えさかる、影よりもなお暗い一点の光によってのみきわだち、かつ救われているのである——。

カフカ『城』

人間的葛藤の迷路

カフカの長編は『審判』『アメリカ』(翻訳者によっては『失踪者』)、そして『城』の三編だけで、いずれも未完です。彼の存命中に刊行されたのは有名な短編『変身』など数冊だけで、カフカ自身、自分の死後、原稿はすべて焼き捨てるようにとの遺言を友人のマックス・ブロートに託していました。

ところが、世界の損失ともいえるそんな遺言が実行されることはなかった。私たちがいまカフカの作品を読めるのも、ブロートのこの偉大なる裏切りのおかげなのです。ただ、編集の大半も彼が手がけた結果、いわゆる〝ブロート問題〟と呼ばれるものが起こりました。これはブロートの視点で微妙な取捨選択を含めたアレンジがなされていったというものです。ブロートは敬虔なユダヤ教徒でしたから、「神の恩寵による救済」という絶対的な思想でカフカの世界をとらえたわけですね。

『城』はきわめて神秘的な物語です。城がそびえている雪深い村にさまよい込む「K」という男が主人公。彼は宿に泊めてもらうため、城から任命された測量士だとでまかせを言いますが、宿の方は怪しいとにらみ、城に確認を取ると「その通り、城が頼んだ測量士だ」と、本人でさえ思いもしなかった回答が返ってくる。こうして、彼は一方的に与えられた〝現実〟を生きていかなければならなくなるわけです。現代ならさしずめ、パスポートも持たずに未知の国に迷い込んだようなものかもしれません。そんな状況のなかでも、Ｋは今度は城の当局の人間に会おうと自ら望んで城に戦いを挑もうとします。

つまり、彼は攻撃者であったのだ。しかも、彼だけが自分のために戦っていただけではなく、あきらかに彼以外のいろいろな力も、彼の戦いを助けてくれたのだった。

Ｋが伯爵府のある役所と交渉するため、城に出向いていく決意が語られる印象的な場面の一節。ところが、つねに城の尖塔を遠巻きに眺めながらも、どこまで行っても目的地に到達できない。際限なく絶望的なこの状況はまさに、〝人間的葛藤の迷路〟といっても過言ではありません。

ところで、未完に終わったこの作品の最終章はどんなものだったのか。ぼくが持っている昭和二八年発行のいわゆる〝ブロート版〟(新潮社)には、彼が生前のカフカから語り聞いた構想としてこんな断章が収録されています。それによると、Ｋは最後の場面では闘いに疲れ果て、すでに死の床に横たわっている。そこに城からの使者が現れ、ついに村に住む許可が与えられるというもの。まさに「神の恩寵による救済」です。これがブロートの解釈なのですが、一方で実存主義の立場から、Kは最後まで神を受け入れなかったという「無神論」の姿勢を支持する評者もいます。

いずれにせよ、城は巨大な権力であり、不条理の象徴として描かれます。その典型が「クラム」という上級役人の存在でしょう。彼は恐るべき官僚として町で取り交わされる噂話にも頻繁に登場し、若い女たちもみな人身御供のようになっていますが、不思議なことに彼の姿を見た人間はほとんどいない。このため、住民の意識のなかでクラムの幻想だけが怪物のように増殖し、実際、このような会話が取り交わされます。

「…クラムは、村にやってくるときと村から出ていくときとでは、まるでちがって見えるそうです。ビールを飲むまえと飲んでからとではちがうし、目ざめているときと眠っているときとでもちがい、ひとりきりのときとだれかと話をしているときとでもちがう。また、そのことから推して知るべしですが、お城にいるときは、がらりと別人のように見えるということです。…」

面白いですね。でも、じつはこうしたことはカフカが生きた一九世紀のプラハならずとも、現代社会にも十分あてはまります。たとえば、私たちは〝国家システム〟を漠然と理解した気になっていますが、よく考えてみれば、そんなものはどこにも存在しない。いま、「脱官僚」という言葉を耳にしない日はありませんね。でも「官僚」というものを、私たちはいったいどこで目にしているのでしょう。霞ヶ関ですか。いや、霞ヶ関そのものが抽象的な存在なのかもしれません。

極めて幻想的な物語ですが、一方で服装や部屋の内装にいたるまで日常の細部が徹底的に描かれるため、読む側はその裂け目で奇妙な緊張感を強いられることになります。現代の神話というにふさわしい作品です。

カミュ『カリギュラ』

不条理のロジック

カミュには、太陽がまぶしすぎたせいで主人公が殺人を犯す『異邦人』や、ペストとたたかう人たちを描いた『ペスト』など有名な小説がありますが、『カリギュラ』は戯曲です。じつは彼は大の芝居好きで自分でも演じているほど。だから交通事故でカミュが不慮の死を遂げたとき、「その死によって喪われたのは、一人のエッセイスト、一人の小説家であるよりは、一人の劇作家であった」と書かれたのも頷けます。

この『カリギュラ』はカミュ自身、小説『異邦人』そして評論『シーシュポスの神話』と合わせ、〝不条理三部作〟と位置づけた作品です。主人公は歴史上実在の人物であり、スエトニウスが書き遺した『ローマ皇帝伝』にも登場する第三代皇帝カイウス・カリグラがモデル。あの悪名高きネロと並び称せられる暴君です。実際、狂気じみた独裁者であったといわれますが、この作品では妹であり情婦でもあったドリュジラの死への悲しみをきっかけに、その独裁の正当性をあらゆる人間に無理難題を吹っかけながら逐一納得させていくのだから、まさに不条理そのもの。でも、そこにこそ、カミュがつくり上げたカリギュラという人物の面白さがあるのです。

たとえば、老貴族メレイアが持病の喘息薬を飲んでいるのを見たカリギュラはそれを解毒剤だと断じ、皇帝によって毒殺されることを恐れているのだろうと問い詰める場面。「いいえ、めっそうもないことで」というメレイアにカリギュラはこう答えます。

それは二つの罪を構成する、しかもその二者択一には、逃げ道がない。つまりだ、おれにお前を殺させる意志がなかったとすれば、お前のほうでおれに不当な嫌疑を掛けたことになる、お前の皇帝であるこのおれにだ。また、もしおれにその意志があったとすれば、お前は虫けら同然の身でありながら、このおれの意図に反抗したことになる。どうだ、メレイア、この論理、どう思うな?

このようなロジックでカリギュラはまわりの臣下を追い込んでいく。結局、メレイアはその場で毒を飲まされて自害することになりますが、彼がもだえ死んだのち、この薬が喘息薬だったことがわかる。まさに暴虐の君主。カリギュラの敵は自分以外なら神も例外ではありません。たとえば、父をカリギュラによって殺された若き詩人、シピオンとこんな会話を交わす場面がそう。

カリギュラ　おれは幻にすぎぬ神々に対して、一人の人間が、もしその意志さえあれば、別に習わずとも、神々の愚劣な仕事ぐらいやってのけることができることを証明してやったのさ。

シピオン　それこそ瀆神《とくしん》の行いではありませんか、カイユス様。

カリギュラ　違うな、シピオン、それは物事をはっきり見定めるということだ。おれはただ、神神と肩を並べる方法はただ一つ、神々と同じく残酷になることだと悟ったのさ。

シピオン　暴君になればいいわけだ。

カリギュラ　いったい、暴君とはなんだ？

シピオン　物事が見えなくなった魂です。

カリギュラ　どうかな、シピオン。いや、暴君とは、実現しようと思いついたある種の考えや、あるいは自分の野心のために、人民を犠牲にする男のことだ。

しかし、このように物事の是非を臆することなく口にするシピオンをカリギュラはなぜか罰せず、逆に「あの方のお命とひきかえに、この命を召したまえ」という貴族には「じゃ、死んでもらおう」と迫り、「あれは冗談です」と本音を吐かせて死に追いやってしまう。読みすすめていると、なんだか逆になんとも人間的に思えてきます。

それにしてもこのドラマ、徹底した対話劇ですが、ようするにカリギュラのしたたかな、ああいえばこういう式の詭弁によってなりたちます。そして、今住んでいる私たちの世界の為政者たちにこの種の論法の多いのに気づいて思わずぞっとさせられます。もっとも、カリギュラほどのシャープな人物はついぞ、見かけられませんが。

コクトー『怖るべき子供たち』

崩壊する夢の世界

作者のジャン・コクトーは日本でもよく知られたフランスの詩人です。「私の耳は　貝の殻　海の響きを懐かしむ」（「耳」）はたった二行の短詩ですが、鮮烈なイメージを教科書で記憶されている方も多いでしょう。

『怖るべき子供たち』は彼が一九二九年、四〇歳のとき、アヘン中毒治療で入院中三週間足らずで書き上げた小説で映画にもなりました。作中の子供たちが通ったコンドルセ中学校もモンティエ広場も実在し、ダルジェロという学校一の大将にもモデルがあったようで、その点からも一風変わった幻想小説です。発表当時は風紀紊乱《びんらん》だとして社会の顰蹙《ひんしゅく》を買いましたが、こういう文学がなければおそらく、青春期特有の少女の残酷な内面を描いたフランソワーズ・サガンの『悲しみよこんにちは』のような作品も生まれなかったでしょう。

さてこれをどう読むか。表題が示す通り、登場人物の多くは子供たちですが、ここで強調しておきたいのは、それがコクトーの目を通さなければ見えてこない子供たちだということです。

一日に二度だけは、すなわち、朝の十時半と、夕方の四時とには、この静けさが破られる。小さなコンドルセ中学校がアムステルダム街七十二号乙に面した門を開いたと思うと、たちまち生徒たちがこの町を本営にしてしまうからだ。ここは彼らのグレーヴの広場なのだ。一種の中世期風な広場、恋愛や、遊戯や、神秘劇やの中庭のようなものであり、切手やビー玉やの取引所のようなものでもあり、また、裁判官が罪人を裁判したり、死刑に処したりする危い場所のようなものでもある。

冒頭の一節。大人にはうかがい知ることのできない、戒律を含めて子供たちだけの世界がじつに魅惑的な言葉で表現されています。不穏な予兆がはや、このプロローグの場面で見事に告げられていると思いませんか。物語は少年たちの雪合戦のシーンからいっきに躍動し始めます。主人公はポールという少年。雪玉に当たって負傷しますが、自分に投げつけたダルジェロにひそかに憧れています。「あいつは雪の中に石を入れておいたんです」と生徒から告発されたダルジェロが教師に問い詰められても、ポールは「僕ァきっとのぼせてたんです」とかばいますが、これは少年期特有の感情かもしれません。コクトーは詩人らしい言葉でこう表現しています。

こんな愛情は、まだ愛情について考えてみたこともない子供にとって、ただ途方にくれるよりほかしかたのないものであった。それは救いようのない、漠然とした、けれども激しい不幸であり、性も目的もない清浄な欲望であった。

結局この傷がもとで病んだポールは学校をやめ、ダルジェロも放校処分になります。やがて病気で寝込んでいた母親が亡くなり、ポールは姉のエリザベート、彼女に恋心を抱くジェラールにアガートという孤児の娘も加わり、モンマルトルのアパートの一室で子供たちだけの共同生活を始めます。そもそも子供は大人社会の因果律に縛られた存在ですが、コクトーはあらゆる規制から解き放たれたエゴイズムだけの無垢な存在として彼らを描き出します。そのためにも世界最小の、ゆりかごのような部屋が必要だったのでしょう。

物語は後半、あのダルジェロの存在が再びクローズアップされ、それを機に姉と弟の間に強烈な嫉妬の感情が芽生えることで子供たちだけの均整の取れた世界が徐々に崩壊していきます。大人社会に侵蝕される子供たちの悲劇にほかなりません。しかし、ここで描かれた夢のような世界こそ、コクトーが裸形の自分を重ね合わせるように願った理想郷だったのかもしれません。まさに現代の神話というにふさわしい小説です。

ちなみにぼくが読んだのは画家の東郷青児訳。「子供たちの不思議な世界では、浮き身をすることもできれば、すばやく進むこともできる。それはちょうど阿片の場合に似たもので、緩慢な速度は、最高の速力と同じように危険なものであった」など、やや生硬な文体が随所に見られますが、コクトーのフランス語をより魅力的にとらえていると思います。

フォークナー『響きと怒り』

意識と時間のパズル

フォークナーという作家をぼくが最初に知ったのは昭和三六年、井上光晴の『地の群れ』という小説が出たときです。彼はフォークナーの方法論でこの作品を書いていて、回想のなかに別の回想があって、その回想のなかにもまた別の回想が出てくる。さすがに回想を三つも重ねると、たいへんややこしいことになりますが、まさにこの手法がフォークナーだったんですね。

つまり、主人公の意識の流れに沿って物語を展開させる。これはシュールレアリズム（超現実主義）が登場する以前の一九世紀末に出てきた前衛文学の手法で、西欧だとプルーストやジョイスが思い浮かびますが、こちらが体験風、私小説風なのにたいして、フォークナーは奴隷制のなごりを残すアメリカ南部を舞台に本格小説としてこれをやったわけですよ。

この『響きと怒り』も、ジェファーソンというフォークナーの作品にだけ登場する架空の町が舞台。そこに暮らすジェイソン・コンプソンという名門一家の没落がわずか四日間の出来事から浮かび上がってきますが、もちろん粗筋が簡単にたどれるようには書かれていません。フォークナー自身、「自分を困らせた一番すばらしい失敗作」と吐露している通り、時間のパズルとでもいっていいような極めて斬新な表現方法を取っているところに、まずこの作品の面白さがあります。

この小説の主な時間軸は一九二八年四月で全四章のうち一、三、四の各章はそれぞれ「七日」「六日」「八日」の出来事、そして二章だけがそれより一八年前の「一九一〇年六月一〇日」の出来事が相前後して描かれます。たとえば、一家の三男で三三歳の白痴、ベンジャミンが主人公の第一章では午後から就寝までのわずかな現在の時間軸に、過去三〇年の記憶の断片がじぐざぐに交錯しながら進みます。読者が戸惑うのはあたりまえです。

でも、考えてもみてください。私たちは実際、ふつうの小説世界で体験するような整然とした世界を生きているわけではありません。居酒屋でおいしい酒を飲んでいるつもりが、ふいに二〇年前の恨みごとを思い出すことだってある。そう。意識の流れのカギは「時間概念」にあって、過去を取り込んだ現在が主役であるということ。現在という時間は過去を持つことで明確になるというわけです。こういう意識の自然態を、自然態のままの方法で描いたのが、この小説といえるでしょう。


ぼくは化粧箪笥のとこへいき、表を下にしたまま、時計を取りあげた。そして時計のガラスを箪笥の角にぶつけて、そのかけらを手でつかむと灰皿のなかに入れ、それから二本の針をもぎ取るとそれも皿に入れた。それでも時計はまだカチカチ鳴っていた。その表を上に向けると、文字盤にはなにもなく、小さな歯車がその裏でわけもわからずにカチカチと鳴っている。

これは一家の長男で第二章の主人公、クェンティンが回想を始める前の一節。過去の記憶を呼び起こすため、現在時を止める象徴的なシーンとして読むことができます。

フォークナーの面白さにいち早く気づいたのはサルトルで、「フォークナーにおける時間制」という評論のなかでこう書いています。

『響きと怒り』を読むと、まず手法の奇妙さに打たれる。なぜフォークナーは物語の時間をぶち壊し、その破片をまぜかえしたのだろうか。

物語の時間とはストーリーであり、破片をまぜかえすというのは過去と現在をコンタクトさせること。読む者を困惑させてやろうという企みもあったわけですが、実際の私たちの意識もほんとうは複雑怪奇にできているのではないでしょうか。フォークナーを前にすれば、カフカでさえ、どこか生真面目に見えてくるから不思議です。私たち自身、要約しない自分も見たいものです。

カミュ『ペスト』

疫病がもたらす監禁の極限

カミュはノーベル文学賞を受けた二年後、不慮の事故により四六歳の若さで亡くなりますが、『ペスト』はその彼が残した『異邦人』と並ぶ大作です。一九四七年に発表されると、世界規模で一大センセーションを巻き起こしました。おそらく『異邦人』で描かれた殺人犯ムルソーの孤独な内面の不条理に衝撃を受けた人たちが今度は一転、極めて致死率の高い疫病による完璧な監禁状態のなかで人間はどう生きるかという、けだかいまでの切実さに驚かされたからでしょう。

日本の文学史に照らすなら昭和二二年。典型的な戦後文学の時代にあてはまりますが、ご承知のとおり、ペストはこのときすでに地球上から事実上根絶されていましたから、カミュは逐一文献にあたり、歴史小説を書くような感覚でこの作品を生み出したのだと思われます。それにしても面白いのは、当時ナチス・ドイツの占領下にあったフランスで熾烈なレジスタンス体験を持っていたカミュがなぜ、ここまで虚構の世界に執着したのかということです。

四月十六日の朝、医師ベルナール・リウーは、診療室から出かけようとして、階段口のまんなかで一匹の死んだ鼠《ねずみ》につまずいた。

（宮崎嶺雄訳）

始まりの一節。淡々としたドキュメントタッチの乾いた文体がかえって、なんともいえない不気味さを醸し出します。罹患すると肌が黒くなるため、黒死病とも呼ばれたペストは鼠などの齧《げっ》歯《し》類を媒介に感染が爆発的に拡大しますが、実際、中世ヨーロッパでは当時の三分の二の人口が失われたほどでした。その病原菌が目に見えぬまま刻一刻と広がっていく恐ろしさがこの一匹の鼠に象徴され、来るべき災厄の予兆を見事に告げています。映画ならヒッチ・コックの『鳥』の冒頭シーンを思い出させるかも。同じ手法と見てよいでしょう。

舞台はアルジェリアのオランという町。その日を境に夥しい数の鼠の死体がいたるところで見つかり始めます。やがて鼠蹊《そけい》部を腫らし、熱にうかされながら死んでいく患者の症例が日々報告されるに及んでついにペストが布告され、町は完全閉鎖。外部との交通のいっさいが遮断されるなか、物語は主人公のリウー、取材で町を訪れたために恋人と引き離されたままになった新聞記者ランベール、犯罪者ながら監禁状態のおかげでこの町で生き延びることができているコタール、司祭ベヌルーらを中心に進みます。一方、これとは別に神の視点ともいえる語り手が配置され、これがだれかは最後まで明かされませんが、謎の旅行者タルーが最後に残した手帳の記述とともに記録者として重要な役割を果しているこことにも気づかされます。

彼（タルー）は、もちろん、全般的に見たペストの進行の跡をたどっているが、病疫の一段階が画されたのは、ラジオがもう週に何百という死亡数ではなく、日に九十二名、百七名、百二十名というような死者を報じるようになったときであった、と的確な観察をもって記している。「新聞と当局とは、ペストに対してこのうえもなく巧妙に立ちまわっている。彼らは、百三十は九百十にくらべて大きな数ではないというわけでペストから得点を奪ったつもりなのである」

皮肉を漂わせるタルーのどこまでも微視的な視点が物語全体を俯瞰する語り手の目と相まって、作品に強烈なリアリティを与えています。しかし、こんな極限状況にあるにもかかわらず、この小説では正義やモラルといったものは完全に捨象されており、当然登場人物たちがペストを撲滅するために一致団結するなどという通俗性もありません。それぞれがあくまでも自由意思で動くので、やはり浮かび上がるのは不条理というテーマです。最後にタルーがリウーとの対話で語る印象的な言葉を引用しておきます。

誰でもめいめい自分のうちにペストをもっているんだ。なぜかといえば、誰一人、まったくこの世に誰一人、その病毒を免れているものはないからだ。

ペストはいまこそ、読まれるべき小説に思えてなりません。

ポオ『モルグ街の殺人事件』

数学的アヘンの魅惑

ポオは詩人としても近代文学の先駆者ですが、真骨頂はやはり怪奇幻想譚ともいうべき短編小説でしょう。母国のアメリカはもとより、早くからヨーロッパで評価が高まり、詩人のヴァレリーは緻密な分析に基づいたその世界を「数学的アヘン」と呼んで敬愛し、自身の作品にも色濃い影響を及ぼしたことが知られています。

『モルグ街の殺人事件』は一八四一年四月、三二歳のとき、ポオ自身が編集主幹を務めた雑誌「グレアムズ・マガジン」に発表され、世界で最初の密室殺人も扱われて推理小説の雛形を創り上げた作品とされています。現在の多くの推理小説に比べても、なによりその特異な書き出しには面食らわされます。

通常、分析的と称せられている精神機能で、実は、ほとんど分析を許さないものが、いくらもある。それらは、ただ結果によって料るほかはない。だが、ただそれについて、わかっていることの一つは、この分析的能力なるものを、特に人並外れて具えている人間にとっては、それは、常に非常に生き生きとした楽しみの源であるということだ。

（中野好夫訳）

科学論文を思わせる文章が続きますが、ここでへこたれてはいけません。「そこで、以下述べる物語は、読者諸君にとって、以上述べてきた命題の、ちょうど註釈として、役立つだろうと思えるのだ」という前口上のあと、やっと「一八××年の春から夏にかけて、僕は、パリ滞在中、C・オーギュスト・デュパン君と呼ぶ人物と、知合いになった」とようやく物語に入ります。

つまり、冒頭から述べられてきた精神分析をめぐる一つの例がこの物語というわけです。当時は精神分析学の始祖フロイトもまだ生まれていませんから、この点でもポオの慧眼に驚かされます。さて、このデュパンなる人物が夕刊のある記事をめぐって独自の推理を働かせるのが作品のタイトルにもなっている殺人事件です。

奇怪きわまる殺人。——今暁三時頃、サン・ロック区《カルチエ》の市民たちは、突如として起った、恐ろしい連続的悲鳴によって、夢を破られた。悲鳴は、モルグ街のある一軒、レスパネェ夫人母娘の居住する家屋の四階から、起ったものらしかった。

記事はこんなセンセーショナルな書き出しで始まっています。室内はメチャメチャに壊されているが、鍵は中からかかっていたこと。娘の遺体は煙突に押し込まれた状態で見つかり、夫人の遺体は中庭に放置され、頭や胴は無残に切り刻まれて、ほとんど人体とは見えなかったこと等々。翌日の新聞各紙はさらにいろんな証人の証言をもとに現場状況をあれこれ書き立てながら「これ以上、重要なことは、なにも引き出せなかった」と結論づける始末なのです。こんな状況のなか、捜査の方法論に異議を唱えるデュパン氏は知り合いの警視総監の許可を得て殺人現場を自ら視察したうえで、語り手の「僕」にこう断言します。

問題になるのは、「何が起ったか?」ということよりもね、むしろ「かつて起ったことのない、どんなことが、起ったか?」ということなんだ。…つまり警察の眼にだよ、一見解決不可能と見えれば、見えるだけね、一そう実は、容易なわけなんだ。

冒頭の精神分析論を彷彿とさせて、実に面白いですね。彼が着目したのはただ一点、現場で複数の証人が聞いた金切声。それを説明しようとして、全員がてんでんばらばらに外国人の声だったと証言していることでした。ここがポオの特徴ですべてがデュパン氏の知的分析だけで謎が解かれていくことです。さて犯人は何者か。ぜひ読んでみてください。

岩波文庫版ではデュパン氏が登場する続編として『マリ・ロジェの迷宮事件』『盗まれた手紙』も収められています。前者は実際起こった事件を扱っていて、当時の捜査関係者が作品内でポオが展開した推理を肯定したことでたいそう話題になった作品でした。そこでいまいちど、このデユパン氏のジャーナリズムを洞察した極めて鋭い意見を聞いておくのもよいでしょう。

いったい新聞の目的というものはね、真実を追求することよりもだよ、なにかセンセーションを起すこと——ただ議論を立てる、ということにあるってことをね、ぜひとも忘れちゃいけない。前者の目的は、ただね、後者の目的と一致するかに見える時だけ、追求されるにすぎない。

『マリ・ロジェの迷宮事件』

ヒューズ『ジャズの本』

ジャズの起源と即興の魅力

いま手元にあるヒューズの『ジャズの本』は木島始訳の増補版として一九六八年、晶文社から出たものです。ヒューズ自身、二〇世紀初頭の米国ニューヨークにおいてアフリカ系アメリカ人を中心に文学、芸術、音楽の分野で勃興した、いわゆるハーレム・ルネサンス運動に詩人として携わり、自らが混血であることをテーマに詩や小説、戯曲などを書きました。また、ブルースと共鳴したジャズ・ポエトリーの第一人者としても有名です。

訳者の木島始はフォークナーの翻訳なども手がけ、とくに黒人文学評論で知られた詩人。ぼくが最初にこの本を読んだのは六〇年に飯塚書店から出た新書版でした。ここで語られているのが「ジャズ入門」。かつてアフリカから奴隷として米国南部ニューオリンズに渡った黒人のうちのドラマーたちがはじめは教育も受けていないので楽譜もなしに記憶だけで演奏し、それがパフォーマンスのリズムとなって、やがてはジャズという世界的な潮流にもなる独自の音楽を生み出していく。そのアメリカでの歴史が当時の最新の音楽技法の解説も交えて綴られています。

百年もむかしに、メロディーにブルースのひびきをひめた、口づさみの歌や、仕事の歌や、畑の叫び《フィールド・ハラーズ》――一種の音楽的な呼びかけ声――がありました。そういうメロディーに、道路の労働者や綿つみ人夫たちが、じぶんじしんの考えや悲しみをうたいだしながら頭に思い浮かんだ歌詞をどんなものでもつけていったのです。

たとえば、セント・ルイス・ブルースを扱った章では、ブルースの起源を語るこんな童話風の文章に続き、南部労働者が口ずさんだのではないかとヒューズ自身が想像を巡らせた創作歌が登場します。

ああ　お天道さまは　あついし　日が長くて　いやんなる…

それからかれはうまくその最初にあわせられるような他のことを考えつくことができないときには、おなじ行をくりかえしました、――

んだ　お天道さまは　あついし　日が長くて　いやんなる…

しかし、そのときまでにかれはあたらしく思いついたのがありました、――

んだから　おいらは　この　いやんなる歌　うたってるんだ。

それにしてもこんな言葉を前にすると、同じ詩を書く身でありながら、ぼくなど思わずやられたと思ってしまいます。文字表現では経験し得ない、身体からあふれ出てくる理屈抜きの衝迫力を感じずにはいられません。これがまさにジャズの即興性なのでしょう。ヒューズ自身、こう語っています。

ブルースには、悲しみの背後にほとんどいつも笑いと力強さがあります。ブルースからジャズへ流れて入ったこの特質こそが、おそらく全世界のひとびとをしてこのアメリカ音楽を愛させるのです。

晶文社版では「ジャズ入門」のほか、ブルースの父と言われたW・C・ハンディ、デューク・エリントンなど一九〇〇年代前半に登場する黒人音楽家たちを素描した自伝や、ヒューズ自身が週刊紙に書いた連載エッセイも新たに加えられています。

スピリチュアルズ（霊歌）というのは、何でしょう？。有名なものは、非常に古い歌です。すくなくとも、それらの大多数は、百年、いやそれ以上の年を経ています。どこから、それらは現れたのでしょうか？　黒人の密集した南部の無名の奴隷たちの咽喉からです。どういうふうに、それらは生まれたのでしょうか？　鞭《むち》と鎖の時代に、たまりにたまった感情を表現する唯一の方法として、胸の思いが歌のなかに爆発したときに、それらは生まれたのでした。

「霊歌について」

あなた、わたし。たとえば、ブルースから話しはじめましょう。わたしは南部人ではありません。わたしは堤防で働いたことがありません。わたしは、ハイウェイからしか綿畑はほとんど見たことがありません。しかし、女たちは、パーク・アヴェニーでも堤防でとおなじように、ふるまいます、――あなたが彼女らの一部分をつかまえると、他の部分があなたから逃げます。それがブルースです！

「コミュニケーションとしてのジャズ」

言葉自体にジャズの旋律が乗り移ったような文章だと思いませんか。全体、小学生か中学生か、子どもたちに直接語りかけているような。木島訳はまぎれもない名訳です。巻末の訳者あとがきでは、ヒューズ作品をぜひ日本で出したいと本人に手紙を書いた木島さんへの返信が紹介されているのも興味深いところ。じつに味わいのあるクリフ・ロバーツの挿絵も楽しめます。ジャズ好きな方はぜひとも、手元に置いておきたい一冊です。

北原白秋『思ひ出』

少年期のモチーフと歌謡の調べ

北原白秋は♪アメアメ　フレフレ　カアサン　ガ…で始まる「雨フリ」や「からたちの花」など童謡の作者としてよく知られていますが、詩歌の領域でもたいへん重要な仕事をした近代日本の代表的詩人です。

『思ひ出』は明治四四年、白秋が二六歳のとき、『邪宗門』に続いて出た第二詩集。上田敏から絶賛され、文字通り詩壇のスターに駆け上がることになった出世作です。自ら幼年期を過ごした生まれ故郷の柳河、これはいまの福岡県柳川市ですが、抒情小曲集という副題の通り掘割と水郷に囲まれたエキゾチックなこの町を軸に少年期の思い出が綴られています。といって、モチーフを少年期に取っただけで、『梁塵秘抄』や『閑吟集』を思わせる今様以来の伝統的な歌謡の調べもあって、個人的には白秋のなかで一番好きな詩集として挙げておきたいと思います。

七章からなる二一五編もの詩が収められていますが、いくつかの主題がその通奏低音を成しています。一つは白秋自身、幼いころに患ったチフスに感染して亡くなった乳母の死。この体験は白秋にとっても終生、〝乳母殺し〟のレッテルを自分に刻印することになったようですが、冒頭の

「わが生ひたち」という有名な自伝のなかではっきりと触れられています。

三歳の時、私は劇《はげ》しい窒扶斯《チブス》に罹《かか》つた。さうして朱欒《ザボン》の花の白くちるかげから通つてゆく葬列を見て私は初めて乳母の死を知つた。彼女は私の身熱のあまり高かつたため何時《いつ》しか病を傳《う》染《つ》されて、私の身代りに死んだのである。

乳母というより子守といったほうが、ほんとうはよかったのでしょう。幼児の記憶を恐ろしいほどリアルに言葉に移し替える作者の目の確かさに驚かされますが、これが詩になると、次のような抒情になります。

あかあかと夕日てらしぬ。
そのなかに乳母と童《わらべ》と
をかしげに墓をながめぬ。

その墓はなほ新らしく、
畑中の南瓜の花に
もの甘くしめりにほひき。

乳母はいふ、『こはわが墓』と、
『われ死なばここに彫りたる
おのが名の下闇《したやみ》にこそ。』

三歳《みとせ》のち、乳母はみまかり、
そのごともここに埋もれぬ。
さなり、はや古びし墓に。

あかあかと夕日さす野に、
南瓜花《かぼちゃばな》をかしき見れば
いまもはた涙ながるる。

「乳母の墓」全編を引きました。ここにあるのは幼少期、肉親の母親に抱かれることのなかった白秋自身の母性へのノスタルジーであり、生涯を貫くはかなさです。その意味でも単なる抒情詩ではなく、表現世界のなかで描かれた乳母であり、際だった個性を感じさせるものといえます。

もう一つ、特徴的な主題となるのは旧制中学時代、折からの日露戦争でロシア語を習っていたために露探（ロシアのスパイ）と人々に疑われて自死する文学仲間、中島鎮夫への追悼です。有名な「たんぽぽ」という詩には「わが友は自刃《じじん》したり、彼の血に染みたる亡骸《なきがら》はその場所より静かに釣臺《つりだい》に載せられて、彼の家へかへりぬ。附き添ふもの一両名、痛ましき夕日のなかにわれらはただたんぽぽの穂の毛を踏みゆきぬ。友、時に年十九、名は中島鎮夫。」という前書きがあり、こう始まります。

あかき血しほはたんぽぽの
ゆめの逕《こみち》にしたたるや、
君がかなしき釣臺は
ひとり入日にゆられゆく……

あかき血しほはたんぽぽの
黄なる蕾《つぼみ》を染めてゆく、
君がかなしき傷口に
春のにほひも沁み入らむ……

ここにも親友の死を冷徹に見つめている白秋がいます。たんぽぽという野の花に仮託した悲しみがリフレインのなかで胸に響きます。

ところで海産物問屋を営んでいた白秋の生家は明治三四年の大火で焼失し、家格が没落していったことも作品に反映されていると見てよいでしょう。所々に表れる「火」の描写が水郷との対比のなかで鮮やかに浮かび上がります。まさに日本の近代詩の白眉と言ってよいでしょう。

高村光太郎『道程』

フォームに縛られない自在さ

「道程」は大正三年に出版された高村光太郎の第一詩集のタイトルにもなった、たいへんポピュラーな作品です。

僕の前に道はない
僕の後ろに道は出来る

だれもが一度は読んだことがあるでしょう。この詩は「ああ、自然よ／父よ／僕を一人立ちにさせた広大な父よ／僕から目を離さないで守る事をせよ」と続きます。芸術を志して渡ったヨーロッパから帰国し、さて自分はこれからどう生きていくべきか。それは自分の手で切りひらくと、著名な彫刻家だった父、高村光雲に託した光太郎自身のメッセージ、つまり「父への手紙」と読めば、面白いですね。

ただ、一方、高村光太郎＝「道程」というイメージができあがってしまったのは確かです。日本の教育システムがこの作品だけをピンセットでつまみ出すように教科書に載せたりしたからです。でも、詩集をつぶさに読めば、この人は決してひとつに縛られることなく、詩に求められる条件のすべてを自在に使って書いていることがよくわかります。

底の知れない肉体の慾は
あげ潮どきのおそろしいちから――
なほも燃え立つ汗ばんだ火に
火竜《サラマンドラ》はてんてんと躍る

これは「愛の嘆美」という、のちの『智恵子抄』のなかにも収められる一篇。詩人の内からほとばしる濃厚なエロチシズムを感じさせます。このころ、光太郎は生涯の妻となる長沼智恵子との生活を始めていますが、この運命の出会いから生まれた、彼女への肉体賛歌と言ってもよい詩です。

「道程」一篇だけを切り離すといかにやばいか、よくおわかりいただけると思います。「をんなは多淫／われも多淫／飽かずわれらは／愛慾に光る」で始まる「淫心」なども、当時とすれば大胆な作品です。そうかと思えば、「根付の国」というタイトルのこんな詩もあります。

頬骨が出て、唇が厚くて、眼が三角で、名人三五郎の彫つた根付《ねつけ》の様な顔をして
魂をぬかれた様にぽかんとして
自分を知らない、こせこせした
命のやすい
見栄坊な
小さく固まつて、納まり返つた
猿の様な、狐の様な、ももんがあの様な、だぼはぜの様な、麦魚《めだか》の様な、鬼瓦《おにがはら》の様な、茶碗のかけらの様な日本人

日本人を名指しで、徹底的に罵っています。古くさい義理や人情のようなものにからめとられている日本人の性癖を批判したもので、一方で前近代批判というとらえ方で新鮮に受け入れられた反面、旧来の抒情詩の陣営からは「落書きだ」という非難も沸き起こりました。ですが、ここは思想を見るよりも作品がもっている伸びやかなフォームを楽しんでみるのもいいでしょう。間違いなく、生々しい光太郎がいます。そしてなりより重要なのは、いま書かれている現代詩も、このような作品をルーツに持っているということです。

高村光太郎の作品は智恵子の死後、昭和一六年に発刊された『智恵子抄』を契機に、ごつごつしたリアリズムから抒情的な柔らかい作風へと大きく旋回していくことになったとぼくは思いま

す。その間、戦時中は日本文学報国会の詩部会長として数々の戦争協力詩を発表し、贖罪の念から戦後は岩手の山小屋にこもって隠遁生活を送りました。その意味では、時代に翻弄され続けた詩人でもあったわけですが、ただ、彼が出現したときのような熱を果たしていまの現代詩は持ち得ているのかどうか。ぼくも含め、自戒を込めて考えなければいけません。

山村暮鳥『聖三稜玻璃』

自由律の面白さを楽しげに駆使

山村暮鳥はいまでこそ知るひとも少ない近代詩人ですが、明治・大正期に活躍し、詩のみならず童話など児童文学にも佳品を残しました。「雲」という詩など、教科書にもたびたび取り上げられているので、ご存じの方も多いでしょう。

おうい雲よ
ゆうゆうと
馬鹿にのんきさうぢやないか
どこまでゆくんだ
ずつと磐城平《いわきたいら》の方までゆくんか

なんとも言えないほのぼのとした情感がありますね。この詩に代表されるように暮鳥自身、文学史的には典型的な生活派、民衆派として位置づけられていますが、じつは初期には、こんなイメージは根底から覆されてしまう詩集があります。
大正四年に出た『聖三稜玻璃《せいさんりょうはり》』がそうで、『三人の処女《をとめ》』に続く暮鳥の第二詩集。版元は暮鳥が萩原朔太郎や室生犀星とともに立ち上げた「人魚詩社」です。

竊盗《せっとう》金魚
強盗喇叭
恐喝胡弓
賭博ねこ
詐欺更紗
瀆職《とくしょく》天鵞絨《びろうど》
姦淫《かんいん》林檎
傷害雲雀《ひばり》
殺人ちゆりつぷ
堕胎陰影
騒擾《そうじょう》ゆき
放火まるめろ
誘拐かすてえら。

冒頭に置かれた「囈語《げいご》」から全編を引きました。ちなみに囈語とは「たわごと」を意味し、瀆職は「汚職」のこと。人間の罪を各行の上段におよそ思いつく限り書き並べている。むろん、こんなはちゃめちゃに近い手法などありませんでしたから、みんなびっくりしました。もう少し見ていきましょう。

あらし
あらし
しだれやなぎに光あれ
あかんぼの
へその芽
水銀歇私的利亜《ヒステリア》
はるきたり
あしうらぞ
あらしをまろめ
愛のさもわるに
烏龍《ウウロン》茶をかなしましむるか

あらしは
天に蹴上げられ。

「だんす」という詩。音読してみればわかりますが、「ら行」の言葉が繰り返し登場するのが印象的です。このあたり、同人仲間だった萩原朔太郎は『さもわる』『ううろん』『かなしましむる』等、いずれも一種のまるみを帯びる曲線と、その運動とを感じせしむる言葉である」と解説し、「不可思議な生きもののやうな感じがする詩篇」とも述べました。

いちめんのなのはな
いちめんのなのはな
いちめんのなのはな
いちめんのなのはな
いちめんのなのはな
いちめんのなのはな
いちめんのなのはな
かすかなるむぎぶえ
いちめんのなのはな

これは「風景――純銀もざいく」という詩の第一連。「いちめんのはな」が一行ずつ並んでいるように見えますが、最後から二行目だけが「かすかなるむぎぶえ」となっています。以下最終の第三連まで同じスタイルが繰り返され、それぞれ「ひばりのおしやべり」（第二連）、「やめるはひるのつき」（第三連）という異質な一行が混じり込んでいるという具合。並べられた言葉の塊が矩形のようにも見え、視覚的にも楽しめる詩になっています。

オブジェのような詩があり、散文詩があり、モダニズムもある。こうして見てくると、自由律の詩の面白さを暮鳥自身、大正四年の段階でじつに楽しげに駆使しています。当時の読者もさぞかし、驚いたことでしょう。ここではこの詩集に寄せられた室生犀星の序文も紹介しておきましょう。

私は思つてゐる。尊兄（暮鳥のこと）の詩が愈々《いよいよ》苦しくなり、難解になり、尊兄ひとりのみが知る詩篇になることを祈つてゐる。解らなくなればなるほど解るのだといふ尊兄の立場を私は尊敬してゐる。誰にも解つて貰《もら》ふな。尊兄はその夏の夜に起る悩ましい情慾《じょうよく》に似た淫心《いんしん》を磨いて光を与へることである。尊兄の理解者が一人でも殖《ふ》えるのは尊兄の侮辱とまで極端に考へてもよいのだ。すくなくとも其位の態度で居ればよいのだ。解らなければ黙つて居れ。この言葉を尊兄のまはりに呟《つぶや》くものに与へてやりたく思ふ。

犀星の戸惑いも率直に出ているのが興味深いですね。しかし、暮鳥自身もこんな詩集は一冊だけ。あとはぴったりとやめて初めに紹介した「雲」のような作風になりました。ぼくは逆に、そこに大正という時代の面白さを感じて微笑みたくもなります。

小野十三郎『詩論』

「短歌的抒情の否定」の真の意味

小野十三郎という詩人はぼくの先生といってもよいひとで、彼が生涯のテーマとした「短歌的抒情の否定」という抒情詩の変革の理論はまさに、この『詩論』がもとになっています。戦時中、花田清輝が編集した「文化組織」に発表され、戦後は俳句作者の主体性の希薄さを突いた桑原武夫の『第二芸術論』とともに大きな議論を巻き起こしました。全編アフォリズムふうの断章でつづられた労作。長らく絶版になっていたものが、このたび思潮社から四六年ぶりに復刊されました。

ところで「短歌的抒情の否定」といったとき、とくにはっきりさせておかなければならないのは、小野さんが否定したものは何だったのかということですね。

歌と逆に。歌に。

『詩論』九八番に置かれた有名な一節です。おそらく、このあたりをとらまえ、小野さんが「歌」

を否定したのだと戦後、誤って解釈されてきた節がある。じつはそうではなく、小野さんが嫌悪したのは当時の歌人であり、そこで歌われた短歌だった。決して日本古来の文化伝統としての「歌」そのものを否定したものではなかったのです。このことは、次の言葉からも明らかでしょう。

私は今日の歌人たちの新しい言葉(詩語)に対する直感をあまり信用することが出来ない。リズムというものは「音楽」である前に批評なのだから。(四番)

現代の短歌が持っているリズムに抵抗していると、古い日本の歌の調子というものが私にはよくわかる。他意はない。古い日本の歌の調子を私は持ちたいのだ。(七六番)

当時の短歌はあきらかに、戦争を遂行するための精神力を動員する手段という側面がありました。小野さんはそこで、その大きな波に巻き込まれてはならないと懸命に耐えていた。それが「歌とは逆に。歌に」という意味です。

遠方に
波の音がする。

末枯《うら》れはじめた大葦原の上に
高圧線の孤が大きくたるんでいる。
地平には重油タンク。
寒い透きとおる晩秋の陽の中を
ユーファウシャのようなとうすみ蜻蛉《とんぼ》が風に流され
硫安や　曹達《ソーダ》や
電気や　鋼鉄の原で
ノジギクの一むらがちぢれあがり
絶滅する。

これは昭和一四年に出された小野さんの『大阪』という詩集に収められた「葦の地方」という詩。この年、第二次世界大戦が勃発します。日本は日中戦争の渦中にあり、いよいよ戦況が厳しさを増していくなかで書かれました。小野さんはよく、こう言いました。私の見た大阪の葦は、当時そこにいたるまでの政治の現実がかかわっている。葦はけっして、自然の中で風にそよいでいたのではないと。しかし、そんなにうまく「歌とは逆の歌」といえる作品が書けたかというとそうではなく、戦後になってからもいろいろ煩悶しました。

その問題はともかく、重要なのはわが国で書かれていた詩に、小野十三郎が初めて方法意識としてのリアリズム（写実主義）を持ちこんだということでしょう。当時のリアリズムとは自然主義のバルザックやフローベールがそうであったように、あくまでも小説のものでした。詩はうたうものであって、そもそも描くものとしての〝リアリズム詩〟など存在しなかった。ここはとても重要です。

詩を語ることは、実はそれらの詩を包囲するところのものを語ることである。…詩の周辺に押しよせている散文。それがわずかに詩の形成の意味である。それがわかればいい。

（二二一番）

ここでいう散文とは外部の世界を指しています。さきの詩でも明らかなように、極めて明確な社会意識（批評精神）を持っていたからこそ、この詩人は主情的にではなく、静力学的に客観的にとらえる独特なリアリズムを詩に持ち込むことができたといえるでしょう。

三好達治『測量船』

日本の伝統とモダニズムの融合

三好達治はいうまでもなく、日本を代表する抒情詩人です。生年は一九〇〇年、つまり二〇世紀初頭の生まれで生粋の浪速っ子。大阪・北区の中之島公園には文学碑が建てられています。

その前にまず、近代抒情詩の流れを大まかに見ておきます。ひとつの頂点が明治三〇年に出た島崎藤村の『若菜集』です。これは五七調の文語体で書かれましたが、口語自由律運動が起きてきた大正期、もうひとつの頂点となったのが、文語から口語律に抒情詩をつくり変えていった萩原朔太郎。これが抒情詩の本流になっていくわけです。そして朔太郎以降、この流れのなかで抒情詩人として頂点に立ったのが、三好達治ということになります。

彼は昭和九年、堀辰雄らと月刊詩誌『四季』をつくりましたが、詩人の大岡信は四季派の特色を「自然的な秩序に対する日本人の直感的な把握」と表現しています。気象庁がわざわざ発表しなくとも、日本は古来、セミの声で梅雨は明け、コオロギが鳴けば秋が始まるというふうに豊かな自然に恵まれています。この花鳥風月に寄り添う伝統文化が四季派の根底にはありました。

その一方で、彼は若いとき、ボードレールを訳し、シュールレアリズム（超現実主義）やサンボリズム（象徴詩）などモダニズムの思想を積極的に吸収していました。縦軸にヨーロッパの教養、横軸に日本の伝統を置き、いわばその交点で詩を完成させたわけですね。それは昭和五年に出た処女詩集『測量船』にも端的に表れています。

母よ——
淡くかなしきもののふるなり
紫陽花《あじさい》いろのもののふるなり

有名な「乳母車」という詩の冒頭。いわゆる現代詩と明らかに違う一点は文語と口語が折衷になっているところ。この詩集の序詩には「春の岬旅のをはりの鷗《かもめ》どり　浮きつつ遠くなりにけるかも」という短歌が掲げられています。その一方で、次のような作品もあります。

鹿は角に麻縄をしばられて、暗い物置小屋にいれられてゐた。何も見えないところで、その青い眼はすみ、きちんと風雅に坐つてゐた。芋が一つころがつてゐた。

「村」という散文詩の一節ですが、完璧な口語で書かれています。リズムを壊したところで成立するのが散文詩。さきほどの作品とは一転、鹿を凝視する作者のシニカルな眼を感じませんか。

つまり、この詩集を貫いているのは、短歌に代表される日本の伝統美をヨーロッパ的な知性のなかでつくりかえていこうという態度。全く趣向の違う詩を書き分けながら、三好達治はそれを実現しようとしたのです。

ところで、戦時中に唯一、詩のジャーナリズムを兼ねた『四季』派がぶつかったのは、神国ニッポンの精神的支柱としての「ウルトラナショナリズム」であり、『四季』派の抒情はそこへ重なっていくことになるのです。

そのひとつの例が、戦時訓としても有名になった三好達治の「おんたまを故山に迎ふ」です。「ふたつなき祖国のためと／ふたつなき命のみかは／妻も子もうからもすてて」で始まるこの作品を中心とした彼の戦中詩は、鮎川信夫や吉本隆明ら戦後詩を担った世代の詩人たちから激烈な批判にさらされます。これが戦後の三好達治の評価を難しくする一因にもなってきました。

しかし、英霊の帰還を一兵士の目で見つめるこの作品に流れているのは、あの「乳母車」とも通底する良質な抒情であり、この詩に関するかぎり、大政翼賛的な上意下達の目線は微塵も感じられません。また、同じ詩集『艸千里《くさ》』に収められた散文詩「列外馬」など、負傷して戦線から外された、死ぬゆく廃馬を凝視した作品には、作者の透徹した目の戦争への哀しみを感じさせます。これを戦争協力詩だと見るひとはまず、いないでしょう。このあたりは、三好達治という詩人を詩史的に見る場合、とても大事なことだと思います。

丸山薫詩集

海への憧れと無心な思い

丸山薫は昭和初期にスタートした「四季派」の詩人です。その雑誌「四季」には主軸になった詩人に三好達治がいますが、この三好とは三高以来の親友で、三好が入学する前に陸軍幼年学校や士官学校までいちどは進んだのに対し、丸山薫もいったんは東京商業高等商船学校に入り、脚気のため退学するというよく似た一種の挫折を経験しました。

「河口」

船が錨《いかり》をおろす。
船乗の心も錨をおろす。

鷗《かもめ》が淡水《まみず》から、軋《きし》る帆索《ほづな》に挨拶する。
魚がビルジの孔《あな》に寄つてくる。

破れた羽根をひろげた鶴に

破れた羽根よりほかのなにがあろう。
破れた羽根を帆のやうに一杯に傾けて
鶴よ、風になにを防がうとしてゐるのだ。

「鶴」

昭和七年に出た処女詩集『帆・ランプ・鷗』からの二編。この詩集には、練習船上の制服制帽姿の写真一葉が挿入されました。海への思いのこもった詩集でした。「鶴よ、風になにを防がうとしてゐるのだ」などのフレーズには、海の生活ができなかったことに対する無心の気持ちが読み取れそうです。作家の伊藤整はまだ無名で最初の詩集『雪明りの路』を出す前、投稿した詩誌に自分の作品と一緒に掲載された丸山薫の詩を読み、その斬新さに衝撃を受けたことを自伝的長編小説『若い詩人の肖像』で書いています。「私よりもうまいと思う詩人を一人発見した」「この初めて見る名前の男はオレより詩がうまいかも知れないと不安に思った」と。第三詩集『幼年』に収められた「病める庭園《にわ》」です。全編を引きます。

静かな午さがりの庭さきに
父は肥って風船玉の様に籐椅子に乗つかり
母は半ば老いてその傍に毛糸をば編む
いま春のぎようぎようしも来て啼かない

此の富裕に病んだ懶《ものう》い風景を
では誰れがさつきから泣かすのだ
オトウサンヲキリコロセ
オカアサンヲキリコロセ

それはつき山の奥に咲いてゐる
黄ろい薔薇の葩《はな》びらをむしりとり
又しても泣き濡れて叫ぶ
此処に見えない憂鬱の顫《ふる》へごゑであつた
オトウサンヲキリコロセ
オカアサンヲキリコロセ
ミンナキリコロセ！

これを見たときの伊藤整の衝撃をもう少し見ておきましょう。

真昼の空しい空虚感とよしきりの啼き声を「オトウサンヲキリコロセ」という言葉で示した効果は鋭かった。私はこの詩を作ったのが自分でないことが残念であった。この効果は、私が考えた詩句の効果の中には一度も思い浮かばなかったものだった。

もちろん鳥はこんな風には鳴きませんが、なにげない日常のなかでそれを聞いている子供の耳の中にだけ惨劇が響いている。そう読めば、この詩が全く別の様相を持って私たちに迫ってきませんか。オノマトペを思わせるカタカナ表記も意味にとらわれない音響効果を上げています。

同じ『幼年』からもう一編、「汽車にのつて」を紹介しておきます。

汽車に乗つて
あいるらんどのやうな田舎へ行かう
ひとびとが祭の日傘をくるくるまはし
日が照りながら雨のふる
あいるらんどのやうな田舎へ行かう
窓に映った自分の顔を道づれにして
湖水をわたり　隧道《とんねる》をくぐり
珍らしい顔の少女《おとめ》や牛の歩いてゐる
あいるらんどのやうな田舎へ行かう

耳に心地よいリフレイン。思わず口ずさんでしまいそうです。こちらの「あいるらんど」はひらがな。現存する国名ではなく、のどかな田園世界のどこかを思わせますが、逆にこの無国籍のイメージはカタカナでは決して醸し出せません。このあたりも丸山詩の面白さでしょう。

黒田三郎詩集

平明な言葉の現実感覚

黒田三郎は戦前モダニズム系の詩誌「VOU《バウ》」に加わって詩を書き始め、一九四七年に鮎川信夫らとともに戦後詩を代表する詩誌「荒地」を創刊します。荒地というタイトルは「四月は残酷極まる月だ」(「埋葬」)で有名な英国の詩人、T・S・エリオットの同名の詩から取られていますが、ここで描かれたのは第一次世界大戦という近代文明の危機そのものに対する詩意識でした。

荒地派の詩人たちもまた、「現代は荒地である」という厳しい現実認識からスタートします。ただ、同じ荒地派にあって黒田三郎の詩は観念性の強かった他の詩人にはない日常的な生活意識をモチーフにした一種独特な大衆性を持っていました。

落ちてきたら
今度は
もっと高く
もっともっと高く

何度でも
打ち上げよう
美しい
願いごとのように

教科書でもよく知られた「紙風船」というこの詩のように、言語感覚からもとっつきやすく、それゆえに一面では「荒地」的ではない最もポピュラーな詩人になりました。もちろん、ただ単にわかりやすいだけの詩人ではありません。

そのとき
僕はぼんやり立っていたのだった
いつ来るかわからぬ汽車を待つように
死ぬ順番を待って
この世に行列をつくって
ぼんやり並んで
切符売場で
課長や主任の下で

外食券食堂で
地獄の門で
どこでだってかまやしないのだ

これはH氏賞を受けた第一詩集『ひとりの女に』に収められた「そのとき」という詩。後半は次のように展開します。

行儀よく順番を待って
ぼんやり立っている僕のなかを
一日は一年のように
一年は一日のようにすぎてゆくのであった
あ
そのときも
風のようにあなたが僕のなかに舞い込んで
あっという間もなく
僕をこの世の行列から押し出した

この詩が書かれた背景はいうまでもなく戦争の時代です。つまり二〇歳になることが兵士になることで、同時に死と同義でもあった時代ということです。黒田自身、インドネシアのジャワ島で現地召集され、この地で終戦を迎えます。ひとり死を待つ行列から押し出され、生きる側に戻ってきた寂しい虚無感が「あ」というこのつぶやきに見事に結実していると思いませんか。言葉はあくまで平明です。それだけに、ぞくっとする現実感覚が行間ににじんでいます。

次に全編を引くのは『失われた墓碑銘』という詩集のなかの「こうもりがさの詩」です。

雨の降る日にこうもりがさをさして
濡れた街路を少女達が歩いている
少女よ
どんなに雨が降ろうとも
あなたの黒いまつげが明るく乾いていますように
ああ
どんなに雨の降る日でも
そこだけ雨の降らない小さな世界
そこにひとつの世界がある
三階の窓から僕は眺める

ひっそりと動いてゆく沢山の丸い小さなきれいなものを
そのひとつの下で
あなたは別れてきたひとのことを思っている
そのひとつの下で
あなたはせんのない買物の勘定をくりかえしている
そのひとつの下で
あなたは来年のことを思っている
三階の窓から僕は眺める
ひっそりと動いてゆく丸い小さなきれいなものを

こうもりがさは黒田三郎の詩によく登場するオブジェのひとつですが、黒田はここで上から見ると、傘は単なる傘にすぎないけれど、その下にはそれぞれ異なった運命をもった個人がいるという意味のことを、のちにみずから語っています。まぎれもなくそこに一人一人のいのちのいとおしさが息づいています。

ところで、この詩集は戦火を免れた戦前の手帖に残されていた作品を集めたものですが、一億総玉砕で国全体が躍らされていくなかでも、この詩人の眼が恐ろしいほど冷徹に澄んでいたことに驚かされます。噛めば噛むほど、歯ごたえのある詩人のひとりです。

吉野弘詩集

平易なことばの貴重な輝き

とかく難しすぎるとか、難解なイメージが多すぎると敬遠されがちな現代詩にあって、吉野弘はいまなお、多くの読者の心をつかんだ詩人の一人と言っていいでしょう。

手元の思潮社版現代詩文庫一二『吉野弘詩集』には昭和三二年、三一歳の時に私家版で出した一〇〇部限定のガリ版詩集『消息』をはじめ、『幻・方法』や『一〇ワットの太陽』といった初期の詩集が収められています。平成二六年一月、八七歳で亡くなりますが、その際、新聞のコラムなどで取り上げられたのが、このうちの「夕焼け」です。

いつものことだが
電車は満員だった。
そして
いつものことだが
若者と娘が腰をおろし

としよりが立っていた。
うつむいていた娘が立って
としよりに席をゆずった。
そそくさととしよりが坐った。
礼も言わずにとしよりは次の駅で降りた。
娘は坐った。
別のとしよりが娘の前に
横あいから押されてきた。
娘はうつむいた。
しかし
又立って
席を
そのとしよりにゆずった。
としよりは次の駅で礼を言って降りた。
娘は坐った。
二度あることは　と言う通り
別のとしよりが娘の前に

押し出された。
可哀想に
娘はうつむいて
そして今度は席を立たなかった。
次の駅も
次の駅も
下唇をキュッと噛んで
身体をこわばらせて——。
僕は電車を降りた。
固くなってうつむいて
娘はどこまで行ったろう。
やさしい心の持主は
いつでもどこでも
われにもあらず受難者となる。
何故って
やさしい心の持主は
他人のつらさを自分のつらさのように

感じるから。
やさしい心に責められながら
娘はどこまでゆけるだろう。
下唇を噛んで
つらい気持ちで
美しい夕焼けも見ないで。

教科書にも登場するよく知られた作品ですが、念のため、全文引用しました。現代詩特有の比喩が使われず、たんたんとした車内の風景描写のように見えますが、なかなかどうして、この娘の善意ゆえの孤独に深く共感する、作者の立場は誰の目にも鮮明でしょう。吉野自身、こう語っています。

この詩の中の娘を単純に美しい娘の典型として扱われたりすると、私はしどろもどろしていまいます。もしかしたら、この娘は普段、老人にありがちな身勝手や頑迷さに対して一言も二言もあるというような、あるいは自分自身のエゴイズムをもっと大切にしようと考えているような現代的な娘かもしれません。それが、ふとした状況の加減で立派な娘になってしまい、そんな自分に混乱し、席を立たなかったのかもしれません。（思潮社　詩の森文庫「詩のすすめ」）

このモチーフは「I was born（アイ・ワズ・ボーン）」という詩にも同様に生きています。

確か　英語を習い始めて間もない頃だ。

或る夏の宵。父と一緒に寺の境内を歩いてゆくと　青い夕靄《もや》の奥から浮き出るように、白い女がこちらへやってくる。物憂げに　ゆっくりと。

女は身重らしかった。父に気兼ねをしながらも僕は女の腹から眼を離さなかった。頭を下にした胎児の　柔軟なうごめきを　腹のあたりに連想し　それがやがて　世に生まれ出ることの不思議に打たれていた。

女はゆき過ぎた。

少年の思いは飛躍しやすい。その時　僕は〈生まれる〉ということが　まさしく〈受身〉である訳を　ふと諒解《りょうかい》した。僕は興奮して父に話しかけた。

——やっぱり　I　was　born　なんだね——

父は怪訝《けげん》そうに僕の顔をのぞきこんだ。僕は繰り返した。

——I　was　born　さ。受身形だよ。正しく言うと人間は生まれさせられるんだ。自分の意志ではないんだね——

この詩は父が語る言葉として「蜉蝣《かげろう》という虫はね。生まれてから二、三日で死ぬんだそうだが　それなら一体　何の為に世の中へ出てくるのかと　そんな事がひどく気になった頃があってね」というフレーズにだぶるかたちをとっていますが、人間は生まれること自体が受身だという認識は改めてそう言われると、なるほど、だから逆にどんなふうに生きるか、人には自分の生き方を選ぶ勇気が必要なんだという気がしてきます。英語の受動態をタイトルにするところも面白いですね。

まだ、読んだこともない方もぜひいちど、手にしてください。きっと、もっとたくさん読みたくなってくるだろうと思います。現代詩の言葉が内向化していると言われるいまこそ、吉野弘の詩は貴重な輝きを放っています。

吉原幸子詩集

不器用で狂おしい女のデカダンス

吉原幸子は昭和七年の生まれですが、ある面では戦後社会にあって時代の先端を生きた女性だったとも言えます。二四歳のとき、戦後になってやっと女性の共学が認められるようになった東大の仏文科を出ると、劇団四季に入って主役を務めたりしますが、一回きりで退団。仏文系の同人誌に参加して詩を書き始めますが、その作品は奔放すぎる恋愛と溺れるように酒にのめり込んだ実生活を抜きにしてはあり得ないものだったからです。

実際、彼女自身、そんな一面を隠そうともせず、昭和四〇年に第一詩集『幼年連禱』を出してからの数年間など「大失恋時代」と自ら告白しています。そんな彼女が詩人として本格的に注目されるのは、四〇歳のときに出した三冊目の『オンディーヌ』。そこではデカダンスを地でいく女性の側からの狂おしさが赤裸々に言語化されています。

裏切りをください
もっともっと

傷をください
鞭《むち》をください

おなじ顔　ひとつの愛を
ふたりでもつわけには　どうしてもいかない
おなじ花をみて微笑みあったり――

愛が微笑みである筈がない
苦しくない愛などある筈がない
わらってゐる幼な児をみてさへ　ただ苦しいのに

(傷つくことでしか確かめられないひとと)
(傷つけることでしか確かめられないひとと)
ゆるされすぎてくるしいのなら
もっとゆるすから
もっとくるしむといい

奪ふのだ　つきのけて
奪ひ合ふのだ
ひとつの愛を
相手にだけはあきらめさせようと
裏切り合ふのだ
血を流して

「鞭」の一節です。文字通り、切れば血が出るような我執を感じさせます。詩論集『私の女性詩人ノート』（思潮社）で吉原幸子を取り上げた詩人のたかとう匡子は「無頼と恋に生きて」という副題をつけ、こう書いています。

「裏切り」といえば男社会では政治の裏切りとか思想とりわけイデオロギー、そうでなくても実業的なにおいが強い。けれどもここでの吉原幸子は実生活のなかでの男と女の愛の真実を定義するために「裏切り」という行為をどうしても使いたかったに違いない。

この詩では、その内実は男への恨みつらみ、その愛憎劇とも読める。「裏切りをください／もっともっと／傷をください／鞭をください」はマゾヒスティックだとも。それでもこんなふうに女の側から堂々と言う、社会に対する開き直りは魅力だ。それまではこういったことについては女は泣き寝入り、あるいは沈黙してきたのに、堂々と男の悪口を言うのだから、逆に面白い。

私も同感ですが、いまの若い人にはいささか情念過剰でしつこく見えるかも。でも、女性の身体性をことさら強調するのではなく、「愛」とか「傷」とか「鞭」といった、どちらかと言えば不器用なくらい粗野で観念的な言葉を逆に多用したところが、時代の特徴とかみ合ったのだともいえます。

この観念性に関して言えば、第二詩集『夏の墓』に収められた「パンの話」という詩など、どうでしょうか。

まちがへないでください
パンの話をせずに　わたしが
バラの花の話をしてゐるのは
わたしにパンがあるからではない
わたしが　不心得ものだから
バラを食べたい病気だから

わたしに　パンよりも
バラの花が　あるからです

飢える日は
パンをたべる
飢える前の日は
バラをたべる
だれよりもおそく　パンをたべてみせる

バラを食べたい病気とは何か。「だれよりもおそく　パンをたべてみせる」という強い断言にはどこかぞくっともさせられますが、読後感としては小気味のいいセンスに溢れた啖呵《たんか》を聞いている気がしませんか。この得難い言葉に対するしなやかさが、吉原幸子がやはり、今日でもなお希有な女性詩人であることを証明していると思います。

ちなみに彼女は一九八〇年代、新川和江と女性のための季刊詩誌「現代詩ラ・メール」を創刊し、若い女性詩人たちがこぞって台頭してくる地盤づくりにも力を注ぎました。

荒川洋治詩集

世代意識を持たない世代の詩

思潮社の現代詩文庫七五の『荒川洋治詩集』は数多い彼の詩集のうち、昭和四六年に出た第一詩集『娼婦論』や二六歳のときにH氏賞を受けた『水駅』、タイトルでも話題をさらった『あたらしいぞわたしは』といった初期詩編が収められています。

荒川さんは昭和二四年生まれですから、私より一回り以上も若いですが、その詩には語彙《ごい》の使い方などに、昔の読書人めいた独特な雰囲気があり、デビュー時から不思議な老成感さえ漂わせていました。その特徴はたとえば、敗戦の荒廃から立ち上がった「荒地」派のような、いわゆる戦後詩の流れとは明らかに一線を画し、あるいは六〇年代後半の大学紛争世代の清水昶や佐々木幹郎らに代表される状況を意識した詩人たちの文体とも隔絶されていました。さっそく作品を見てみましょう。

世代の興奮は去った。ランベルト正積方位図法のなかでわたしは感覚する。

『水駅《すいえき》』に収められた「楽章」の第一連。「世代の興奮は去った」という有名な一行は「見附のみどりに」という詩に登場する「口語の時代はさむい」と同様、当時の熱っぽい政治の季節から醒めたあとの、どちらかと言えばしらけた時代の若者の心をとらえた表現として、多くの模倣者が出るほどになりました。

ところで水駅とは、古代中国の舟の駅（港）のことです。荒川さんはこんなふうに実体験ではなく、世界地図を広げて想像力によるイメージだけで言葉を紡いでいきます。

白ロシア共和国。高湿の庫からのかぜ。そのかぜをすすりながらしずかに交代するテロリストたち、うすみどりの。「消日」

黄土をしずんでいく。木ぐつのような苦い東部をぬいでいく。ざらりとりきむ頬を、着色の風が気に入りの往時へうちかえす。「内蒙古自治区」

高地のアンソロジィがつづく。すぐれた室外が展開している。テンシャン北部はいまも、官位になびかないするどい標高をしめしている。静かな記憶の傷のひとつ。「ウイグル自治区」

いずれも『水駅』からです。先の戦後詩と違うと言ったのは、こんなふうに体験を根っこにしない言葉を意識的に使っているところです。にもかかわらず、新鮮な物語も感じられ、この点、吉本隆明から「若い現代詩の暗喩の意味をかえた最初の、最大の詩人である」との賛辞をも得ました。

ここでも先行した世代の例として、清水昶の次のような評言も紹介しておきましょう。

> 荒川洋治に象徴される世代は、戦争から遠く受験戦争のまっただ中であらがってきた。世代というものは、いうまでもなく偶然そのときに生まれたということにすぎないが、荒川君の詩を見ていると、わたしなどとちがうなと思う。世代の断絶などというより、逆にまったく世代意識など持っていないように思える。ややっこしいけれど世代意識を持たない世代になりたがっている感じなのだ。

戸惑いを含んだ述懐のようですが、さすがに清水昶、たくみに荒川洋治の本質を言い当てているような気がします。

荒川さんはその後、詩集を出すたびに言葉の質感を大きく変えていきますが、詩というジャンルの可能性を押し広げることには極めて自覚的で、時には同世代の詩人を特権的な言語を操る「IQ高官」と批判したり、読者に閉鎖的な詩壇には懐疑の目を向けたり、この点、自ら「現代詩作家」と名乗ったりしています。いずれにせよ、現在も注目すべき詩人の一人です。

最後に『醜仮廬《しきかりいお》』から「氷イチゴ」を。比較的わかりやすい小品です。

山くずれのおよぶのを怖れて
なかなかハシをつける気になれないのである
メロン、レモン、宇治から無彩
まで品数はほうふだが
生きている間は
どうしてもあの色に手がのびる
わが春秋にも久しく流れて地下を
あたためぬいた色だし
雪中行軍のくちびるへは入り
他者の色とみなされることもある
だからいったんは
山くずれを怖れておかねば
ならないのだ、それにしても手を
つける前からこうして血が
こおりの裾野をちりちりと燃やし

事態をあかく染めぬいてたち落す
このすみやかさは誰
ガラス器に盛られでた
この機に、あらわれでた

金時鐘『猪飼野詩集』

リズムに宿る内実の重さ

金時鐘《キムシジョン》は日本の戦後詩のなかでも特異な位置を占める重要な詩人です。一九二九年、当時日本の植民地支配下にあった朝鮮元山市に生れ、戦後は朝鮮半島の南北分断に反対して一九四八年に済州島で起きたいわゆる四・三事件といわれる民衆蜂起に関わり、なかば亡命のような形で日本に渡って以来、母国のハングルではなく、植民地統治下の皇国臣民として培わねばならなかった日本語で詩を書き続けてきた詩人だからです。金時鐘自身、「文学と民族」という座談会でこう語っています。

僕は自分の国語を押しやった日本語があるわけであって、その日本語を僕が駆使するということは、日本語に対する最大の復讐だと、いわば日本人に対する復讐でもあろうと思うのです。

同胞の北朝鮮帰還をテーマに、在日朝鮮語といってもよい日本語で書かれた彼の最初の長編詩集が『新潟』です。ただ、この詩集が発刊された一九七〇年、金時鐘は日本に来た背景について作品以外の場で語っていませんでしたから、当時の政治状況を暗号のように組み入れたこの作品はある面で難解にならざるを得ませんでした。

さて七八年に刊行された『猪飼野詩集』は『新潟』に続く長編詩集ですが、作品の趣きをがらりと変え、思想的、観念的表現を避け、抒情詩の要素も兼ね備えています。といってももちろん、単純な抒情詩ではありません。猪飼野は大阪の、戦前から在日の人たちが肩を寄せ合って暮らしてきた一大集落地ですが、その同胞たちの姿を懸命にとらえた、金時鐘の代表的な叙事詩集でもあるのです。

ところで猪飼野は「大阪市生野区の一画を占めていたが、一九七三年二月一日を期してなくなった朝鮮人密集地の、かつての町名」とこの詩集のエピグラフで示されているように、いまはもう行政区には存在しません。つまり、ここで描かれるのは地図から〝消されてしまった町〟に生きる人々の裸形の群像です。

みんなが知っていて
地図になく
地図にないから
日本でなく
日本でないから

消えててもよく
どうでもいいから
気ままなものよ。

そこでは　みなが　声高にはなし
地方なまりが　大手を振ってて
食器までもが　口をもっている。

詩集の冒頭「見えない町」の一節。語られる内実の重さが詩のリズムによって一種のアイロニー（反語）に転化している点に注意してください。これは次のような、日がなハイヒールの底張りに明け暮れるサンダル工場を謳ったところ、あるいは当時の北の首領を人間的に揶揄した作品にもあてはまります。

打ってやる。
打ってやる。
忙しいだけが
おまんまの　あてさ。

かかあに　ちびに
母に 妹だ。
口にたまる 釘の 汗を
吐いて　打って
打ちまくる。

日当の五千円
かせぐにゃ
十足打って
四十円。
ひまな奴なら
計算せい！

あなたは　ほんとうに
安らいで見えました。
首領様。

「うた　またひとつ」

あなたに手が及んだのを
はじめて　見たのです。
いつも　どこかで
横を向いたままでいられるか
逆さに積まれて
ほこりをかぶっていたあなたに
首領様！
もみじの掌《て》がほほずりしたのです。
不ぞろいの
青いひげを入れられて
ほんとうにあなたは
気さくな人となっていました。

「朝鮮瓦報」

このユーモアのなかにあって「夏がくる」の章では『新潟』で体現された、日本語で生きる分岐点に立った金時鐘の肉声が鮮明に引き継がれています。

照り返す日射しの

痛さのなかで
一本の線香が
か細く　燃える
願いだけの
夏がくるのだ。
夏とともに
去った年の
見果てぬ昼の夢よ。
ぐしゃぐしゃの顔の
愛よ、
叫びよ、
歌に揺れた
まっ白い
入道雲の
自由よ。
夏がくる。
こともなく。

すっかり失くしてしまった
夏がくる。
まだあるのだろうか。
老いた人の
若き日。
若い人の
老いるさき。
なにが手渡され
なにが残って
彼が行くのか
彼が死ぬのか。
憎しみばかりがこんなに多くて
歯ぎしりのままに
骨壺に収まって。
恨みはないのか。

ここでは沈黙した民衆、あるいは彼が日本に逃れたあと、ふたたび会うこともないままこの世を去った忍耐強い母のイメージを思うのもよいでしょう。独特のリアリズムで猪飼野の町を謳いながら、なおその底にある金時鐘の孤独を垣間見ることができます。

石原吉郎『日常への強制』

極限に置かれた人間の声

『日常への強制』は昭和四五年、構造社から刊行されました。『サンチョ・パンサの帰郷』をはじめとする三冊の詩集に評論やノートの断章を加えた、石原吉郎の最初の全集です。

石原作品を読むうえでまず、頭に置いておかなければならないのがラーゲリ（強制収容所）体験です。昭和一四年に応召し、軍の情報部員であったことから終戦と同時にソ連内務省によって政治犯としてシベリアに抑留された彼は重労働二五年の判決を受け、特赦により昭和二八年、三八歳で帰国するまでの八年間、森林伐採などに従事しました。タイトルの『日常への強制』とは文字通り、このときの日常を暗示したものですが、むろん作品にも色濃く投影されています。

しずかな肩には
声だけがならぶのではない
声よりも近く
敵がならぶのだ

勇敢な男たちが目指す位置は
その右でも　おそらく
そのひだりでもない
無防備の空がついに撓《たわ》み
正午の弓となる位置で
君は呼吸し
かつ挨拶せよ
君の位置からの
それが
最もすぐれた姿勢である

『サンチョ・パンサの帰郷』冒頭の「位置」という詩。極限状態に置かれた人間の孤立した肉声が伝わってきませんか。ちょうど学生運動の嵐が吹き荒れた六〇年代後半から、石原の詩は多くの若者の心をとらえました。たとえば、平成二三年五月に七〇歳で亡くなった詩人の清水昶は同志社大の学生だったころ、石原の詩に出会った衝撃をこんな言葉で書き残しています。

デカダンスな青年たちの溜り場と化していた文学サークルの部屋の壁にこの「位置」という

詩をはりつけ、夕陽の射し込む窓ぎわで、ぼんやり眺め入っていたのを覚えている。わたしは動こうとしていた。変革の理論を踏まえて、はげしい動きの果てに「位置」を求めようと願っていた。

ただ、石原が自分の詩の背景を語るかたちで自らのラーゲリ体験をエッセーにして発表し始めるのは帰国から一五年以上が経過してからのこと。だからこのときの清水は、石原の背景にあったこの事実を知らないまま詩の力だけに打ちのめされていたということです。ここはとても重要で、読み手の創造力によって作品が自在に読み換えられていく、そんな力を石原の詩は持ち得ていたということです。

一九五〇（昭和二五）年の夏、石原は東シベリアの強制収容所の作業場から逃げ出したひとりの囚人が監視兵によって射殺されるのを目撃し、「そのとき　銃声がきこえ／日まわりはふりかえって／われらを見た／ふりあげた鈍器の下のような／不敵な静寂のなかで／あまりにも唐突に／世界が深くなったのだ」で始まる「脱走」という詩を書きました。それに関して、彼は「沈黙と失語」というエッセーでこう述べています。

私はこの光景を目撃した。しかし事実のなまなましさ、さらにその場面を名指しての告発は詩の主題ではない。この詩の主題は〈沈黙〉である。このような、極度に圧縮された一回的な状況のなかでは、おそらく絶望というものがはいりこむ隙はない。おそらくそこにあるのは、巨きな恐怖と、この恐怖に瞬間的に対応しなければならない自分自身だけであったと私は考える。

他者を告発するのではなく、徹底した孤の意識に依って立つ彼の創作態度がよくうかがえます。巨きな恐怖とは何か。この全集には収められていませんが、実際、彼は「恐怖」という詩も書いています。

まぎれもなく健康であることは
たぶん巨きな恐怖だから
きみはなるべく
病気でいるがいい
ドアが正常に開き
通行を保障されるのは
たぶん巨きな恐怖だから
きみはすみやかに
拘禁さるべきだ

二人の男が向きあって
なにごともなく
対話がつづくのは
たぶん巨きな恐怖だから
一人は　即座に
射殺せねばならぬ

おそらく生物学的にもぎりぎりの生の限界からうたわれた一編といえるでしょう。石原吉郎の詩は他にもキリスト教の立場からとらえる見方などいろいろあります。ここでは戦後の六〇年を大きく振り返るという意味も含めて、心あるひとにはいちどぜひ読んでいただきたいと思って、体験を重視する立場から紹介しました。

平田俊子詩集

戯作風のアレゴリカルな笑い

平田俊子は一九八〇年代前半に登場した詩人ですが、彼女の作品を初めて読んだとき、なるほど現代詩に小説でいう戯作風、たとえば太宰治を持ち込んだらこうなるのかと正直、驚きました。現代詩が最も苦手とするナンセンスとか、あるいはブラックユーモアを自在に扱っていて、ちょうどこの時代に一つのムーブメントにもなった、いわゆる〝女性詩〟とは明らかに一線を画したものだったからです。

井坂洋子、伊藤比呂美といった詩人たちですが、彼女たちの女性の身体性やエロチシズムを赤裸々に言語化したような雰囲気に比べれば、平田俊子の異質ぶりは際立ちます。

「ラッキョウは苦手なんです」「そうかい　僕は好きだよ」
こんなたわいない会話を誰かが聞いていたのだろうか　次の日からラッキョウに悩まされることになった
パック入りのラッキョウ漬を新聞の勧誘員が持参しクリーニング屋の開店五周年でいただき

隣に越してきた人が御挨拶として持ってきた
さらにバケツ一杯のラッキョウをひっさげて汗をふきふき現われた男がいる　「昔お父さまに
お世話になった者です」と言ってその日から毎日毎日バケツ一杯持ってきた　父はここにい
ませんからと辞退しても「いやほんの気持ちです」とラッキョウ男は言い　困って居留守を
使うと次の日から黙ってドアの外へ置いていくようになった

「ラッキョウの恩返し」の冒頭。どうですか。面白いでしょう。この詩、ラッキョウ男との出会いをきっかけにして、どんどん増殖していくラッキョウに文字通りドタバタと追い立てられながら続いていきます。文体は話体、つまり戯作風。現代詩が好んで使うかたちのメタファーではなく、直喩をストレートに使っていて、難解と言われる現代詩のイメージとはまったく表情を変えています。

　このタイトルと同名の第一詩集には、詩の出版社「思潮社」が創設二五周年を記念して設け、彼女のデビューのきっかけにもなった現代詩新人賞の受賞作が収められています。次の「鼻茸について」もその一編。

鼻茸の怖さについて知る人は少ない。
友人たちに　この話をしたら

皆　嘘だと云って笑った。

あるいは私たちの種族にのみ
伝わる病であろうか。
ある日突然　鼻の中にぽつんと
キノコが芽を出す。
そして日を経るに従いキノコは生長し
鼻の中を縦横にのびる。
次に眼をねらう。
涙腺をさけてのび、白眼黒眼を食いつくし
ぽっかりあいた眼窩《がんか》から
にょっきりキノコが
顔を出す

この頃には脳もおかされており
痛くて痛くて
頭をかかえてころげまわるうちに

狂い死にするのだ。
原因もわからなければ
治療法も不明だ。
（年寄たちの間では　百年程前
　裏山で殺された地主一家の霊のしわざだと噂されているが。）
胞子類なので
なるべく水分を取らない方が
鼻茸の予防になるらしいのだが
それでは人間の本体が
やられてしまう。
そこで　村人たちは考えて
水のかわりに
甘酒を飲むようになった。
甘酒にはこうじ黴が含まれていて
それが鼻茸の菌を
殺すのだという。
ともかく　そんな訳で

私の村では　老若男女
朝でも昼でも
酒を飲んでばかり。
皆　赤い顔をして
にこにこしている。

全編を引きました。「ラッキョウの恩返し」と同様、アレゴリカル（寓話的）な笑いを醸し出しています。平田俊子は当時、兵庫県尼崎市の下町に住んでいたそうですが、あるいは庶民的な雰囲気があったればこそ、こんな詩が書けたのかしらと思いたくもなります。もちろん、具体的な地名は出てきませんが、私など、織田作之助以来の関西の風土をかぎ取ってしまいたいのは、やはり関西びいきだからでしょうか。

さて、第三詩集は『夜ごとふとる女』、第四詩集は『〈お〉もろい夫婦』ですが、題名だけでも面白いでしょう。とくに後者は関西ことばの「おもろい」（面白い）に「脆《もろ》い」をひっかけ、ちょっとした同音異義を利用して一つの言語に二つの意味を兼ね含ませた、昔からある掛詞《かけことば》の手法によるものです。ですから、のんびりしているように見えながら、ちゃんと詩のことばとして工夫された、なかなか奥行の深い詩集といえます。みなさんもぜひ、読んでみてください。いずれにせよ、現代詩が行き詰まったと言われた八〇年代、平田俊子の詩はとびきり元気に見えました。

石川啄木『一握の砂』

社会との葛藤が生み出した歌

石川啄木は斎藤茂吉と並び、近代歌人のなかでいまなお多くの読者を持ち、文学のみならず、社会思想の観点からも長く論じられてきました。その没後の人気の高さとは対照的に生前の私生活では終生貧乏と借金に苦しみ、わずか二六歳の若さで亡くなりました。平成二四年はちょうど没後一〇〇年の節目にあたりますが、今回、啄木の歌集を取り上げたいと思ったのは、それだけではありません。

はたらけど
はたらけど猶わが生活《くらし》楽にならざり
ぢつと手を見る

第一歌集『一握の砂』のなかの一首。啄木といえば、その代名詞のようにこの歌が引き合いに出されますが、啄木自身一九歳で結婚し、前後して寺の住職だった父親が宗費滞納で寺を追われ、両親と新妻、妹の扶養義務を負いました。生活が貧窮するなか、代用教員をしながら一家を養わなければならない〝長男の宿命〟が啄木の文学を創り上げたといってもいいかもしれません。

ただ、啄木の視線の特徴はたんに生活意識の内面化にとどまらず、それを通して社会の構造的なところにまで響かせようとしている点にあります。それは『一握の砂』の編集過程を見るだけでもよくわかります。

歌集が最初に構想されたのは明治四三年四月。このときの歌稿は二五五首でタイトルは『仕事の後』という味けないものでした。これが同じ年の一〇月四日、出版社と契約を交わしたときには四〇〇首余りに増え、さらに出版が正式に決まった段階で急遽追加されて五四三首となり、最終的には生後わずか二週間で亡くなった長男への追悼歌八首を加えた五五一首がこの年の一二月一日、『一握の砂』として出版されました。その作品の多くが一〇月以降の作歌であることにも注目しておかねばならないと思います。

この間、明治天皇を暗殺しようとしたとの理由で多くの社会主義らが逮捕され、のちに処刑される「大逆事件」が明るみになります。啄木はこの事件に最も敏感に反応した文学者の一人でした。「我々日本の青年はいまだかつてかの強権に対して何らの確執も醸したことがないのである」(「時代閉塞の状況」)と述べて、自由な言論を封じ込めようとする状況に猛烈な異議申し立てを行ったのもこの時期でした。

それがすべて、この『一握の砂』という一冊の歌集が意図され、完成させるまでの半年足らずに集中している点に私は特別な因果すら感じます。逆にいえば、極めて重苦しい社会との葛藤が、この間にタイトルを含め、歌集の体裁までガラリと変えてしまう要因になったということです。当時の短歌としては斬新な三行書きのスタイルも出版直前になって啄木自身が決断し、一ページに二首での編集を出版社に申し入れています。現代のように活字の組み換えがそう簡単にはできない活版印刷の時代、さぞかし出版社もたいへんだったでしょう。

ところで啄木はこの二年前に小説で身を立てるために上京し、『菊池君』『病院の窓』などを書きますが、売り込みに失敗。失意のなかで一晩になんと一四一首もの歌をつくったりもしました。そんななかに、

東海の小島の磯の白砂に
われ泣きぬれて
蟹とたはむる

たはむれに母を背負ひて
そのあまり軽《かろ》きに泣きて
三歩あゆまず

などのすぐれた歌があることも、ひと言申し添えておきましょう。同時に、啄木はこの頃すでに口語自由律による詩も書き始めており、三行分けの表示といい、今日から見ると、まことに大胆すぎるほど大胆な詩人だったといえます。最後にリズミカルな明るい歌もひとつ、ふたつ。

たんたらたらたんたらたらと
雨滴《あまだれ》が
痛むあたまにひびくかなしさ

まれにある
この平《たひら》なる心には
時計の鳴るもおもしろく聴く

折口信夫『歌の円寂するとき』

短歌の起源は古代人の情熱

折口信夫は国文学者であると同時に、釈迢空の名で歌人としてもよく知られたひとです。『歌の円寂するとき』は大正五年に発表され、当時一大センセーションを巻き起こした、たいへんに有名な短歌評論です。円寂とは文字通り、円満に寂滅すること。つまり〝短歌の大往生〟を意味しています。小野十三郎の『詩論』が詩人による短歌否定論であったのに対し、歌の陣営からこれが出てきたことにまず、大きな意味があります。

歌はこの上伸びやうがないと言ふことである。更に、も少し臆面ない私見を申し上げれば、歌は既に滅びかけて居ると言ふ事である。

これは冒頭の一節ですが、ひじょうに手厳しい。歌が滅びかけている理由として、折口は次の三つを挙げています。

一つは、歌の享けた命数に限りがあること。二つには、歌よみ――私自身も恥しながら其一人であり、かうした考へを有力に導いた反省の対象でもある――が、人間の出来て居な過ぎる点。三つには、真の意味の批評の一向出て来ないことである。

歌が表現の形式として最高の時代は過ぎ去ったというのです。しかも、今の歌人は人間ができていない。真の批評もないというのですから、もはや〝全否定〟に近い。では、折口が考える短歌とはどういうものだったのでしょうか。こんな一節があります。

短歌は、成立の最初から、即興詩であつた。

短歌のそもそもの起源は歌垣、つまり男女のかけあいの歌にあるというのがそう。古代人がそうした情熱を激しい律動のもとで実現してきたのが歌だとすれば、折口が批判した当時の短歌には、そのような古代人の生命を取り込もうとする一途さがもはや感じられなくなっているというのですね。折口はさらに続けてこう断言しています。

一つ考へねばならぬ事は、我々の祖先の残した多くの歌謡が、果して真の抒情詩かどうか、と言ふ事になると、尠《すくな》くとも私だけは、二の足を踏まないでは居られない。

もちろん、この主張に対しては短歌側から轟々たる批難が沸き起こりました。その急先鋒となったひとりが、アララギ派にあって、現実的な万葉調によって現代人の情感を表現しようとしていた斎藤茂吉。彼は「歌の本質は抒情詩である」と言い切っていますから、その意味で二人の違いは明確です。また、茂吉の万葉調が「ますらお（益荒男）ぶり」で、それがやがて一億総玉砕の戦時訓に利用されたり、そこにつながっていくわけですが、これに対し、釈迢空の歌は「たおやめ（手弱女）ぶり」であり、男女の相聞歌というわけですから、この違いも大きい。

折口は実際の作歌行為においても、三十一文字に束縛されないためのさまざまな実験を試みています。次に挙げるのは、昭和二年に発表された大阪詠物集に収められている短歌です。

道頓堀
　橋のうへより、
　　おほさゞき　神のいらかに
　　　棲《ゐ》る鳥の見ゆ

どうですか。短歌を四行分けにして句読点を組み込み、そしてそれぞれの行の冒頭をずらしている。もちろん、これも歌なわけですが、こうすることで純粋な歌のかたちが崩れたのがわかるでしょう。これは折口が歌の円寂を意識し、新しい表現手段として歌の領域を著しく拡大しようとした証でもあるのです。

翻って考えれば、ぼくが属している現代詩の世界も元来は定型をはみ出すことによって出てきたはず。しかし、いまそれをすっかり忘れてしまっているのではないかと思わざるを得ない現状があります。定型の怖さを知らない現代詩は危険です。

寺山修司歌集

近代日本文学への反乱

寺山修司は短歌で世に出ますが、自ら歌人の枠に収まることなく、俳句、現代詩、小説から、劇作家、演出家さらにはスポーツ批評などさまざまなジャンルを縦横無尽にこなし、軽いフットワークの文字通りオールマイティでした。

その原点となるのが昭和二九年、一八歳、早稲田大学に入学した年、第二回短歌研究五〇首詠（のちの短歌研究新人賞）の特選に選ばれた「チエホフ祭」です。早熟の天才詩人と呼ばれたアルチュール・ランボーをまるで二重写しにしたような鮮烈なデビューを飾り、歌壇のみならず、広くセンセーションを巻き起こしました。

そんな詩人ですから、普通のお話ではつまらないので、ここではこの受賞から始まった少々スキャンダラスな一面から覗いてみましょう。いわゆる模倣問題と呼ばれるもので、この初期作品において、剽窃まがいの箇所がいくつも指摘されるようになったからです。

マッチ擦るつかのま海に霧ふかし身捨つるほどの祖国はありや

向日葵の下に饒舌高きかな人を訪わずば自己なき男
わが天使なるやも知れぬ小雀を撃ちて硝煙嗅ぎつつ帰る

いずれも寺山の代表歌ですが、それぞれのベースになっていると当時、指摘された俳句がありました。次のようなものです。

一本のマッチをすれば湖は霧　（富沢赤黄男）
人を訪はずば自己なき男月見草　（中村草田男）
わが天使なるやも知れず寒雀　（西東三鬼）

さてみなさんなら、これをどう見ますか。当時は「模倣小僧」と罵る声さえ上がり、批判の急先鋒に立った俳人の楠本憲吉は「その精神の堕落ぶりには恐れ入ったのであった。…君はその遊びを君自身の手で禁じるべきである」と手厳しく断罪しました。

ところが、当の寺山自身、最初は無自覚な面もあったようですが、屈することなく、あくまでも「引用」「コピー」「コラージュ」という風に自分の方法論にして主張しました。ぼくは、この居直りのようなふてぶてしさにこそ、寺山修司という文学者のいかにも戦後派らしい本質が潜んでいるように思えてなりません。

つまり、これは「生活を暴露せよ」「ありのままを描け」といった自然主義的テーゼを根深く伝統に持つ近代日本文学への寺山流の反乱であったと、そう言い切ってしまいたい気がします。あれから半世紀以上が経過してなお、寺山作品が多くのファンを持ち、いささかも色あせずに読み継がれている理由もここにあると思います。

この姿勢は寺山の生き方としても貫かれていました。「自分は走っている電車の中で生れた」と語ったかと思えば、母親を酌婦にしたり、ついには自殺させてしまったりする。もちろん虚構ですが、母殺しはそれ以降もさまざまなバリエーションによって展開されます。母殺しとは直接つながりませんが、いま少し、母をうたった歌を紹介しておきましょう。

亡き母の真赤な櫛で梳きやれば山鳩の羽毛抜けやまぬなり
亡き母の位牌の裏のわが指紋さみしくほぐれゆく夜ならむ

『田園に死す』に収められた二首。他にもこんな歌があります。

大工町寺町米町仏町老母買ふ町あらずやつばめよ
新しき仏壇買ひに行きしまま行方不明のおとうとと鳥
間引かれしゆゑに一生欠席する学校地獄のおとうとの椅子

ここでは、日本の伝統風土が表だって触れるのを避けてきた禁忌的な言葉が多く使われています。寺山はこれらを一つ一つ果敢に拾い上げて風俗化していきました。いまこそ再読してほしい文学者の一人です。

山頭火句集

生活を地べたから見る目

俳句は「かたわ」な舌たらずの詩であると言ったのは石原吉郎ですが、五七五の短い定型をときにはもっと短くすることに情熱を燃やした俳人たちがいました。そのなかで、種田山頭火は最も人口に膾炙した一人です。

登場するのは明治末期。小説では島崎藤村や田山花袋らの自然主義が台頭し、この潮流が俳句にも影響を及ぼして生まれたものに自由律俳句がありました。先駆けとなった河東碧梧桐の新傾向俳句門下の荻原井泉水が主宰する「層雲」で、その中から頭角を現したのが、山頭火と尾崎放哉です。

作品のユニークさはもちろんですが、人間として際立った個性を放っていたことも、ふたりがいまだ根強いファンを持つ秘密かもしれません。ともにお酒が大好きで、堅気の生活を離れて世捨て人になっていく共通点がありますが、放哉が東大法学部を出ていちどはエリートコースをたどるのに対し、山頭火は幼少期に母親が自死したために祖母に育てられ、やがては種田家も破産して一家離散という不幸な境遇を背負っていくという宿命的な生き方を強いられます。放浪の仕方を見ても、放哉は京都、福井、香川を転々としつつも寺男などを務めた定住型。一方の山頭火はとにかく一所不住を決め込み、乞食同然のその日暮らし。文字通りの放浪型でした。
さて代表句の多い初期の句集ではなく、昭和一一年から晩年の一五年にかけて出た小句集に光をあててみました。この時期、一五年戦争のまっただ中の時代にあたりますが、その時代を山頭火はどう生きたでしょうか。まずは『銃後』から。

日ざかりの千人針の一針ずつ

「街頭所見」という題があります。当時は武運長久を祈り、夫や息子を戦地に送り出す女たちが布巾をもって千人の女に赤糸でひと針縫ってもらうため、街頭に立つのが日常の風景でした。

しぐれつつしづかにも六百五十柱

こちらは「遺骨を迎ふ」という題。山頭火のかなしみへの共感が漂います。

これが最後の日本の御飯を食べてゐる、汗

こちらの題は「歓送」。もはや余計な説明は不要でしょう。最後の読点に続く「汗」が印象的です。続いて『孤寒』から。

死はひややかな空とほく雲のゆく
死をひしと唐辛まつかな
死のしづけさは晴れて葉のない木
そこに月を死のまへにおく

ここでは「死線四句」。一一句の前四句ですが、当時、山頭火は「いつでも死ねるようにしておけ」と日記に書きとめていました。最後は『柿の葉』から次の一句を。

一つあれば事足りる鍋の米をとぐ

題は「自戒」。ここはひょうひょうとした生きざまといった方がよいかもしれません。

これらの句からもわかるように、ここには観念ではなく、生活そのものを地べたから見ている山頭火の目があります。心境の一行詩と言ってもよく、まさに文学がやらなければならないことを体現しています。翻ってぼくが属している現代詩の世界はどうだろうか。過剰に身をまかせて、一行で成立させる覚悟に欠けているとは言えないでしょうか。
ところで山頭火が没したのは昭和一五年。死因は心臓麻痺でしたが、生前、自分の最期を言い当てたような随筆を残しました。

私の念願は二つ。ただ二つある。ほんたうの自分の句を作りあげることがその一つ。そして他の一つはころり往生である。病んでも長く苦しまないで、あれこれと厄介をかけないで、めでたい死を遂げたいのである。——私は心臓麻痺か脳溢血で無造作に往生すると信じてゐる。

『述懐』

生前はどちらかと言えば、地味な扱いを受けた山頭火ですが、昭和四〇年代に入るとメディアがいっせいに取り上げ、一大ブームのようなものが起こりました。なぜでしょうか。そこは皆さんの判断におまかせしておきましょう。

古代ゲルマン人の戦いの叙事詩

ニーベルンゲンといえば、ワグナーの楽劇『ニーベルンゲンの指環』などを思われる方が多いかもしれません。古くはスカンジナビアに伝わるゲルマン風、アイルランド的な北欧神話に興を催したものといわれていますが、『ニーベルンゲンの歌』も五世紀から六世紀のゲルマン民族大移動時代の英雄歌謡から採られたもので、実際に歴史上の人物もたくさん出てきます。

作者は不明。原典も明らかではありませんが、とにかく類例を見ない地理的なスケールを備え、力と力がぶつかり合う、キリスト教に染まる以前の猛勇果敢な騎士たちの時代が描かれます。しかし、作品としてはドイツの『イーリアス』とも称せられ、二行詩を二つずつ並べる独特の構造を持ち、前編、後編全三九の歌章からなる、ひじょうに格調高い叙事詩です。

古い世の物語には数々のいみじきことが伝えられている。
ほまれ高い英雄や、容易ならぬ戦いの苦労や、
よろこび、饗宴《きょうえん》、哀泣、悲嘆、また猛《たけ》き勇士らのあらそいなど、

あまたのいみじき物語を、これからおん身たちに伝えよう。
むかしブルゴントの国に、いともあてなる姫が生まれた。
その名をクリエムヒルトといい、世にまたとあるまじき美しい姫で、
やがてひとりまえの麗人として生い育ったが、
彼女のためにはあまたの勇士が命を失う運命《さだめ》であった。

第一歌章の書き出し。どうでしょう。波乱万丈はすでに予告されていませんか。発端はクリエムヒルトと彼女の兄でもあるブルゴント国王のグンテルがイースラント（現在のアイスランド）から迎えた新妻、ブリュンヒルトとのささいな諍いがきっかけで、そこから手に汗握る謀略が張り巡らされつつ、やがてクリエムヒルトの夫、ジーフリト暗殺へと物語は進みます。そして、夫の敵を討つために立ち上がる後編のクリエムヒルトはもはや高貴でかよわげな女性ではありません。自らを冷徹な復讐鬼へと変貌させ、あまたの勇士が命を失う原因となっていきます。

ところで世界地図を広げて読めば、より楽しめるかもしれません。また、全三九編のうち、ジーフリト暗殺までを描く前編はゲルマン移動時代の古い英雄歌謡に材が取られているのに対し、夫を失ったクリエムヒルトの復讐劇が中心となる後編は実際の史実がもとになっています。手元の中公文庫『世界の歴史』第三巻（中世ヨーロッパ編、堀米庸三責任編集）にも、次のような解説が出

てきます。

民族大移動時代の史実に関係があるのは、「クリエムヒルトの復讐」を扱った第二部（後編）で、ブルゴント王国の勇士たちが、フン族の王アッティラの宮廷で全滅するいきさつは、ライン中流のブルゴント王国が、ローマの将軍アエテティウスにより、フン族の傭兵をもちいて滅ぼされた事件を反映したものだ。（国名表記は『ニーベルンゲンの歌』に統一）

ブルゴントは現在のドイツ南部、フン族の国はハンガリーにあたります。つまり物語の舞台はアイスランドからハンガリーにまで及び、敵味方両陣営がヨーロッパ大陸を縦断しながら壮絶な殺し合いを繰り広げた揚げ句、文字通り「そしてだれもいなくなる」展開です。

誉れ高かったあまたの人々はここに最期を遂げた。
世の人はみな嘆きと悲しみに打沈んだ。
王者の饗宴はかくて悲嘆をもって幕をとじた。
いつの世にも歓びは悲しみに終るものだからである。
その後のことどもについては、おん身たちにこれを伝えるよしもない。
ただ騎士や婦人や身分のよい従者たちが、

愛する一族の死を嘆くさまのみが見られた。
物語はここに終りを告げる。これぞニーベルンゲンの災いである。

こうして物語は閉じられます。ゲルマン民族の大移動があったのは、日本で言えば古墳時代。『古事記』を読む感覚に近いかもしれませんが、それにしてもずいぶん血なまぐさい。登場人物の心理描写や季節感などの抒情性をいっさい排しているので、ハードボイルドサスペンスのラブストーリーを読んでいるような気分にもなりますが、古代ゲルマン人の精神構造は一級のエンターテイメントとして芯の部分にしっかりと根を下ろしています。
岩波文庫の相良守峯訳によりましたが、口語訳でとても読みやすいのも特徴です。

ヌワース『アラブ飲酒詩選』

人間臭い〝すね者〟の系譜

岩波文庫の一冊ですが、ヌワースという名前を聞いたことがある方は、やはりよほどのイスラム通と言ってよいでしょう。八世紀から九世紀にかけ、アッバース朝イスラム帝国期のバグダートで活躍した詩人で、ときにはいかがわしい場所にも入り浸って、とくに酒の詩人としてその作品はいまも広く愛唱されています。

一説によれば、三万行を超える詩句を残したそうですが、なかでも禁酒を戒律としてきたイスラム教の世界において酒をこよなく愛し、詩にも大いに詠み込んで「飲酒詩」をたくさん残したのですから、たいしたものです。『ルバイヤート』の詩人、オマル・ハイヤームも酒をうたいましたが、彼は数学や天文学、医学にも通じたアカデミックな詩人だったのに対し、ヌワースはとにかく生臭い。何度も投獄されるなど、放蕩無頼の生涯を送りました。その作品を見ていきましょう。

私は泣いた。旅立った人の住居跡を見て泣いたのではない。

私は別離の悲しみに泣くような恋をしていない。
だが、我が予言者の話を聞いたのだ。
その話が私に涙を滂沱《ぼうだ》と流させた。
酒を飲むなと禁止命令が出たのだ。
予言者が禁酒を命じたので、酒のために泣いたのだ。
それでも私は酒を飲む、生《き》のままで。
背中を八十回鞭打たれるのを知りながら。

「酒の罰」

どうですか。この酒に対するいじらしさ。確信犯ですね。風刺の効いたエスプリやユーモアもあって、しかし最後の一行には断固とした決意が込められています。酒党の意気込みとして、みずみずしささえも感じさせます。言葉は平明で、対句になった二行がリフレインのように繰り返されるので、まず声に出して読むといっそう味わい深いでしょう。次は「魂の妹」の一編。

私の飲酒を非難する人よ、忠告するならともかくも、私の妹のことで私を責めないでくれ。
私を魅了した者のことで私を責めないでくれ。
彼女は私に醜いものを醜くなく見せてくれる。
彼女とは酒、健康な人を病人にし、
病人には健康な人の衣を着せる。
私は彼女のために長者のように金を費やし、
一旦手に入れるとけちんぼうのように大事にする。

ここは酒を讃美して、自分の魂の妹といっているのですから、凄まじいかぎりです。その分、人々には愛され続けたことでしょう。破天荒な生き方はとうとう『アラビアンナイト』(千夜一夜物語)にまで登場します。

ところで当時、酒がまったくなかったのではなく、飲まれていたのは葡萄や棗椰子《なつめやし》からつくられた、度数の低いナビーズというものだったようです。文化爛熟期を迎えたアッバース朝では上流階級の生活も奢侈を極め、道徳も乱れがちだったからです。

それにしても、ヌワースの反抗心は度外れていました。一〇〇〇年以上も前の時代にこんな人間臭い詩人がいたことが面白いですね。ぼくは〝すね者〟の系譜とでも名づけたい。なにもかも保証された土壌からはいい文学が生まれないことを物語ってもいるようです。

現在、ヌワースが読めるのは絶版になっていますが、岩波文庫版『アラブ飲酒詩選』。飲酒詩のほか、恋愛詩、称讃詩、中傷詩、哀悼詩、禁欲詩など六二編が収められています。では、最後に物語風の「酒家の禿げた親父」を。

私は酒家の親父を怖がらせたらしい。
　寝間着をきて寝ているところを起こしたのだ。
彼の犬は来客の衣服を知っていて、
　道をあけて通してくれた。
私は異人の家を尋ね廻った末、
　ようやくこの隠れ家にたどり着いた。
夜で見分けにくかったが、

禿頭と白い髭で彼と分かった。

酒家の親父よ、かたいことを言わないでくれ。
　飲酒はタブーであっても、許されているようなもの。

手で葡萄からしぼった酒はどかし、
　お願いだ、足でしぼった酒を私にくれ。

商人たちが選んだもので、味わえば、
　からしのようにぴりっとくるものだ。

それは睡魔のように、骨に忍び寄り、
　関節を支配するものだ。

商人達のたなごころは芳香を放ち、
　カーネーションの花環を奪い合ったようだ。

酒を注ぐたなごころはどのみち愛《いと》しいもの、
　たとえけちであろうが、なかろうが。

文中の異人の家は、非アラブ人の異教徒の家のこと。また、足でしぼった酒とは、少しでもうまい酒（度数の強い酒）ととったらいいでしょう。自分の若いころを思い出しました。とんとんとよく、知り合いの酒屋さんを起こしたものでした。

ランボオ『地獄の季節』

文学に叩きつけた絶縁状

アルチュール・ランボオは一九世紀後半のフランスに彗星のごとく現れた、文字通りの天才少年で、文筆の活動期間は一六歳から二〇歳くらいまでわずか四年ほどに過ぎませんでした。『地獄の季節』はその彼が一九歳のとき、五カ月で書き上げた散文詩集。全九編とひじょうに短いものです。

ただ、ランボオの名が世に知られるようになったのはそれから一〇年後、かつては同性愛のような関係にもあったヴェルレーヌが雑誌に発表し、幾編かの彼の詩を紹介した詩論「呪われた詩人たち」まで待たなければなりませんでした。しかし、このときにはランボオはすでに文学の筆を折っており、ヨーロッパの各地、ジャヴァ、サイプラス島を放浪し、やがてはアフリカに渡って交易業者になりました。つまり、文学とはまったく無縁の生活を送ったわけです。その意味で『地獄の季節』は翻訳した小林秀雄が書いている通り、「文学に叩きつけた絶縁状」だったといえます。

かつては、もし俺の記憶が確かならば、俺の生活は宴《うたげ》であった、誰の心も開き、酒という酒はことごとく流れ出た宴であった。

ある夜、俺は『美』を膝の上に坐らせた。――苦々しい奴だと思った。――俺は思いっきり毒づいてやった。

俺は正義に対して武装した。

冒頭のたいへんに有名な一節。ここで言う「美」とは、当時のフランス詩壇を席巻し、科学と詩の密接な融合をとなえ、かたくなに冷厳な美の創造をめざしていたパルナシオン（高踏派）の詩人たちとその作品を指しており、「正義」とは当時の社会秩序そのものでした。

この作品は一八七三年に書かれていますが、その二年前、普仏戦争に敗れたフランスでは労働者階級による民衆蜂起（パリ・コミューン）があり、二カ月足らずで弾圧されています。一六歳だったランボオは度重なる出奔で警察につかまるなどして連れ戻された挙句、この蜂起に参加しようと故郷のシャルルヴィルから徒歩でパリに向かいますが、すでにパリは陥落。〝血の一週間〟と呼ばれる戦闘の末、七万人もの処刑者を出します。この事件がランボオの詩意識の一つのバックボーンになっているのは明らか。実際、ランボオはこのころ、高校時代の恩師にこんな手紙を書き送っています。

今は徹頭徹尾放蕩に身を持ち崩してやらう。なぜつて？　わたしは詩人になり度いと思ひ、そこで見者たらんとして刻苦してゐます。…あらゆる感覚を不羈奔放《ふきほんぽう》ならしめることによつて、未知のものに到達することです。…わたしといふのは一人の他人です。自分をヴァイオリンと思ひ込んでゐるたうへんぼくなどお生憎さま、皆目知りもしないことについて御託を並べたてる無自覚な連中など糞喰へ！

（『ランボオの手紙』祖川孝訳）

いわゆる「見者の手紙」と呼ばれるものですが、ここでは己を他者にして自分を客観化する詩法が語られています。ランボオは形の上ではサンボリズム（象徴主義）の流れに属しますが、そんな文学史の形式など問答無用といわんばかり、ただひたすら、すべての感性を錯乱させることによって、独特な迫力を生み出す言語感覚のすさまじさには圧倒されます。

「悪胤《あくだね》」という詩篇は「蒼白い眼と小さな脳味噌と喧嘩の拙さとを、俺は先祖のゴール人たちから承け継いだ。この身なりにしたって、彼らなみの野蛮さだ」で始まりますが、これこそがランボオが描いて見せた彼の自画像そのもの。自らをヨーロッパから渡ってきた蛮族であると宣言した詩はさらに次のように続きます。

突然、俺の眼に、過ぎて行く街々の泥土は赤く見え、黒く見えた、…だが、酒宴も女らとの交友も、俺には禁じられていた。一人の仲間さえなかった。銃刑執行班をまともに眺め、激怒した俗衆の面前に俺は立っていたのだ、彼らには解らない不幸に歔《な》きながら、そして彼らを宥《ゆる》しながら。

これなどまさに血塗られたパリ・コミューンの町そのものと言ってよいでしょう。そこからランボウは文字通り、地獄に向って突き進んでいきます。

『地獄の季節』は金子光晴をはじめ、多くの文学者が翻訳を手がけていますが、主語を「俺」とした小林秀雄訳がランボウの世界を一番わしづかみにとらえているように思います。

対談　文学が担うものをめぐって

倉橋健一
今西富幸

◆本の壁に囲まれて

今西　ふだんはペラゴスでよくお会いしていますが、こうして一対一でお話をうかがうのは一五年ぶりになります。思えば、私がまだ産経新聞文化部の記者をしていたころ、ご自宅にうかがいました。作家や詩人の本棚を訪ねる、「書架」というタイトルの企画でした。今日はその時以来の訪問なのでとても懐かしい気がします。記事のコピーも持ってきました。本棚をバックに倉橋さんが写っています。

倉橋　ええ。覚えていますよ。ぼくの写真、えらく若いね（笑）。

今西　二〇〇一年ですから。記事によると、蔵書が約八〇〇〇冊。あの時はびっくりしました。本の壁。でもいま見ると、全集でも北村透谷、石川啄木、萩原朔太郎、中原中也、宮沢賢治、斎藤茂吉、それに小林秀雄、ドストエフスキー、夏目漱石と、やはり詩人ですね。

倉橋　活字不流行らしい今日から見れば、時代遅れでしょう。特徴としてだけ言えば、詩論など発行部数が少ない本が多くて、自分では貴重です。

今西　記事の最後に「生涯の一冊」を尋ねています。倉橋さんが思想形成のバイブルとして挙げたのが、アンドレ・ブルトンの『シユールレアリスム宣言』（昭和三六年、現代思潮社）でした。いまもそうなんですか。

倉橋　いやいや。ブルトンではちょっとダメでしょう（笑）。こちらも年をとってきたし、そうすると「生涯の一冊」なんてなかなか怖くて言えないもの。いろんな芸術ジャンルの中でも、文学は絵や音楽とは違って言葉を使う点が特徴で、一方で言葉は日常生活に欠かせないものだから、たえず人間の匂いをぷんぷんさせている。改めて幅の広い世界だなと思っています。

◆高校時代はサルトル作品を上演

今西　そこで今日はまず、倉橋さんの文学の原点を探りたいと思ってやって来ました（笑）。中学高校時代はどんな作品を読んでいましたか。

倉橋　ぼくは戦後、学制が旧制から新制になった最初の世代で新制中学一年生です。父を戦争で失っていて、空襲にも遭い、疎開先の福井から母と大阪に戻ってきたばかりでした。吹田二中ですが、クラスの二割くらいが肉親の誰かを失っていました。そこで文芸部をつくったり、新聞部でも記事を書いていたけど、そのころは何もわからないまま、啄木などをよく読んでいました。文芸部の顧問に富永堅一先生というアララギ派の「林泉」の同人だった方がいらした。

その富永先生がガリ版を切って「フォルテ」という雑誌をつくってくれました。「勤めよりいまだ帰らぬ母を待つ夕餉の支度我れととのえて」なんていう自分の歌も覚えています。生活実感に根ざすことの本質を説かれた先生ですが、のちに自分が二〇代になって「ああそうだったか」とその大切さがしみじみわかるようになりました。リアルに現実を見ないとだめだと。描写ということをきっちり教えてくださったんです。

今西　ある意味でいい時代だったということですね。

倉橋　不遇だったけどね。

今西　高校時代に読んだのは？

倉橋　ドストエフスキーであったり、トルストイであったり、芥川龍之介や漱石など。当時の文学少年のたどる道を同じようについて行ったということです。わからないままにサルトルをかじったり、雑誌「世界」にサルトルの戯曲「墓場なき死者」が載っていて、演劇部で上演しようとしたり。でも誰も見に来てくれない（笑）。生徒会でひとのかき集めをしたのを覚えてます。

高校時代には共産党主義に惹かれている早熟の友人がいて、吹田駅前でレッドパージを食らった店主がやってる古本屋に連れて行ってくれたんです。店主が「君らはお金がないんやから、本は持って帰ってもええけど、痛めないで必ず返してくれよ」と言ってくれて、いい思い出ですね。

今西　本はどんな読み方をしてたんですか。

倉橋　そんなに難しいことではないよ。簡単に言えば、文学好きの兄や姉などを持っている友人のもたらしてくる知恵を通して「こ

倉橋健一

れいいぞ」と勧めてくれたものは片っ端から読んでいった。バルザックを読んで面白いと思ったら、もう一冊バルザックを読むのもいいけど、フランスの隣に目をやれば、イギリスにだってロシアにだって日本にだって面白いものがある。これはいまでもよかったなと思っています。

その意味では乱読でしょうが、決して悪いことではないですよ。例えば、小林多喜二の次に室生犀星。全然違うでしょう。で、その次は石川淳。もっと違う。全部がバラバラ。でも共通性があって、すべてが言葉で表現された世界だということ。

◆文学の中にある人生

今西　乱読の勧めですね。読書会のペラゴスで選ぶテキストがまさにそうですが、あれは意図的にやっているんですか。

倉橋　そうそう。みんなの頭をこんがらかそうと思ってね（笑）。文学の中には人生にとって一番大切な、生きるためのいろんな条件が必ずある。近松秋江がどれだけ醜悪な自己を書いたとしても、やはりこの作家が生きた時代は自然と滲み出ているものですよ。

人間は自然の生命体として見たら限界があって、高齢化がどれだけ進んでも、一〇〇年越せば誰もがいなくなっちゃう。でも言葉は残ります。永遠性がある。不老長寿は文字が代行してくれます。だから小説を一作ずつ読んでそれがどんどん積み重なっていけば、その読み手の中に厚い時代層が残る。生々しい歴史の累積になる。

今西　なるほど。面白いですね。

倉橋　漱石の文学に親しめば、ぼくたちのおじいさんや曾おじいさんの時代がその中にきっとある。人間の人生は一回切りですが、追体験や創造力でもっともっと豊かなものにしていった方が絶対にいい。まったくの「私は私だけ」では寂しいじゃないですか。小林秀雄の言葉で言えば「私」の普遍化ということになりますね。ようするに自分が中心じゃなくて、「私」という存在は人間のなかの自分にとっていちばん身近な人間存在の例とみる。文学の世界の中にはそれがあるんですね。

漱石を通して明治を体感し、『黒い雨』を通して原爆を体験する。今年は戦後七〇年で戦争体験の世代で語り部のことがいろいろ話題になりましたが、身体は亡びても文字芸術はずっと残りますから、文学の世界はそこはいつも一貫しているはずです。

今西　実は新聞連載は小説を取り上げるという大前提で始まりました。でも私は途中から意識的に詩も入れることにしたんです。その理由はまず、倉橋健一という現代詩人がペラゴスという読書会のナビゲーターであることの意味を打ち出したかったから。

加えてもう一つ。現代詩は難解なので新聞媒体にはなじみにくいという不文律のようなものがあって、あえてそこに切り込みたいという思いも正直ありました。あらゆる事象が取材対象になるはずの新聞がなぜ

今西富幸

現代詩だけ黙殺するのか。あるいは黙殺せざるを得ないのか。読者も交え、その問題提起のきっかけにしてほしかった。

ただ、そうは言ってもどの詩人を選ぶかという場面ではやはり一定の限界があったと思います。結局、現代詩人で取り上げたのは石原吉郎、黒田三郎、吉野弘、吉原幸子、金時鐘、荒川洋治の六人。書籍化の段階では平田俊子も加えていますが、ここで共通しているのは詩の一節を引用しても読者にその意味がいちようは届くような作品を選んだことだと思います。私個人が大好きな田村隆一の『四千の日と夜』なんかは外さざるを得なかったわけです。ところでいまの現代詩をどう見ていますか。

倉橋　ひとりの詩人がどうのこうのではなく、いまの現代詩はやはり完全に行き詰まっています。最大の原因は書き手の側からは「私」の過剰、もう一つは詩のジャーナリズムが弱まったことです。かつて詩が元気だったころは「現代詩手帖」があり、「詩学」があり、「ユリイカ」があり、そのもっと前には「現代詩」があった。競合しながらそれぞれ特色を出していたし、そこには優秀な編集者もいて新たな文学を担う新人も発掘していった。ところがいま詩のジャーナリズムを代表できるのは極端なことを言えば、思潮社しかなくなりました。

さらに戦後七〇年が経過して日本は世界の中でも良かれ悪しかれ豊かな国になり、それに影響されて文学の質が変わってきたことも大きいと思います。切実さが失われて現実享楽主義になってきたということです。でも時代は豊かになったかもしれないけど、高齢社会の介護の問題一つとっても、逆に難問がたくさん出て、「嫁」「姑」の問題だってかえって難しくなっているし、児童虐待の問題などあります。しかし、そんなことはまるで見ない。いまの現代詩は背負おうともしていない。

大正期に萩原朔太郎の詩が読まれたのはなぜか。大正期は近代のうちにあって、日本が戦争をしなかった不思議な時代ですが、世の中が一番不安定で資本主義が戦後のようにいい形で機能していない時代でもあった。そんな時代が朔太郎の詩が持っている暗さには反映しているんですね。読み手の共感のなかに反映している。だから読まれた。

今西　いまの現代詩は内向きということですか。

倉橋　内向きというより、「私」の過剰ということでしょう。全体の中の個という立場から自分を見ない。僕らが同人誌の『白鯨』をやっていた一九七〇年代は大学紛争の時代ですが、時代の緊張感の中にあって間違いなく読み手がいました。大阪・梅田の紀伊國屋に『白鯨』を置いてもらったら、一〇〇部全部売れましたが、買ってくれたのは詩を書く人ばかりではなかったからでしょう。

今西　現代詩と読者の関係でそんな時代があったことに驚かされます。

倉橋　現代詩は宿命的に多数派を目指してきたわけではありません。だから少数派でいることはかまない。でもやっぱり詩は言語表現にあって根っこでしょう。「万葉集」も「古事記」もみんな詩の世界でしょう。

◆カフカ文学　未完という偉大さ

今西　ペラゴスは重厚長大型のテキストが多いですね。

倉橋　そうじゃなくて、ドストエフスキーをみんなで読もうと「裏ペラ」(裏ペラゴス) というのをつくって月二回にしたからです。

今西　島崎藤村の『夜明け前』にはびっくりしました。世界規模の文学だと思います。

倉橋　自然主義の文体で完全な描写型。ああいう形で日本の近代史を、しかも木曽の山中の一庄家から眺め尽くしたという小説は他にはありません。間違いなく、近代文学の傑作です。

今西　テキストを選ぶ基準はあるんですか。

倉橋　あまり教養小説は取り上げていませんね。例えばトーマス・マンの『魔の山』。同じ理由で武者小路実篤もやってませんね。

その点、カフカは文体も方法論もあらゆる文学の要素が詰め込まれています。僕が一番いまも注目するのは長編の『審判』『城』『アメリカ』のいずれも未完であること。カフカが出てきた一九世紀末から二〇世紀の初頭は人間社会が非常に進化したように見えながら、完全に個人が取り残される時代でもあった。カフカの小説はすべてそんな負の要素を持っていて、だからある朝目覚めたら毒虫になっちゃうわけですよ。でもこれが決して特殊な文学にはならない。ここは本当はいまの現代詩が背負うべき課題でしょう。

今西　これは重要な指摘ですね。ああいうものを書いても決して特殊化されていないと。一方で近松秋江の『黒髪』も、トルストイの『クロイツェル・ソナタ』も面白かった。私自身はペラゴスに来たおかげで椎名麟三の大ファンになってしまいました。近代小説でこんな面白いものがあったのかと正直、驚いてしまいました。とくに『永遠なる序章』なんか。主人公の砂川安太はみんなと歩いていて突然、躓《つまず》いて死んでしまうんですから。あの最後の場面で彼はなぜ転ばなければならなかったのか。全く意味不明なんです（笑）。なのに強く心に残っている。とにかく変な小説です。

倉橋　あれはカフカのグレゴール・ザムザが毒虫になるのと同じ原理だと思います。なぜ毒虫になったかというより、毒虫になった現実をどう生きるかが主題になる。

今西　でも一つ残念なのは読み応えのある近代小説がどんどん絶版になっていることですね。椎名麟三は講談社文芸文庫で『美しい女』や『自由の彼方で』が復刊されましたが。

倉橋　読みということを軸にして、作品の価値を見直すことが本当は大事でしょう。たとえば、川端康成の『雪国』は映画にもなってメロドラマ風なとらえ方をされるけど、本当は新感覚派時代の小説技法を駆使したところに特色のある小説だと思います。一章ごとに積み重ねた連作で、第一章を例にすれば、わざわざ汽車の窓ガラスを通して隣の席を見るという手の込んだ視点描写を楽しむ読み方をしないと面白くないでしょう。

今西　『雪国』の汽車の中のシーンは有名な冒頭の一行以上に鮮明に頭にこびりついています。

倉橋　原民喜の『夏の花』はこの本には入っていませんが、ペラゴスのテキストとして早くに取り上げました。作者は広島の爆心地に一番近い、いわゆる全滅地域で被爆し、厠《かわや》にいて偶然一命を取り留める。そのあと、作家の本能で逃れる道々をノートにかきとめ、『夏の花』に結実させる。その点では、これは語り部の問題をすべて飲み尽くした永遠の証言作品です。しかし、作者自身は一行たりともそんなことを主張していない。六年たって腰部は切断、後頭部は砕かれるという無残な鉄道自殺を遂げましたが、僕はこれは原爆地をまともに見たことで、むごたらしく死のうと思ったからだといまは考えています。

今西　贖罪の死に方ということですか。

倉橋　いや。贖罪となるとりっぱなお話になってしまう。ただ、彼は時代の子としてだまって原爆の死者たちと同じように死にたかったんでしょう。

今西　追体験？

倉橋　いや。同化です。死者たちに同化しただけ。どちらが生者で死者なのかも無化してしまった。文学者らしいですね。

今西　毎年夏が来ると、マスメディアの報道は語り部がどんどん年を取り、やがていなくなっていくなかで記憶を風化させてはならないという大合唱です。

倉橋　『夏の花』には記憶を風化させるなというりっぱな主張もありません。だからいい。文学作品とはそういうもの。いつでも読めますしね。

（二〇一六年八月三一日　倉橋健一さんの自宅で）

作家プロフィール

国内

【あ】

有島武郎（ありしま・たけお）一八七八〜一九二三年。東京生まれ。農業者を志して進学した札幌農学校を卒業後、三年間米国に留学。帰国後は武者小路実篤や志賀直哉らと同人誌『白樺』に参加。英語教師から本格的な創作活動に入り、『或る女』『カインの末裔』『小さき者へ』『生れ出づる悩み』などを発表した。大正一二年に自殺。

荒川洋治（あらかわ・ようじ）一九四九年〜。福井県生まれ。早稲田大学在学中に詩集『娼婦論』出版。詩書出版「紫陽社」を始め、井坂洋子や伊藤比呂美ら女性詩人を見いだした。詩集に『水駅』（H氏賞）『渡世』（高見順賞）『空中の茱萸』（読売文学賞）『心理』（萩原朔太郎賞）など。産経新聞連載の文芸時評『文芸時評という感想』で小林秀雄賞受賞。

【い】

石川啄木（いしかわ・たくぼく）一八八六〜一九一二年。岩手県生まれ。盛岡中学校を退学して上京し、与謝野鉄幹、晶子夫妻らと知り合う。帰郷後、評論やエッセイを発表。代用教員や新聞記者をしながら、一九一〇年に歌集『一握の砂』を出版。二年後に再び上京した東京で肺結核のため、二六歳で死去。没後、第二歌集『悲しき玩具』が刊行された。

石川淳（いしかわ・じゅん）一八九九〜一九八七年。東京外国語学校フランス語科卒業。高等学校で教鞭をとりながら、ジイドの『背徳者』などを翻訳刊行。その後、自ら創作活動に入り、昭和一一年に発表した『普賢』で芥川賞を受賞。主な作品に『白描』『紫苑物語』『白頭吟』『狂風記』など。森鷗外の研究者としても知られている。

石原吉郎（いしはら・よしろう）一九一五〜七七年。静岡県生まれ。東京外国語学校（現・東京外国語大学）卒業後、昭和一四年に応召。二〇年にソ連軍に抑留され、重労働二五年の判決を受けたが、特赦により帰還した。詩集に『サンチョ・パンサの帰郷』（H氏賞）『水準原点』『北條』『足利』『満月をしも』、評論集に『望郷と海』、歌集に『北鎌倉』など。

石牟礼道子（いしむれ・みちこ）一九二七年～。熊本県出身。水俣実務学校卒業後、代用教員などを経て谷川雁の文化共同体「サークル村」に入り、ノンフィクションや詩歌などの文学活動を展開した。主な作品に『苦海浄土　わが水俣病』『椿の海の記』『あやとりの記』『おえん遊行』『十六夜橋』『はにかみの国―石牟礼道子全詩集』。

伊藤整（いとう・せい）一九〇五～六九年。北海道生まれ。東京商科大学（現・一橋大学）中退。意識の流れを軸に新心理主義を唱え、ジョイスの『ユリシーズ』を翻訳。ローレンス『チャタレイ夫人の恋人』の翻訳書がわいせつ文書にあたると起訴され、表現の自由をめぐる論争に。小説に『生物祭』『若い詩人の肖像』、評論に『日本文壇史』など。

井上ひさし（いのうえ・ひさし）一九三四～二〇一〇年。山形県生まれ。上智大学卒業後放送作家に。原作を手がけたNHKの人形劇『ひょっこりひょうたん島』が人気を博した。昭和四七年、『手鎖心中』で直木賞を受賞。劇団『こまつ座』も立ち上げた。小説に『吉里吉里人』（読売文学賞）『シャンハイムーン』（谷崎潤一郎賞）『東京セブンローズ』など。

井原西鶴（いはら・さいかく）一六四二～九三年。江戸時代の浮世草子・人形浄瑠璃作者、俳諧師。出生地は大坂・難波。俳諧師を志し、談林派を代表する俳諧師として名を馳せた。浮世草子にも手を染め、『好色一代男』『好色五人女』『好色一代女』などで人気を博した。武家物に『武道伝来記』、町人物に『日本永代蔵』『世間胸算用』などがある。

井伏鱒二（いぶせ・ますじ）一八九八～一九九三

年。広島県生まれ。早稲田大学仏文科を中退後、同人誌「世紀」に参加し、小説『幽閉』を発表。昭和四年、『幽閉』を改作した『山椒魚』で文壇に登場した。主な作品に『多甚古村』『本日休診』『黒い雨』。多くの作品が映画化されている。

【う】

内田百閒（うちだ・ひゃっけん）一八八九〜一九七一年。岡山市出身。東京帝国大学在学中に夏目漱石の門弟となり、漱石の著作本の校正に従事。大学卒業後、自らも小説を発表するようになり、ユーモアや恐怖感覚あふれる多くの佳作を残した。主な作品に『冥途』『百鬼園随筆』『阿房列車』など。

宇野浩二（うの・こうじ）一八九一〜一九六一年。福岡市で生まれ、幼少時に移った大阪で育った。早稲田大学英文科予科に入学後、中退。著書は作家の近松秋江をモデルにした『蔵の中』をはじめ、『子を貸し屋』『枯木のある風景』『器用貧乏』など多数。「小説の鬼」と称され、芥川賞の選考委員も務めた。弟子に作家の水上勉がいる。

【え】

江口渙（えぐち・かん）一八八七〜一九七五年。東京帝国大学中退。文学活動の一方、無政府主義者の大杉栄に傾倒し、プロレタリア文学運動にも力を注いだ。主な小説に『赤い矢帆』『労働者誘拐』『或女の犯罪』『恋と牢獄』『花嫁と馬一匹』。自伝に『わが文学半生記』『続・わが文学半生記』など。ドストエフスキーの『罪と罰』の翻訳も手がけた。

【お】

尾崎翠（おざき・みどり）一八九六〜一九七一年。鳥取県生まれ。小学校の代用教員をしながら『文章世界』に投稿。吉屋信子とともに投稿欄の才女として注目され、上京して日本女子大に入学するも、『無風帯から』を大学からとがめられ自主退学。『第七官界彷徨』を発表後、病のため帰郷し、その後は執筆を絶ち、老人ホームで死去した。

織田作之助（おだ・さくのすけ）一九一三〜四七

年。大阪市生まれ。第三高等学校（新制京都大学教養学部の前身）中退。新戯作派として人気を博し、〝オダサク〟の愛称で親しまれた。読売新聞の連載「土曜婦人」の執筆で上京中に喀血し、三四歳の若さで死去した。小説に『夫婦善哉』『木の都』『競馬』『勧善懲悪』『世相』など。

小野十三郎（おの・とうざぶろう）一九〇三～九六年。大阪市生まれ。東洋大学中退。東京でアナキスト詩人の岡本潤らとアナーキズム詩運動を展開。大阪に戻り、昭和一四年に詩集『大阪』を発表。大阪文学学校を設立し、作家の田辺聖子ら多くの作家や詩人を輩出した。詩集に『風景詩抄』『重油富士』『拒絶の木』（読売文学賞）など。

折口信夫（おりくち・しのぶ）一八八七～一九五三年。大阪市生まれ。国学院大学卒業。アララギ同人として選歌を担当するも、作風の違いから退会し古泉千樫らと反アララギ派を結成。一方、民俗学者の柳田国男に師事し、民俗学、国文学の研究成果は折口学と呼ばれた。歌集に『海やまのあひだ』、評論に『歌の円寂するとき』、小説に『死者の書』など。

【か】

金子光晴（かねこ・みつはる）一八九五～一九七五年。愛知県生まれ。早大、東京美術学校、慶応大を中退。二四歳のとき、詩集『赤土の家』を自費出版し、イギリスやベルギーを放浪。帰国後『こがね蟲』で詩壇に認められた。昭和三年から妻の森美千代と渡欧し、アジアなどを放浪。詩集に『鮫』『落下傘』『女たちへのエレジー』など。

川端康成（かわばた・やすなり）一八九九～一九七二年。東京帝国大文学部卒業後、菊地寛に認められ文壇入りし、新感覚派として活躍。『雪国』のほか、『伊豆の踊子』『千羽鶴』『古都』など日本の美を追求する作品を数多く発表した。昭和四三年に日本人初のノーベル文学賞を受賞。その四年後の四七年にガス自殺した。

【き】

菊池寛（きくち・かん）一八八八～一九四八年。香川県生まれ。京都帝国大学文学部卒業。時事新報の記者を経て小説家となり、大衆小説を数多く手がけた。大正一二年、私費で雑誌『文藝春秋』を創刊。日本文藝家協会を設立し、芥川賞、直木賞を創設した。小説に『恩讐の彼方に』『忠直卿行状記』『真珠夫人』、戯曲に『父帰る』など。

北原白秋（きたはら・はくしゅう）一八八五～一九四二年。福岡県生まれ。早稲田大学在学中から詩作に励み、処女詩集『邪宗門』を発表。二年後に出した『思ひ出』が絶賛され、詩壇の第一人者に。詩や短歌を発表する一方、童謡も数多く残した。詩集に『邪宗門』『思ひ出』『東京景物詩』、歌集に『桐の花』『雲母集』、童謡集に『からたちの花』など。

金時鐘（キム・シジョン）一九二九年～。朝鮮生まれ。一九四八年に済州島で起きた四・三事件に関わり、翌年六月、密航船で神戸沖に上陸。高校で朝鮮語を教えながら文学活動を続け、大阪文学学校理事長も務めた。詩集に『日本風土記』『新潟』『猪飼野詩集』『化石の夏』『失くした季節　四時詩集』（高見順賞）、評論集に『「在日」のはざまで』など。

【く】

黒田三郎（くろだ・さぶろう）一九一九～八〇年。広島県生まれ。東京大学卒業。北園克衛の詩誌「VOU《バウ》」に参加して詩を書き始め、鮎川信夫、田村隆一らと詩誌「荒地」を創刊。「紙風船」などの多くの作品が楽曲化されている。詩集に『ひとりの女に』（H氏賞）『小さなユリと』『もっと高く』『死後の世界』、評論集に『現代詩入門』など。

【こ】

小林多喜二（こばやし・たきじ）一九〇三～三三年。秋田県生まれ。小樽高商卒業後、北海道拓殖銀行に就職。昭和三年に起きた「三・一五」事件を題材に小説『一九二八年三月十五日』を雑誌『戦旗』に発表。続く『蟹工船』でプロレタリア文学の旗手として注目を集めるが、特高警察に度々逮捕され、昭和八年二月、築地署で拷問により殺された。

【さ】

里見弴（さとみ・とん）一八八八～一九八三年。横浜市生まれ。東京帝国大学文学部中退。実兄の有島武郎らと同人誌『白樺』に参加し、軽妙な戯作風の作品を発表。小説『秋日和』をもとに小津安二郎と共同でシナリオを書き、映画化された。昭和三四年に文化勲章受章。小説に『善心悪心』『多情仏心』『安城家の兄弟』『恋ごころ』（読売文学賞）など。

三遊亭円朝（さんゆうてい・えんちょう）一八三九～一九〇〇年。落語家。多くの落語演目を創造し、人情噺や怪談、伝記物で独自の世界を切りひらいた。明治一九年に創刊された「やまと新聞」に人情噺を書き、講談の新聞連載の先駆けとなった。主な演目に『牡丹燈籠』『真景累ヶ淵』『塩原多助一代記』『英国女王イリザベス伝』など。

【し】

椎名麟三（しいな・りんぞう）一九一一～七三年。兵庫県飾磨郡書写村（現・姫路市）に生まれ、旧制姫路中学を中退後、果物屋や出前持ち、コック見習いなどさまざまな職業遍歴を重ねながら、昭和二二年に「深夜の酒宴」でデビュー。小説に『永遠なる序章』『美しい女』『邂逅』『運河』『懲役人の告発』など。

島尾敏雄（しまお・としお）一九一七～八六年。九州大学卒業後、昭和一九年に第一八震洋隊（特攻隊）指揮官として奄美群島・加計呂麻《かけろま》島に赴き、発進しないまま終戦。昭和二三年に『単独旅行者』を出し、一躍注目を集める。小説に『死の棘』（日本文学大賞、読売文学賞）『魚雷艇学生』（川端康成文学賞）など。

島崎藤村（しまざき・とうそん）一八七二～一九四三年。明治二六年、北村透谷らと「文学界」を創刊し、教職の傍ら同人として詩や随筆を発表。同三〇年に処女詩集『若菜集』で文壇に登場し、同三九年に自費出版した最初の長編『破戒』が本格的自然主義文学として夏目漱石らに絶賛された。

小説に『春』『桜の実の熟する時』『新生』『夜明け前』など。

【た】

高橋和巳（たかはし・かずみ）一九三一～七一年。京都大学文学部中国語学中国文学科卒業。立命館大学講師時代の昭和三七年、『悲の器』で第一回文藝賞を受賞。小説に『憂鬱なる党派』『邪宗門』『日本の悪霊』など。昭和四六年、結腸がんのため、三九歳の若さで死去。夫人は作家の高橋たか子さん。

高見順（たかみ・じゅん）一九〇七～六五年。福井県生まれ。東京帝国大学在学中からプロレタリア文学の道を志し、卒業後の昭和八年、治安維持法違反容疑で検挙され、転向を表明して釈放された。芥川賞の選考委員も務めた。小説に『故旧忘れ得べき』『如何なる星の下に』『いやな感じ』。詩人としても活躍し、詩集『死の淵より』などがある。

高村光太郎（たかむら・こうたろう）一八七三～一九五六年。東京美術学校（現・東京芸大）彫刻科在学中に文学に傾倒。卒業後、ヨーロッパに留学し近代彫刻を学んだ。帰国後は新詩社の機関誌『明星』に詩や美術評論を発表。戦時中は戦争協力詩を発表し、敗戦と同時に岩手県に移住し、独居生活を送った。詩集に『道程』『智恵子抄』『典型』など。

太宰治（だざい・おさむ）一九〇九～四八年。東大中退後、『逆行』が第一回芥川賞の候補になるが、落選。バビナール中毒に悩まされながらもこれを克服し、次々と作品を発表。代表作に『富嶽百景』『走れメロス』『津軽』『お伽草子』『人間失格』『斜陽』など。大学在学中から自殺未遂を繰り返し、昭和二三年、玉川上水で入水自殺。

種田山頭火（たねだ・さんとうか）一八八二～一九四〇年。山口県生まれ。早稲田大学中退後、山口の実家に帰郷し、種田酒造場を開業するも失敗して家督を失う。荻原井泉水主宰の新傾向俳句誌『層雲』に投稿句が掲載され、俳号「山頭火」を使い始める。西日本を放浪しながら、『層雲』への投句を続けた。句集に『鉢の子』『草木塔』『山行水行』など。

谷崎潤一郎（たにざき・じゅんいちろう）一八八六～一九六五年。東京帝国大学国文科中退。大学在学中、和辻哲郎らと同人雑誌第二次「新思潮」を創刊。同誌に発表した『刺青』などが永井荷風らに絶賛され、物語を重視した反自然主義的な作風を貫いた。小説に『痴人の愛』『春琴抄』『卍』『細雪』など。昭和二四年に文化勲章受章。

檀一雄（だん・かずお）一九一二～七六年。山梨県生まれ。東京帝国大学在学中に同人誌を創刊し、佐藤春夫に師事。文藝春秋に出世作「花筐」を発表し、昭和二六年に「長恨歌」「真説石川五右衛門」で直木賞受賞。文壇屈指の料理人として知られ、『檀流クッキング』などの料理本も出版。小説に『花筐』『リツ子・その愛』『夕日と拳銃』『火宅の人』など。

【ち】

知里幸恵（ちり・ゆきえ）一九〇三～二二年。北海道出身。祖母はアイヌの口承叙事詩カムイユーカラの謡い手で幼少からカムイユーカラを聞く環境で育つ。カムイユーカラを日本語に翻訳する作業に従事し、一時は言語学者、金田一京助の東京の自宅で翻訳を続けた。大正一一年九月一八日、アイヌ神謡集を完成させた夜、持病の心臓発作で死去。

【つ】

辻井喬（つじい・たかし）一九二七～二〇一三年。本名・堤清二。東大経済学部卒業後、西武グループの創業者堤康次郎の跡を継ぎ、経営者の手腕を発揮する一方、詩人・作家として活躍。小説に『虹の岬』（谷崎潤一郎賞）『父の肖像』（野間文芸賞）、詩集に『異邦人』（室生犀星賞）『群青、わが黙示』（高見順賞）『鷲がいて』（読売文学賞）など。

【て】

寺山修司（てらやま・しゅうじ）一九三五～八三年。青森県生まれ。早稲田大学中退。短歌や現代詩、戯曲など多彩なジャンルで活躍する一方、江藤淳らと「若い日本の会」を結成し六〇年安保への反対活動を展開。昭和四二年に演劇実験室「天井桟敷」を結成した。歌集に『空には本』『血と麦』『田園に死す』、評論に『書を捨てよ、町へ出よう』など。

【と】

徳田秋声（とくだ・しゅうせい）一八七二～一九四三年。石川県金沢市生まれ。第四高等学校（旧制）を中退後、泉鏡花の勧めで尾崎紅葉門下に入り、小説を執筆。島崎藤村や田山花袋らとともに自然主義文学の礎を築く一方、通俗小説の書き手としても知られた。小説に『新世帯』『黴』『あらくれ』『仮装人物』『縮図』など。

【な】

夏目漱石（なつめ・そうせき）一八六六～一九一六年。帝国大学（後に東京帝国大学）卒業後、松山で中学教師を務め、英国に留学。帰国後、東京帝大で教鞭をとり、処女作『吾輩は猫である』を俳誌『ホトトギス』に発表。晩年は胃潰瘍に悩まされ、『明暗』執筆中に永眠。小説に『坊っちゃん』『それから』『門』『行人』『こころ』など。

【の】

野坂昭如（のさか・あきゆき）一九三〇～二〇一五年。神奈川県生まれ。早稲田大学中退後、放送作家やCMソングの作詞家として活躍。『エロ事師たち』で作家デビューし、昭和四二年に『火垂るの墓』『アメリカひじき』で直木賞受賞。歌手としてレコードデビューも果たし、『黒の舟唄』が大ヒット。小説に『とむらい師たち』『文壇』（泉鏡花文学賞）など。

【は】

林芙美子（はやし・ふみこ）一九〇三～五一年。尾道市立高等女学校を卒業後、女工などの職につきながら、小説や詩を執筆。昭和五年、雑誌連載をまとめた『放浪記』がベストセラーとなり、流行作家に。英国や中国などを単独で旅行し、戦時中は新聞社の特派員として現地に赴いた。小説に『放浪記』『清貧の書』『浮雲』、詩集に『蒼馬を見たり』など。

【ひ】

平田俊子（ひらた・としこ）一九五五年〜。島根県生まれ。立命館大学卒業。昭和五七年、思潮社主宰の第一回現代詩新人賞を受賞。詩集に『ラッキョウの恩返し』『アトランティスは水くさい』『夜ごとふとる女』『〈お〉もろい夫婦』『詩七日』『戯れ言の自由』、小説に『二人乗り』『殴られた話』など。

広津和郎（ひろつ・かずお）一八九一〜一九六八年。早稲田大学英文科卒業後、毎夕新聞や植竹書院を経て、作家活動に入った。私小説的な作風で知られ、小説に『神経病時代』『死児を抱いて』『風雨強かるべし』、翻訳作品に『女の一生』（モーパッサン）、『貧しき人々』（ドストエフスキー）など。父は明治期に活躍した硯友社系の小説家、広津柳浪。

【ふ】

深沢七郎（ふかざわ・しちろう）一九一四〜八七年。山形県生まれ。中央公論新人賞受賞の『楢山節考』がベストセラーに。中央公論に発表した『風流夢譚』が皇室を侮辱する内容で中央公論社社長宅が右翼少年に襲撃される事件が起きた。埼玉県でラブミー農場を開いたり、東京で今川焼の店を経営。小説に『笛吹川』『みちのくの人形たち』（谷崎潤一郎賞）など。

【ほ】

堀田善衛（ほった・よしえ）一九一八〜九八年。富山県生まれ。慶応大学文学部仏文科卒業。昭和二七年、処女作『広場の孤独』などで芥川賞受賞。小説に『審判』『若き日の詩人たちの肖像』『橋上幻像』、エッセーに『方丈記私記』（毎日出版文化賞）など。スペインに造詣が深く、スペインの宮廷画家ゴヤの生涯を追った評伝『ゴヤ』などの作品がある。

堀辰雄（ほり・たつお）一九〇四〜五三年。東京帝国大学文学部在学中、中野重治らと同人誌「驢馬」を創刊。昭和五年に『聖家族』で文壇デビューした。肺結核のため軽井沢で療養生活を送ることが多く、病床で触れたプルーストやジョイスなど当時のヨーロッパの先端文学の影響を受けた。小説に『風立ちぬ』『美しい村』『菜穂子』など。

【ま】

丸山薫（まるやま・かおる）一八九九～一九七四年。大分県生まれ。船員を志し東京高等商船学校に入学するも、脚気のため退学。東京帝国大学文学部在学中に第九次「新思潮」の同人となり大学中退後、詩の活動に専念。船や海をモチーフにした詩を多く残した。昭和八年、堀辰雄らと「四季」を創刊。詩集に『帆・ランプ・鷗』『鶴の葬式』『北国』など。

【み】

三好達治（みよし・たつじ）一九〇〇～六四年。東京帝国大学在学中に梶井基次郎らと同人誌に参加。萩原朔太郎らと知り合い、詩誌『詩と詩論』の創刊に関わる。ボードレールの散文詩集『巴里と憂鬱』を翻訳し、処女詩集『測量船』を発表。叙情的な作風で人気を集めた。詩集に『艸千里』『駱駝の瘤にまたがつて』、随筆に『草上記』『路傍の秋』など。

【む】

室生犀星（むろう・さいせい）一八八九～一九六二年。高等小学校を中退し、裁判所の給仕として就職。北原白秋に認められ、萩原朔太郎と同人誌『感情』を発行。『愛の詩集』『抒情小曲集』などの詩集を発表する一方、小説でも多くの秀作を残した。小説に『性に眼覚める頃』『杏っ子』『舌を嚙み切った女』、評論に『我が愛する詩人の伝記』など。

【や】

柳田国男（やなぎた・くにお）一八七五～一九六二年。現在の兵庫県神崎郡福崎町生まれ。東京帝国大学卒業後、農商務省農務局農政課などに勤務。講演旅行などで全国の農山村を歩くなかで民俗学への関心を深め、フィールドワークによる民俗学研究の方法論を打ち立てた。昭和二六年に文化勲章受章。主な著書に『遠野物語』『蝸牛考』『桃太郎の誕生』。

山川菊栄（やまかわ・きくえ）一八九〇〜一九八〇年。評論家、婦人問題研究家。女子英学塾（現・津田塾大学）卒業。大正五年、社会主義運動家の山川均と結婚し、わが国最初の社会主義婦人団体「赤瀾会」を結成。著作に『武家の女性』『覚書　幕末の水戸藩』など。死の翌年、業績を記念し、婦人問題の研究を顕彰する山川菊栄賞が創設された。

山村暮鳥（やまむら・ぼちょう）一八八四〜一九二四年。群馬県生まれ。尋常小学校代用教員などを経て東京の神学校に入学し、詩や短歌の創作を始めた。卒業後、伝道師として布教に携わり、大正二年に萩原朔太郎、室生犀星と詩や音楽を研究する「人魚詩社」を設立。詩集に『三人の処女』『聖三稜玻璃』『雲』、童話集に『ちるちる・みちる』など。

【よ】

吉野弘（よしの・ひろし）一九二六〜二〇一四年。山形県生まれ。昭和一九年、徴兵検査に合格し入隊五日前に終戦。戦後は労働組合運動に専念。肺結核で療養中に詩作を始め、詩誌「詩学」に投稿し新人に推薦される。川崎洋らの同人詩誌「櫂」に参加し、校歌や社歌の作詞にも取り組んだ。詩集に『消息』『幻・方法』『感傷旅行』（読売文学賞）など。

吉原幸子（よしはら・さちこ）一九三二〜二〇〇二年。東京大学卒業後、劇団四季に入り、主役を務めるも退団。昭和三九年に第一詩集『幼年連祈禱』、第二詩集『夏の墓』を出版。四七年、四八年に出版した『オンディーヌ』と『昼顔』で第四回高見順賞受賞。詩集に『夜間飛行』『ブラックバードを見た日』『発光』（萩原朔太郎賞）など。

吉村昭（よしむら・あきら）一九二七〜二〇〇六年。東京都生まれ。学習院大学中退。『星への旅』で太宰治賞を受賞。「新潮」に発表した長編ドキュメント『戦艦武蔵』などで記録・歴史文学の新境地を開いた。小説に『ふぉん・しいほるとの娘』（吉川英治文学賞）『破獄』（読売文学賞）『天狗走乱』

（大佛次郎賞）など。

海外

【ウ】

ヴァージニア・ウルフ　一八八二〜一九四一年。一九一五年に処女作『船出』を発表。モダニズムの旗手として実験的な手法を用いた作品で高い評価を受けた。小説に『ダロウェイ夫人』『波』など。社会評論の分野でも活躍し、フェミニストとしての立場を鮮明にした。終生、神経衰弱に悩まされ、入水自殺。

【カ】

フランツ・カフカ　一八八三〜一九二四年。オーストリア＝ハンガリー帝国領当時のプラハでユダヤ人の家庭に生まれる。プラハ大卒業後、四〇歳で病没するまで労働災害保険協会に勤め、創作活動を展開。生前『変身』など数冊を刊行。死後、友人のマックス・ブロートが未完の長編『審判』『城』『アメリカ』の遺稿を発表し、世界的な再評価を受けた。

アルベール・カミュ　一九一三〜六〇年。アルジェリア生まれ。アルジェ大学卒業後、記者となり、レジスタンス運動に参加。演劇活動を行う一方、人間存在の不条理を描いた『異邦人』『ペスト』を発表し、五七年にノーベル文学賞受賞。評論『反抗的人間』の共産主義批判をめぐり、サルトルと論争したのは有名。自動車事故で亡くなった。

【コ】

ジャン・コクトー　一八八九〜一九六三年。フランスの詩人、小説家、劇作家。高校時代にプルーストらと出会い、文学に没頭。二〇歳で出した処女詩集『アラジンのランプ』で時代の寵児となり、画家、映画監督としても活躍。詩集に『寄港地』『フランソワの薔薇』、小説に『白書』『怖るべき子供たち』、映画に『美女と野獣』など。

【サ】

ジャン‐ポール・サルトル　一九〇五〜八〇年。フランスの小説家、哲学者、劇作家。実存主義哲学の旗手として健筆を振るい、一九六四年、ノーベル文学賞に指名されるも辞退した。小説に『嘔吐』『自由への道』、哲学論文に『存在と無』など。『水いらず』は新潮文庫などで読むことができる。妻はシモーヌ・ド・ボーヴォワール。

【チ】

アントン・チェーホフ　一八六〇〜一九〇四年。ロシア生まれ。モスクワ大学医学部卒業。医師として診察を行う一方、優れた短編小説を残した。流刑地のサハリン島で苛酷な囚人の生活を記録し、旅行記『サハリン島』として出版。小説に『六号室』『中二階のある家』『かわいい女』『犬を連れた奥さん』、戯曲に『かもめ』『三人姉妹』『桜の園』など。

【ト】

フョードル・ドストエフスキー　一八二一〜八一年。一九世紀のロシア文学を代表する文豪。処女作『貧しき人びと』でデビューしたが、空想的社会主義運動に関与したとして逮捕され、シベリアに流刑。出獄後、流刑体験をもとにした『死の家の記録』で文壇に復帰。小説に『地下室の手記』『罪と罰』『白痴』『悪霊』『カラマーゾフの兄弟』など。

レフ・トルストイ　一八二八〜一九一〇年。一九世紀のロシアを代表する小説家・思想家。小説に『戦争と平和』『アンナ・カレーニナ』『イワン・イリイチの死』など。農奴解放にも取り組み、「国家権力と癒着している」としてロシア正教会を公然と批判。非暴力主義の立場から第一次ロシア革命への批判を強め、社会運動を展開。晩年は家庭不和に悩み、家出先の駅舎で死去。

【ヌ】

アブー・ヌワース　アラブ世界で知られる詩人。生年は西暦七五七年ごろ、没年は八一〇年以降と推定される。ペルシアで生まれ育ち、イスラム黄金時代のバグダッドで活躍。『千夜一夜物語』にも登場する。イスラム教が禁じるものを大っぴらに書く過激な作風で知られ、エジプトへの逃亡を余儀なくされた。作品に『アラブ飲酒詩選』『アラブの民話』など。

【ヒ】

ラングストン・ヒューズ　一九〇二～六七年。米・ミズーリ州生まれ。コロンビア大学中退。詩集「おんぼろブルース」で詩人としてデビュー。ニューヨーク・ハーレム地区を拠点に黒人文芸復興の中心人物として活躍し、世界中を旅しながらブルースのような詩を多く残した。主な作品に『ラングストン・ヒューズ詩集』『ラングトン・ヒューズ自伝』。

【フ】

ウィリアム・フォークナー　一八九七～一九六二年。米国・ミシシッピー州生まれ。第一次世界大戦で英国空軍に参加し除隊。ミシシッピー大学退学後、小説を書き始め、『響きと怒り』『サンクチュアリ』『八月の光』『アブサロム、アブサロム』などを発表。フランスでサルトルに高く評価され、米国内でも評価が高まった。一九四九年ノーベル文学賞受賞。

エミリー・ブロンテ　一八一八～四八年。イギリス生まれ。詩集を自費出版したのち、唯一の長編小説『嵐が丘』を発表。刊行当初は厳しい評価にさらされたが、死後いっきに評価が高まった。姉妹も文学者として活躍し、姉のシャーロット・ブロンテは『ジェーン・エア』、妹のアン・ブロンテは『アグネス・グレイ』などの代表作を残している。

【ホ】

エドガー・アラン・ポオ　一八〇九～四九年。アメリカ生まれ。ヴァーニジア大学中退後、陸軍士官学校を経て作家活動を始め、恐怖小説や推理小説などを発表。フランスの詩人、ボードレールやヴァレリーをはじめ、世界の多くの文学者に影響を与えた。小説に『アッシャー家の崩壊』『モルグ街の殺人事件』『黄金虫』『黒猫』『大鴉』など。

ナサニエル・ホーソーン　一八〇四～六四年。米・マサチューセッツ州のセイラム生まれ。税関に勤務後、一八五〇年に『緋文字』を発表。家は代々、ピューリタンとして有力者を輩出し、二代目のジョン・ホーソーンは一六九二年にあったセイラム魔女裁判の判事を務めた。これが創作活動にも影響を与え、善悪や宗教的なモチーフを扱った作品が多い。

ジェイムズ・ボールドウィン　一九二四〜八七年。アメリカの黒人作家、詩人、劇作家。九人兄弟の長子としてニューヨーク・ハーレムに生まれた。文学を志してパリに渡り、五三年に自伝的処女小説『山に登りて告げよ』を出版。帰国後は公民権運動に携わった。小説に『ジョヴァンニの部屋』、評論集に『次は火だ』、詩集に『ジミーのブルース』など。

【ミ】

ジュール・ミシュレ　一七九八〜一八七四年。一九世紀のフランスの歴史家。七月革命を機に王党カトリック的立場から自由主義、民主主義に転じ、保守化した当時の支配者への痛烈な批判を行った。著書に『ローマ史』『フランス史』『フランス革命史』など。『魔女』はアニメーション映画『哀しみのベラドンナ』の原作にもなった。

【メ】

プロスペル・メリメ　一八〇三〜七〇年。フランスの小説家・歴史家。歴史記念物監督官として多くの歴史的建造物の保護に尽力。当時はナポレオン三世の側近で、元老員議員として活躍した。また、青年期にはスタンダールとも親交があり、公務の傍ら、戯曲や歴史書を執筆した。小説に『マテオ・ファルコーネ』『カルメン』『コロンバ』など。

【ラ】

ラファイエット夫人《マリー＝マドレーヌ・ピオシュ・ド・ラ・ヴェルニュ》一六三四〜九三年。一七世紀フランスの女流作家。パリの下級貴族の家に生まれ、少女時代からギリシャ語やラテン語に親しみ、宮廷サロンの花形としてもてはやされた。一六五五年にラファイエット伯爵と結婚。著作に『モンパンシエ公爵夫人』『タンド伯爵夫人』など。

アルチュール・ランボオ　一八五四〜九一年。一九世紀フランスの象徴主義を代表する詩人。普仏戦争下のパリでヴェルレーヌと出会い、ヨーロッパを放浪しながら詩を発表。早熟の天才と呼ばれた。ヴェルレーヌによる拳銃事件で負傷して文筆を断ち、武器商人などとして活動した。詩集に『酔いどれ船』『地獄の季節』『飾画』(イリュミナシオン)。

【レ】

エーリッヒ・マリア・レマルク　一八九八〜一九七〇年。ドイツ生まれ。第一次世界大戦中、学徒志願兵として西部戦線に赴き負傷。ドイツの敗戦で復学後に発表した『西部戦線異状なし』がベストセラーに。ハリウッドで映画化されたが、反戦的な内容のため、ナチス政権下で焚書処分に。自身は一九三九年に米国に亡命し、のちに帰化し市民権を得た。

あとがき

文学で人間を学んできた

往復書簡。いま手元に残された原稿群をそう名づけてみたい衝動に駆られる。読書会ペラゴスで毎回二時間半、ナビゲーターの倉橋健一さんが語る文学講話を私が原稿用紙三枚程度にまとめ、それを再びお返ししてチェックしていただくのだ。

新聞原稿になる前、月一回のペースで七年間、この作業を繰り返してきた。原稿が戻ってくると、倉橋さん独特のひょろりとした文字が鉛筆で書き加えられ、私の思いの到らなかったところが見事に補われている。最初は判読できなかった筆跡がやっと読めるようになったころ、私にはこの作業がお互いの書簡を通して取り交わす文学の対話のように思えてきた。本書には新聞では未掲載の七編を加え、計八七編の国内外の文学作品が扱われている。

産経新聞の文化面で「倉橋健一の文学教室」が始まったのは二〇〇九年一月、私が記者職を退いて四年目のことだった。当時の大阪本社文化部長で私の社会部時代の先輩でもあった真鍋秀典さんを度々、ペラゴスに誘い出したのがきっかけである。

ペラゴスは月二回、第一と第三木曜の夜に開かれ、そのころすでに一六年もの歴史があった。私は産経を辞めてから欠かさず末席で拝聴していたが、テキストはドストエフスキーやトルストイ、あるいは島崎藤村や高橋和巳といった二週間ではとうてい読み切れそうにないものばかりだった。それでも私自身、高校、大学時代のいっとき寝食を忘れて現代詩を読みふけったように今度は自分の中でまだ多くが未知の領域だった小説を読む喜びに浸っていた。

だが、フォークナーの『響きと怒り』だけは正直、お手上げだった。読み進むうちに突然時制が過去に切り替わり、気がつけば時間の迷路に宙づりにされている自分がいる。こんな小説体験は初めてだった。このときは真鍋さんも会場にいた。さぞかし面食らったことだろう。そう思って感想を尋ねると、こんな声が返ってきた。

「すごい小説だな。わからないけど面白かったよ」

思えば、この夜の読書体験こそ連載の原点になったのかもしれない。真鍋さんは京大で文学を学び、卒論はカフカ。原書で読んでいたという。産経の社内でも一、二を争う文学通だった。その本人から「読書会を紙面で再録してくれないか」と打診されたのである。良質な文学遺産を読者にも届けたい。そんな思いがあったはずだ。こうして連載は大阪本社発行分に加え、東京本社版にも掲載される「東西共通」の扱いで始まった。大阪発の企画では至極珍しいことでもあり、ジャーナリストとしての私の大変重要な仕事になったことを強調しておきたい。

今回、連載を本にするにあたって改めて倉橋さんに話を聞き、対談編を加筆した。実は一五年前、まだ私が産経の文化部にいたころ、豊中のご自宅にうかがって以来の取材となったが、インタビューの中味は記者時代とは比べものにならないほど歯ごたえのあるものだった。もはや一介の記者ではなく、ペラゴスで小説を読む鍛錬を積んだ人間として向き合っていただいた証左だろう。私自身、文学を通して人間を学んできたのだと思う。この本が未知の読者にとっても文学への身近な道標になるのなら、これほどうれしいことはない。最後にこの本を世に出していただいた澪標の松村信人さんに心から御礼申し上げます。

今西富幸

プロフィール

くらはし・けんいち

詩人、文芸評論家。昭和９年、京都市生まれ。同人詩誌『山河』『白鯨』を経て、現在、総合文芸誌『第２次イリプス』主宰。詩集に『区絵日』『暗いエリナ』『藻の未来』『異刻抄』『化身』（地球賞）『唐辛子になった赤ん坊』『現代詩文庫　倉橋健一詩集』など。評論に『抒情の深層』『世阿弥の夢』『詩が円熟するとき―詩的60年代還流』など。

いまにし・とみゆき

ジャーナリスト、詩人。昭和37年、大阪府生まれ。関西学院大学経済学部卒業後、産経新聞社入社。岡山総局、大阪本社社会部、文化部、神戸総局次長を経て平成17年からフリーランスに。産経新聞社在籍中は連載企画『人権考』で第１回坂田記念ジャーナリズム賞を受賞。共著に『税金考』『人権考』『国際婚外子と子どもの人権』『奇跡の川　天の川プロジェクト』、詩集に『火の恍惚をめぐる馬』。

いま、漱石以外も面白い
――文学作品にみる近代百年の人語り物語り

二〇一六年十二月十日発行

著　者　倉橋健一　述
　　　　今西富幸　筆録
発行者　松村信人
発行所　澪　標《みおつくし》
大阪市中央区内平野町二―三―十一―二〇三
ＴＥＬ　〇六―六九四四―〇八六九
ＦＡＸ　〇六―六九四四―〇六〇〇
振替　〇〇九七〇―三―七二五〇六
印刷製本・亜細亜印刷株式会社
ＤＴＰ　はあどわあく